U0598856

高二六班外传

牛一毛 著

敦煌文艺出版社

图书在版编目（CIP）数据

高二六班外传 / 牛一毛著 . -- 兰州 : 敦煌文艺出版社 , 2025.3. -- ISBN 978-7-5468-2565-6

Ⅰ . I247.5

中国国家版本馆 CIP 数据核字第 2024RH9588 号

高二六班外传

牛一毛　著

责任编辑：张家骝

封面设计：丫丫书装·张亚群

敦煌文艺出版社出版、发行

地址：（730030）兰州市城关区曹家巷 1 号

邮箱：dunhuangwenyi1958@126.com

0931-2131579（编辑部）

0931-2131387（发行部）

三河市龙大印装有限公司印刷

开本 880 毫米 ×1230 毫米　1/32　印张 9.25　字数 260 千

2025 年 3 月第 1 版　2025 年 3 月第 1 次印刷

ISBN 978-7-5468-2565-6

定价：68.00 元

目 录

1. 牟县七中 / 1

2. 班主任·演讲 / 5

3. 男生宿舍 / 18

4. 神秘的历史老师（上）/ 30

5. 神秘的历史老师（下）/ 42

6. 范思维·讨厌鬼 / 52

7. 肖珂·课堂 / 64

8. 班花·肖珂·狗 / 74

9. 木料·运动会 / 86

10. 王有才·浓雾里的高山 / 99

11. 结束了·班主任 / 110

12. 混蛋·男生眼中的女生 / 121

13. 神龟山的传说 / 132

14．肖珂·尊严 ／ 145

15．杨威·熊猫眼 ／ 160

16．李昆仑·眼镜店前 ／ 175

17．神龟山上 ／ 189

18．黎嘉·美丽的校园 ／ 205

19．那年的雪与昨天的雨 ／ 221

20．肖珂前传·猥琐的人 ／ 235

21．雨季的记忆 ／ 248

22．那些年，那个梦 ／ 265

23．光阴的旋律 ／ 277

24．偶遇 ／ 283

说说《高二六班外传》（代跋）／ 286

1. 牟县七中

　　一个阴沉沉的傍晚，已年过三十的陈星海从睡梦中慢慢地醒了过来。屋子里静悄悄的，有些昏暗，没有一丝声响。

　　母亲出去了。

　　一种沉淀在记忆深处的孤寂冉冉升起，他感到了一丝伤感。他来到了静静的院子里，坐下。雨天特有的湿凉空气把他包了个严实，清新，潮湿。大杨树的叶子翠绿鲜亮，此时已淹没在了淡淡的蓝烟中。

　　母亲从外面回来了，开门的声音单调而浊重，从耳边悄悄划过。母亲仍在为儿子操劳，三十多年了。

　　一切都是那么熟悉，一切都是那么陌生。

　　母亲的脚步已不再轻快。陈星海感到一股苦涩淹没了往事，从进入牟县七中开始的那一天，从自己真正离开家门的那一刻开始。

他记得很清楚，二十年前的一天，母亲拎着大包小包，把他送出了家门，送到了牟县七中。而从那以后，长期漂泊在外的陈星海便常在梦境中重现这一幕，一次又一次。

墙头上突然出现了一只老鼠，正在认真研究地形特征，眼睛亮闪闪的，如时间凝固，纹丝不动，随后，用迅疾的速度画了一道黑色的虚线，溜到墙角，尾巴一抖，就不见了。邻居家大婶呼唤儿子吃饭的声音传入耳廓。单调的嘀嗒声不时敲响母亲放在那里的老铁桶，声音清越、深远，消散在了淡淡的夜幕中。

"想吃什么？"母亲问。

"什么都行。"

"还有一只小母鸡……"

"……娘！"

"咋？"

"有粥吗？"

"有。有绿豆、大米、小米……"

"有棒槌面吗？"

母亲笑了："大夏天的……"

陈星海永远忘不了母亲做的玉米粥的味道。自从进入牟县七中开始，他就很少喝到母亲做的玉米粥了。

"我上你婶子家看看去。"母亲又一次迈着蹒跚的步子出去了。那一刻，他突然发现：母亲老了！

陈星海听见那脚步声，若隐若现地远去了。如今的陈星海很忙碌，甚至整日疲惫不堪，但他心里很清楚，这个家才是他在梦中都想去守候的地方。

还有一个地方，那就是牟县七中。

牟县七中，青春飞扬，刻骨铭心，那是一堆笑声的碎片，深情的痛苦与懵懂、爱恋、无法释怀的孤独。真实、笨拙、深切。隔着二十年的岁月望过去，陈星海发现，那里没有如果，没有。真的没有。

陈星海感到了一丝深切的哀伤，犹如音乐，不绝如缕，如一根细线扯动着心脏，疼痛而又令人痴情神往，不愿停步，不愿割舍。

手机的呆板铃声打断了他的回忆。

那竟然是高中老同学杨威打来的。

杨威在确认了陈星海的身份之后陷入了一段时间的沉寂。陈星海的揶揄笑话并没有打断他。

"陈星海，你听说了吗……"

"什么？"

杨威苦笑了一声，停顿了一下。

"说啊！"

"……昨天，我去牟县七中了……"

"好啊！我也正想去瞧瞧呢！"

"你不用去了……"

"为什么？"

"没了。"

"什么？你说什么？杨威！"

"……生源减少。牟县七中被撤掉了。神龟山下的那个中学已经不存在了……"

"什么……"

一阵难堪的沉寂之后，他听见杨威呵呵地笑了，笑得很古怪，有些激动："……牟县七中，现在已经变成一个酱菜厂了……听镇上的人说，酱菜厂的黄瓜咸菜相当好吃！想尝尝吗？他们都说很好吃的。啊？你想尝尝吗……陈星海，你听明白了吗！咱们的母校，牟县七中，我怀念了二十年的地方，竟然腌咸菜了！腌咸菜了……咱六班的人哪里去了……肖珂到底藏哪里了？我怎么就是找不到他了呢？还有咱班主任，我该上哪里找他去？我还欠他一个人情呢……他替我挨了那一拳头，二十年了，该怎么算？……我杨威什么时候欠过别人的人情……陈星海，你告诉我，牟县七中腌咸菜了，我上哪儿去找他们去……竟然腌咸菜了……"

手机里传来的是一阵无法抑制的哭泣声。一种纯男人的哭泣声。

待了好一会儿，杨威又说："星海，我该怎么办……肖珂到底在哪里……"

陈星海呆在了那里，一句话都没说。

天已经完全黑了，雨也大了起来，噼里啪啦的。起风了，雨点被风卷着，摔进屋檐下、屋子里，到处都是。

他们的青春，已经无所附着，成为了一个传说。

一个可笑的传说。

2. 班主任·演讲

高二六班当年的班主任是赵德昌。

早在期末考试前,高一六班的班主任刘老师公布了将在下学期下海经商的决定,他将要在谷柳镇开办一个塑料袋厂。因此,赵老师早早就被任命为未来高二六班的班主任。

赵德昌,男,中年,个子不高,数学教师。另外,还有一点儿小特征,那就是"比别人更有头脑"。通俗点讲,就是脑袋有点大。

千万不要轻视这一小特征。牟县七中老师众多,赵老师凭借这一特征,使高二六班的全体同学在其上任之前几乎众口一致地认定了他的身份。当然,除了杨威和陈星海。

陈星海认识到这一点的时候已经到了期末考试。实际上,在认识到这一点的那一刹那,陈星海觉得这个赵老师相当讨厌,以至于为此生了一顿闷气。虽然这次生气主要源于自己记忆不够牢固,而且还有范志伟的份儿，但印象最深的仍然是当时赵老师现场的突出表现。

那是高一期末考试，当时已是考试的最后一门课程，历史。陈星海被三个选择题迷惑住了：

中国古代的炎帝部落生活在黄河上游？中游？下游？还是中下游？

易北河会师，有英、法军队吗？

二战的第一个转折点是中途岛？还是北非战场？

书到用时方恨少。陈星海蒙了，毛了，一个劲儿臭骂自己平时看书不仔细，恨不得用砖头拍自己的脑袋瓜子。随后，陈星海采取了严谨而又慎重的态度，综合运用了第一印象法、坐标定位法、排除法、比较法、抓阄法……绕着三道选择题采取了扫描、踩点、侧面打围、逐步锁定、重点突破、一锤定音等各种策略，力争能做到"全得分者不丢分，能少丢分就不多丢分，能得一分算一分"（英语老师宣扬了无数次的战略战术。杨威评语：废话）。

最后，陈星海欣慰地笑了，选出了一个令自己满意的答案（事后证明：三道选择题全错了）。

看了一下表后，他顿时发现眼前出现了一轮金太阳，剧烈抖动，光芒照四方，大地上锣鼓喧天，鞭炮齐鸣。不管怎么说，五分钟的时间和剩下的两道大题构成了一个不折不扣的悲剧。在那一刻，他猛地抬起头，清晰地看到面前有个不认识的监考老师，脑袋大大的，足有一吨重，古里古怪，诡异得很。

没时间考虑这些了。

先是脸色变成了猪头肉的紫红色，随后额头上渗出了一层晶莹剔透的小汗珠，陈星海胡乱地从中间抓住了钢笔，呼吸声里都打着颤儿，像偷了人家的大钱包一样大幅度地快速抖动。

一位监考老师在他身边停住了。

　　陈星海感觉到了，但根本没时间理他，正死死捏住钢笔，在试卷上疯狂戳字。他的笔迹非常诡异：字号大小不均，形状各异，呈不规则变化状态，绿豆挨土豆，米粒挨花生，忽然就来了一堆葡萄粒儿。而且，这几撮字不但营养不良，长相诡异，还是一群乌合之众，显然没有经过严格的组织纪律训练，非常不协调地缩到一个角落里，像猴子在躲雨，全不顾另一侧留下的大片空白，不但造成了空间的极大浪费，而且严重影响了试卷的整体审美。猛地一看，绝对是一幅滑稽可笑的现代派《猴子躲雨图》。

　　看到这个家伙手忙脚乱，满头大汗，恨不得生吃蛤蟆的样子，这位监考老师忍不住"扑哧"一声，笑了。

　　就是在听到笑声的一刹那，陈星海猛地抬起了头。一个硕大的脑袋遮挡住了太阳神阿波罗赐予的光芒，随后，一张不怀好意的脸慢慢映入眼帘。更为可恨的是，这位老师正在洋洋得意地笑！一股恼怒之气腾空而起，陈星海在那一瞬间恨不得把那个长着大脑袋的监考老师拍成蒜泥拌黄瓜。但他已经没有时间去完成这一项重要工作了，因为考试结束的铃声在那一刻猝然敲响。于是，在他抬笔写最后两个要点的那一刹那，大脑袋监考老师面无表情地把试卷抽走了。

　　陈星海很生气。

　　他没有马上走出考场，而是坐在位子上一动不动，盯着那个监考老师，把那个拍黄瓜的动作在脑海中温习了七七四十九遍。强烈的沮丧感令陈星海感到愤愤不平，随后，他还是气呼呼地走出了教室。

　　在踏出门槛的那一瞬间，恍然间，他就觉得自己来到了另外一个世界——一个充满欢乐与希望的世界。

　　门外，阳光明媚灿烂，悠然的蝉叫声伴着夏日的旋律隐隐约约地从神龟山上传来。一种卸掉重担的解脱感冉冉而起。陈星海在那一刻猛然发现：眼前竟然是一个热情、漫长而诱人的暑假——没有数不尽的试题和烦人的起床铃，没有老师提问前的压抑气氛和ABCD，没有考试时的紧张与呆板可笑的广播体操，更没有烦琐的卫生检查与难吃的伙食。每天想吃什么就吃什么，想干什么就干什么。虽然母亲的唠叨有点儿烦，但鉴于很长时间没有听到了，基本可以忽略不计。

一言而概之：眼前竟然是一大把天堂般妙不可言的日子！

陈星海还在纳闷儿：刚才怎么就没想到呢？

然而好景不长，很快有人赶了上来，并毫不犹豫地把这份好心情拧成了一团臭泥巴。不出所料，正是范志伟同学。

陈星海觉得范志伟哪里都好，就这一点儿惹人讨厌。然而很不幸，陈星海这一次又将成为范志伟这挺"机关枪"的活靶子。

范志伟，男，个儿不高，学习干劲十足，心直口快，是一个很有竞争力的小伙子。但令人费解的是，他偏偏喜欢在考试（各种考试）后装可怜，以获取变态的满足感。

范志伟逮住陈星海后，"工作"马上就排上了日程，随后按套路上纲上线。从那道历史选择题开始，他的"工作"就有条不紊地展开了。他说他太悲惨了，因为他的第三道选择题做错了。错了，真的错了，已经确认做错了，都没有挽救余地了。那是一道多么简单的选择题啊，他居然做错了；那是一道多么容易得分的选择题啊，他居然做错了；那是一道小学生都会的选择题啊，他居然做错了。由于他的反复强调，不断放大，任何人都没有理由不会得出这么一个结论：由于这一道选择题的失误，范志伟的历史铁定考砸了；由于历史考砸了，这次考试将会一败涂地；由于这次考试的一败涂地，他的高考将毫无起色；由于高考的失败，他会一蹶不振，人生将会是一片黯淡。

这是一道多么可恨的选择题啊，你为什么要毁了可怜的范志伟啊!

范志伟的"工作"开展得严肃而认真，层层递进、井井有条，多角度、全方位，反复强调渲染，隐隐地夹杂了一股得意之气。他就是想让人产生一种错觉：完了，范志伟考砸了。同伴于是产生了一股强烈的同情：命运对范志伟太不公平了！范志伟真可怜，真的。

听到了同伴真诚的安慰，范志伟会长叹一口气：

"没想到啊！"

"没办法，命苦啊！"

"我怎么就这么倒霉呢！"

"我以后可怎么办啊！"

于是，对方的同情就更为同情，他的可怜就更为可怜。如果你认为这就是结局，那你就大错特错了。事实已经不止一次证明了这一点。范志伟考砸了？不，恰恰相反：范志伟考得肯定不错，而那位付出了一片真情的同伴却往往惨不忍睹（范志伟喜欢找比自己学习差一点的同学唠叨）。这时，他会以得意的神情蔑视那位同学，以智力上的优越性俯视那位同学：给你一根竿子就往上爬，真好玩！

范志伟在反复热炒那道选择题，看到陈星海这家伙竟然反应迟钝，都不能及时配合自己的"工作"。以前不是这样啊——今天怎么了？

范志伟想：难道是自己的演技退步了？随后，他更加卖力地把这件事重新表演了一遍，而且声情并茂，绘声绘色，另外加上了几个精彩的手势。由于有了一点点超常发挥，范志伟也产生了一点儿小激动，心情也更加迫切：陈星海应该以饱满的热情表达出对自己的无限同情才能算勉强合格吧……

看到陈星海嘴里念念有词，范志伟连忙凑上去，想知道对方到底在用哪种形式配合自己精彩的演说。

"……气死我了，这个大脑袋！"

听到眼前这个"木偶"冒出这么一句，范志伟一下子愣了：这是什么意思？随后他很快就明白了：眼前这个不识抬举的家伙不但没有配合自己的"工作"，竟然在这个历史攸关的时刻走了神，把自己当猴耍了。

范志伟顿时感到很生气。

非常生气。

沉默。

还是沉默。

"这个大脑袋监考老师……"陈星海大脑里还在重复拍黄瓜的动作。

范志伟莫名其妙地火了："你还真敢！真是胆肥了！那是赵老师。下学期就是咱们的班主任……还大脑袋监考老师呢……团结友爱懂吗？尊师重教懂吗？真看不出来啊，陈星海你毛病还真不少，肚子里花花肠子不少啊……还没教你呢，先骂上了……"

陈星海蒙了，觉得范志伟嘴巴里冒出的东西简直莫名其妙。

随后，范志伟的心情大好，阔步向前走去，绕过高高的水塔，不再理会陈星海，并热情洋溢地朝远处的杨威打起了招呼：

"嗨，杨威，看这气色，考得不错吧？"

"那是！咱考第二名就对不起这一棵大槐树的绿叶子……"

杨威，男，学习成绩倒着数，但生性乐观，富有正义感，课堂上眉头紧皱，宿舍里快活无比。实际上，后来的人生经历证明：此人是一个天才。

这会儿，他们已经绕过高高的水塔，下了操场，一拐弯，到了后排，折进去，就到了他们共同的宿舍。此时的杨威边说话边走进了宿舍门口，开始笑嘻嘻地质问正沮丧地趴在床上的肖珂：

"肖珂，听说这次监考的有咱高二的班主任……是哪个啊？哪个是赵老师……"

肖珂仍趴在床上哼哼唧唧，断断续续地讲解着赵老师的衣着、眼镜、喜欢站的位置……

杨威一头雾水："哪一个啊？肖珂你这个笨蛋，你不会说得清楚一点？"

肖珂如死猪一般一动不动地趴在床上："杨威你真笨。赵老师就是给咱们监考的那个啊！"

"俩啊！哪一个？"

"就是穿绿色汗衫……"

"我没有注意衣服……"

"那不就完了？下学期就知道了。"

"不行。现在告诉我！"

"告诉你了啊！只是你太笨啊……"

杨威从墙角捡起了一根棍子，轻轻敲了敲床沿，一脸的坏笑："肖珂，你再重复一下刚才那个字……屁股又痒了是不是……"

肖珂懒洋洋地转过脑袋，发现情况不对，突然间"噌"地坐了起来，把屁股藏在了身体下面。

"呵呵，朕错了！朕错了还不行？"

木棍敲在床沿上，一下，一下，很有节奏。

"说！"

肖珂说："就是姓赵的那个老师吗……"

"废话！"

肖珂的屁股已经在往后挪了。由于拐弯去了一趟厕所，陈星海此刻刚进来：

"说什么呢？"

杨威摆了摆手：

"大人说话，小孩别插嘴。肖珂，你在本人面前也敢称'朕'？胆了大了还！说……"

　　陈星海坐在对面的床边上，忽然又想起了那个让他心情瞬间变糟糕的监考老师，还是有点生气，不禁骂了一句：

　　"你们是不知道，刚才监考的大脑袋老师，也就是咱们高二的班主任，可把我给气死了……"

　　杨威突然停止了一切动作，像发现了金子一般，和肖珂对了一下眼，顿时哈哈大笑："哈哈，就他呀！早说啊！肖珂你绕了半天弯子，就是抓不住要领，直接说咱高二六班班主任比别人更有头脑，寡人不就懂了吗！"

　　时间也证明了这一特征的不可磨灭性。许多年过去以后，陈星海忘记了那次历史考试，忘记了许许多多高中时期学过的知识与技能，忘记了在牟县七中无数的同窗岁月与欢声笑语，却怎么也忘不了自己的班主任赵德昌。而想起班主任，首先都会想到他的身体特征："比别人更有头脑"。

　　赵老师让人记住，绝对不仅仅是因为他"比别人更有头脑"，同学们更会永远记得他在第一次班会上的经典演讲，而辉煌的结束语也使整场班会演讲显得慷慨激昂、声情并茂、掷地有声。

　　当时的情况是这样的：高二六班第一次开班会，出于新鲜感，大家都充满好奇地注视着走上讲台的新任班主任。

　　当然，也有一个人例外。

　　是杨威。

　　当然，这也不能全怪杨威，因为当时他的脑袋平白无故地遭受了纸蛋的袭击，于是他斜着眼睛，坏坏地向四周瞄了一圈：

　　孟涛波正襟危坐。

　　刘树森若无其事。

　　雷岩正聚精会神。

　　范志伟奋笔疾书。

　　陈星海正挠头皮。

肖珂嘴角微动，忍俊不禁。

杨威冷笑一声，逐渐锁定了目标，随手撕了一张废纸，揉成球状。想了想，又在里面包了一枚粉笔头。刚要实施远程攻击，杨威一下子被班主任的话吸引住了。当时的新任班主任突然就把声音提高了一个八度，说出了那段可以载入史册的结束语：

"同学们，我们来到这里，只有一个目的，那就是考大学。大学是随便能考上的吗？不是！业精于勤荒于嬉，行成于思毁于随。无规矩不成方圆，无拼搏不能成功。严格遵守纪律，认真完成作业，就是我们唯一需要做的事情。我们的父母，面朝黄土背朝天，起早贪黑赚点钱，容易吗？嗯？不容易！因此，在这里，我们要把所有的精力都用在学习上，而不能有任何其他乱七八糟的想法。其他的我就不多说了，抓紧时间学习吧！"

听到这些话，杨威顿时感到自己好没出息，于是把纸蛋丢进了桌洞，很庄严地望着班主任，并在内心深处对新来的班主任产生了无限的崇拜。这段话给他留下了深刻的印象，为此，他不计前嫌，向肖珂讨问"业精于勤荒于嬉"后面那一句，并完完全全地在笔记本上记了下来，以时刻激励自己，并发誓从此改邪归正，从明天起——不，是从现在起，好好学习，天天向上。

第二周开班会，杨威早早地坐在自己的位子上，抬头，挺胸，双手放于胸前，双脚并拢，手拿圆珠笔，笔头与新笔记本呈六十度角，目视前方，一脸的庄严肃穆。他发誓要接受一次崭新的洗礼，从此走上富强文明的康庄大道。当赵老师把班主任手册合上的一刹那，杨威更是激动万分，嘴角不自觉地抽动了三次，咽了一次口水，并用舌头润湿了一下几乎发抖的嘴唇。班主任停顿了一下，抬起了头，望了望教室屋顶的东北角，咳嗽了一声，算是前奏。看到同学们很配合，顿时感到兴奋异常，立刻把声音提高了一个八度：

"同学们，我们来到这里，只有一个目的，那就是考大学。大学是随便能考上的吗？不是！业精于勤荒于嬉，行成于思毁于随。无规矩不成方圆，无拼搏不能成功……"

杨威忽然觉得这些话莫名其妙地耳熟，一愣神，就慌忙去找那个笔记本。可他怎么也找不到了，顿时急得满脸通红。一急，反而想起来了。原来，那个笔记本被他珍藏在桌洞角上那个缝隙里了。当然，赵老师不会因为杨威的慌乱而影响了自己的辉煌进程。杨威打开笔记本的时候，班主任已经说到了"容易吗？不容易！"令杨威感到不可思议的是，赵老师仍然异常自信，语速、重点、停顿、衔接、节奏、字数，甚至于表情，竟然毫厘不差。杨威以为是错觉，捏了一下腮帮子，疼！但这简直是奇迹。杨威发狠似的一下子把这段话温习了九九八十一遍，直到每个标点都倒背如流。

然而第三次的班会却用铁的事实证明了"功夫不负有心人"这一至纯真理。当然，杨威也没有闲着。赵老师每一次停顿，杨威都及时地加上标点符号。邻桌的黎嘉看到杨威嘴里念念有词，想：杨威同学学习可真卖力！可她又马上敏锐地发现杨威的语流相当有节奏，夹杂着几分滑稽，显然不是在背诵 1848 年欧洲大革命的历史意义与革命精神。在观察了一眼赵老师和杨威的表情后，她恍然大悟，不禁为他们精妙绝伦的配合而拍案叫绝。

赵老师讲完，严肃地扫了大家一眼，很得意地走出了教室。

黎嘉肩膀一抽一抽的，笑得"哎哟哎哟"直叫唤。

杨威在笔记本上做了几个记号，严肃地指出：整体表现不错，但有几个地方的语调还不是很到位。看到旁边的黎嘉笑得上气不接下气，杨威很潇洒地合上了笔记本："希望赵老师下次表现更好一点！"

黎嘉探过脑袋，忍住了笑："杨，杨威，你刚才在干什么呢？"

杨威拿出了数学作业本，然后郑重地对她说了一句：

"河边无青草，不要多嘴驴！"

黎嘉一听，顿时想要有所作为，但她马上选择了放弃，因为她瞥见了在外面如大汽艇般游弋的班主任。杨威的地理位置不佳，显然被发现了。果然，班主任从后门进了教室，并径直走向了杨威：

"这位同学，你刚才在干什么？"

"报告老师，在为文章加标点符号。"

"那怎么还放着数学作业本？"

"报告老师，标点已经加完。下面是，统计初步。"

"……好像还没有学到吧？"

"我在预习。"

作为数学老师，班主任当众高度赞扬了"这位同学"积极学习的精神。

事情还没有结束。

一次班会后，孟涛波恍然大悟，对杨威、肖珂、陈星海透露了一个惊天大秘密："班主任这次班会与上一次班会的结束语竟然一字不差！"

杨威很是不屑一顾："瞎说！'嗯？'前面那句，也就是'起早贪黑赚点钱'后面那一句，有毛病。"

"什么……"

"那个'吗'，这次说成了'吧'。明白了吧？"

"我不明白……"一旁的肖珂表示自己没听明白。

杨威不耐烦了："肖珂，听好了！'吗'说成了'吧'。以前是'吗'，这次成了'吧'。这就是问题所在。"

"不是一样啊……"

杨威火了："把你妈妈叫成你爸能行吗？爸就是爸，妈就是妈。懂吗？"

"俺叫娘……"

杨威哭笑不得，看到肖珂委屈的样子，叹了口气，拍了拍肖珂的肩膀，严肃地说："我错了，肖珂。爸和妈可以换一下；而娘不行。"

"哦，这样啊！"肖珂显出恍然大悟的样子。然而瞬间，杨威从肖珂剧烈抖动的双肩意识到自己已惨遭肖珂"调戏"，随后自然就是照例的征讨追打和告饶。

孟涛波却没有理他们，很快拿出来一张纸条，停住脚步，认真仔细地研究了老半天，然后回想了一会儿，忽然就抬起了头，像突然在床底下发现了两颗哥伦比亚祖母绿，两眼直冒光：

"神了！太神了！"

事后，大家一片崇拜。

杨威刚教训完肖珂，嘴角动了动："切！"

而晚上在宿舍里，孟涛波看着那张纸条，杨威非常流畅地背诵了一遍，并准确地加上了标点符号。事后，杨威看了一眼纸条，很严肃地指出：倒数第二句"乱七八糟"前还少了四个字——"任何其他"。而后来的班会也让不服气的孟涛波打赌输掉了一袋甘甜甘甜的"蜜三刀"。当然，由于心服口服，加上一大群垂涎欲滴的证人，习惯于耍赖的孟涛波也破天荒地兑现了自己的诺言。

把赵老师掸灰动作模仿得惟妙惟肖的人是孟涛波。在输掉了一包"蜜三刀"后，老孟子便把自己宝贵的精力无私地奉献给了班主任。虽然不能赢回"蜜三刀"，但毕竟为自己赚尽了人气。教训学生的姿态和语调，背着手的走路动作，一步一哆嗦的稳健脚步，诘问学生的腔调，跟好学生和差学生交流时的对比与差别，上课时瞪眼看大家的动作和激动表情……孟涛波都能让大家笑个前仰后合。

赵老师在教室里的每一次精彩表现都不可避免地重新出现在宿舍——以艺术的形式，夸张的形式，搞笑的形式。

另外，赵老师还会在大家兴致勃勃地谈论罗纳尔多、世界杯、香港回归、科索沃战争、配眼镜的小胖子、王祖贤时及时出现，巡逻训话，不遗余力地为大家制造各种麻烦，以完成自己的使命。

　　总之，赵老师就是赵老师。

　　不是任何别人。

　　不是。

3. 男生宿舍

有人说：高中晚自习的最后五分钟，是最无聊的五分钟。

有人说：不对，这恰恰是最精彩的五分钟。

高二六班晚自习的最后五分钟，到底是什么样子的呢？确实，此时的任课老师早已放弃了在教室里悠然巡逻，背起手，仰起头回家了。整个教室白茫茫一片，宁谧，安详。实际上，多姿多彩的世界一直是存在的，只不过缺乏足够的关注和用心的观察。看，有的同桌俩脑袋凑在一起，窃窃私语，忽然就"扑哧"一声笑了，两个毛毛球显示出不规则的剧烈抖动状态；有的则不然，正凑在一起，聚精会神，沉思良久，才做出艰难的决定，放弃了自己的"炮"，吃掉了对方的"马"；当然也少不了几个二愣子，瞪大眼睛，要抓住最后的时间，企图在五分钟之内搞定十道平面解析几何题；有的早就在玩"剪刀石头布"游戏，赌注是一包"蜜三刀"；有的则用纸弹实施远程攻击，击中了同伴的脑壳子，然后若无其事，等待看同伴那无辜而又无可奈何的倒霉模样……几个毛毛球晃动了一下，像鱼儿冒个泡泡，又埋头潜入了书山里。

但表面上，仍然是一片宁谧与安详。

当然，也有例外，也只有这一个例外。这个例外使安静的表面瞬间就被扯出了一个大窟窿。

"轰——"是一声尖厉的擤鼻涕声音。

是谁的丰功伟绩？不用抬头，大家都知道这个家伙的名字。

没错，就是雷岩。

雷岩，男，矮个，喜欢搞怪，具有很强的政治敏锐性，学习效率极高，学习成绩稳居第一。

此时，这个"不要脸的死玩意儿"（肖珂语）正用两根指头捏着他的"杰作"，笑嘻嘻地审视着身后一片神态各异的黑色毛毛球。脑袋像个拨浪鼓，眼珠子瞎转，一脸的得意，一脸的坏笑。他把他的"杰作"凑到徐波的嘴边，引起了对方的一阵臭骂。

雷岩有这个特权，因为他是班上学习成绩最好的学生，而且呈一枝独秀状态。当然，他早已做完作业。而最后的时间，他喜欢用这种非常规手段引起大家注意。

终于，下课铃声透过夜空缥缈地传来。

在铃声敲响的一刹那，雷岩把凳子往后一拖。

"吱——"

钢笔扔在了桌子上。

"啪——"

雷岩手揣在俩裤兜里，晃着身子从黑板前走过，摇摇摆摆的，像一只吃饱了小鱼虾的鸭子。这只"鸭子"一伸脖子，一蹬脚，就跳出了教室。在跳出门口前的一刹那，抑扬顿挫地喊了一声：

"今夜星光灿烂！"（实际上，那天晚上月朗星稀）

这是惯例，是噱头，也是特权。雷岩对自己这种特立独行的表现相当满意。

范思维就看不惯雷岩这一点。在雷岩这几分钟的表演时间里，范思维像待在深山里的老尼姑一样口中念念有词，恨不得把雷岩这个矫情的家伙当木鱼敲了。然而随后她就没有时间敲木鱼了，如果喜欢拖在后面的她不及时收拾妥当，两分钟之后，就只能靠触觉走出这个教室了。这两分钟里，整个教室桌凳轰轰隆隆，说话声呜呜啦啦；外面的喊叫吆喝声此起彼伏，像是大地都要土崩瓦解散架子。当然，任何人都用不着替范思维担心，因为此人的时间观念贼棒，可以精确到"小数点后两个单位"，常常是在她前脚踏出教室门口的一刹那，牟县七中所有的教室在惊呼中一片漆黑。后面几个倒霉蛋虽然亮起了蜡烛，但几分钟后学校保安的吆喝声会让他们重新温习一下利用触觉的感受。

对高二六班的男生来说，随后的工作便是冲向操场，斜穿到远角水塔边的出口。在这条线路上，单杠、双杠、斜钢丝、树干、排球网等种种"独门暗器"在黑暗中默不作声地狞笑。他们会误遭暗算？这就像猴子在水中给驴子表演花样游泳一样让人感到不可思议。无论是月朗星稀还是夜黑如漆，左躲、右闪、歪身子、钻空间，他们都会在兴高采烈谈笑风生中完成这一系列高难度的技术活儿。

在陈星海的记忆中，从来没有谁与它们发生过摩擦，就更不用说"流血牺牲"事件了。后来回想起来，他们自己都感到那简直是一场场奇迹。

但奇迹再也不会上演了。永远不会了。操场可能种菜了吧。单杠双杠又不能当黄瓜架子，没用了，碍事，可能当废铁卖了吧。排球网除了可以当柴禾外，还能用来拦个角落养鸡养鸭子，倒是还有一些用处。墙边的那一排高大的白杨树也留不住了，遮住了阳光，会影响黄瓜窜秧子的……

操场上无数的故事也只会出现在他们的记忆里。那段充满笑声的青春会随着风儿，渐渐消失在茫茫人海，无声无息。现在只有翠绿庄稼与黄瓜、白菜萝卜和腥咸的酱菜。没有了他们的青春。没有了，再也没有了。

然而当年的故事还没有结束。他们还在欢笑中继续编织着如今实际上已经定格了的青春。那天晚上，杨威依旧在为一个女孩的名字"审问"肖珂，很认真，很诚实，丝毫没有感觉到青春正在丝丝消尽。

还没等肖珂进屋，杨威已经稳稳地把棍子握在了手中。棍子的一头在手心敲动，一下，又一下，啪，啪。还是那么节奏鲜明，蛮有韵味。

"交代吧，肖珂！"

肖珂一愣："交代什么？"

"还交代什么……装，继续装！"

"没装啊……"

"说，新来的那个漂亮女孩叫什么名字？"

"哪个？"肖珂确实开始装傻了。因为这位同学刚转来，而肖珂的同桌李昆仑请假回家了，于是班主任就暂时安排她与肖珂同桌。他应该是唯一的知情者。

杨威一脸的坏笑："肖珂……皮又痒了不是？"

"没，没，我说，我说。嘿嘿。"

"叫什么？"

"也不用了。明天班主任也肯定会向同学们介绍……"

杨威的棍子一下子重重地敲在了床沿上："啪！"

"我说，我说。"

"芳名？"

"叫……石磊磊……"

"哪个'磊'？"

"三块石头那个……"

杨威一愣："哇！这么多石头？竖着写就是珠穆朗玛峰啊！"

"嘿……把所有的石头摆开还是一片青藏高原呢！"喊叫的不是肖珂，是雷岩。也就是说，刚才两个人打闹的安静背景并不是一潭死水，而是暗藏杀机，背后是数不尽的密切关注的眼睛和耳朵。

杨威继续问她的身高体重年龄星座家庭住址习惯动作兴趣爱好……

肖珂的脑袋左一摇右一摆，很有节奏。

杨威急了："肖珂，你是怎么搞的？闹了半天你就知道她的名字？伟大的革命导师卡尔·马克思先生无私地教导了我们，你怎么就不知道发挥主观能动性呢！你说你还知道什么？你说……"

"我知道……"

"知道什么？"

"她爹……"

"说！"

"你刑讯逼供啊！手里还拿着武器……"

杨威把棍子一扔："少啰唆！"

"靠近点！"

"说吧……"

肖珂大声说："她爹是老师（老石）。"

"老师？咱学校的吗？"

"有可能。要不你去查查？"

"我觉得有这个必要……"

肖珂看到杨威严肃的样子，几乎忍不住要笑出来了。

随后，杨威的谜团被孟涛波一语点破："人家姓石，当然叫老石，难不成叫小石？"

杨威恍然大悟："……竟然用文字把戏调戏本尊！"

肖珂早就笨笨地跑了出去，身后很快追出一个的疾速的身影。经过来回几次充满杀气的奔跑追逐，事情进入了正常轨道。

杨威扭住肖珂，打一下屁股问一句："还敢不？"

肖珂在痛快的笑声中喊着："哎哟……"

屡次三番。杨威拍打了一下手上的灰尘，夸张地整了整头发，昂着头，背了手，丢下一句：

"与朕斗，你还嫩着呢！"

该有人出来提醒一下时间了。这次是范志伟站了出来："各位亲爱的朋友，告诉大家一个好消息：离熄灯时间还有三分钟！"

从那一刻起，蜂窝爆炸了，世界沸腾了。

在这仅有的三分钟时间里，大量的工作紧锣密鼓，节奏间不容发。刷牙、洗脚、收拾床铺、脱衣服。杨威抓了一张纸冲向那个小厕所排队去了。一群脑袋围定了宿舍门口的月季花，又吐又喷。牙刷在牙缸里"邦邦邦"响老半天，然后毫不犹豫地将废水泼在了花上。总觉得还少了点什么，恍然大悟后，又在花上补了一口唾沫，从而保证了节奏的完整性。本来，作为鲜艳夺目的月季花，来到这个世上，是为了带来优雅和美丽，但砸破脑壳它们也不会想到自己的命运会如此的悲惨。这种摧残和虐待在充满馨香的鲜花发展历史上绝对是一件惨案。更有甚者，寒冬腊月里，一些人在探出身子后便把光屁股缩了回去，犹豫了一阵，观察了一下，然后就把身体的某个小部位露了出来，"哗啦啦"地向月季花奉献了体内的某种液体。第二年春天，这个恬不知耻的家伙还会洋洋得意地想：这株月季花的某些鲜嫩的枝叶、芬芳的鲜花一定与自己那次无私奉献有关。

其实也不用等到寒冬腊月。在综合考虑了厕所的距离问题和排队难度系数之后，宿舍距离远的男生会在熄灯之后，认真地观察一下形势。不出意外的话，宿舍前的阴沟里也会响起那种熟悉而又悠长的声音。

在晚自习结束到熄灯的这二十分钟时间里，男生宿舍区充满了各种怪异的嚎叫声，一惊一乍，音质奇诡，音量捉摸不定。假如一位纯洁的仙女偶然到此一游，定会被这种恐怖的叫声搞得心惊肉跳，不知所措，至少神经衰弱三个星期。

灯泡在意料之中完成了使命，后面的工作才是：上床。这批床古色古香，历史悠久。如果把绑在上面的一根根尼龙绳子全部撤掉，这批烂床会在几秒钟内土崩瓦解，瞬间化为一堆烂木头板子。这批木床高大雄伟，足有两米，而且空无遮挡，为上铺同学在睡梦中做空翻腾挪动作提供了充分的空间和机会。不少上铺同学在夜间不安分，与大地进行了数次亲密接触。可奇怪的是，在陈星海的记忆中，无数人次的高空跌落事件发生，竟然无一人头部先行落地，更无一人受伤。事情一般发生在深夜，往往是一声尖叫，紧跟着一声闷响，随即便是一句惊呼："哟嗬？我怎么又掉地上了！"仿佛掉地上的只是一块肥皂。大家在谈论此事的时候，更是感到奇怪，纷纷认定是神灵保佑。

此时，刘树森同学就憋不住了："你们这些人也真奇怪！睡得好好的，往下跳干吗？"

大家哑然。

杨威幽幽地说："刘树森你别着急，下一个就轮到你了！"

"切！"刘树森笑了，"俺睡觉，那才叫一个老实！掉下去？绝对不可能！"

确实，虽为上铺，刘树森是少有的幸运儿。

可就是在那天深夜，大家睡得正香甜（杨威说那天晚上正梦见班主任在激情演说，兴致高昂），忽然又是一声尖叫，一声闷响，随后是一句惊呼：

"哟嗬？我怎么也掉地上了！"

借着暗幽幽的月光，大家在睡意蒙眬中对每一个上铺做了仔细的调查研究，随后得出的结论相当一致：

刘树森同学不见了。

从此以后，每次谈到这事，总会有人站出来，皱着眉头问大家："你们这些人真奇怪，睡得好好的，往下跳干吗？"

还一板一眼的。

刘树森自己都笑得闭上眼睛直摆手。而多年后的杨威一见到刘树森，第一句话往往就是："老刘子哎，咱睡觉可老实了，你们这些人真奇怪，睡得好好的……"

过去了，都过去了。再没有人去重复他们昨天的故事。

但是，当年的故事仍在继续。

熄灯上床后，同学们和往常一样迅速进入了"一级战备状态"，连呼吸声都难得听见，比睡着了还安静，尽管有仓促者连衣服都没有脱。这就像因为一颗石子而受了惊吓的一河湾子的蛤蟆，都翘着脑袋，支棱着耳朵，一动不动，探查与等待即将发生的事情。

班主任很少迟到的。果然，今天也不例外，手电筒很及时地到了，中规中矩，关照了几位"惯犯"，就抽出去了。像平常那样，问了几句老掉牙的话：

"都到齐了吗？"

"好好休息！"

"李昆仑呢？哦，请假了！"

然后就用渐渐变弱的脚步声通知同学们：我走了，你们可以自由活动了！

睡觉了？故事才刚刚开始。

"啊！"

"噗！"

几声夸张的出气声是在告诉大家：可憋死我了！气氛逐渐地活

跃起来，南来的，北往的，北京的，香港的，真诚的，撒谎的；科索沃，西瓜秧，GDP，罗纳尔多，漂亮女生，歌曲排行榜，酸枣爽爽的；核弹头，猪头肉，火车提速，萨达姆轰炸，克林顿内裤，啥都是当当响的。大家兴高采烈，兴致勃勃，争先恐后，趣味盎然，比自由课堂要精彩百倍，把宿舍黑乎乎的空间挤得再也塞不进一根头发丝。偶尔肖珂不合时宜地喊一声："睡觉啦！休息啦！"除了带来几声戏谑臭骂外，并无其他效果。另外，在随后的谈话中，肖珂有时憋不住，插了一嘴。这下更臭了！肖珂在万口齐发中扛不住，用被子蒙住自己的脑袋，大声喊：

"我听不见！我什么也听不见！"

有一次，恰巧班主任又杀回来了。别人鸦雀无声，肖珂却在大喊大叫。班主任很生气。班主任喊了好几声都没有收到任何效果，于是用手去拽肖珂的被子。肖珂一边死夺硬拽，一边乐得咯咯地笑。两人的争夺进入了艰难的相持阶段。随后班主任愤怒的叫喊声还是让肖珂意识到了问题的严重性。

"你叫什么名字？肖珂是吗？起来！起来！"

手电筒的强光也证实了事情的可怕性。第二天，肖珂光荣地走上了讲台，而所有的同学则大笑不已。这也就成了肖珂的经典故事。

那天晚上的话题很零散。在那一粒"石子"之后，"水塘子"里的"蛤蟆叫声"也只是东一声西一声，很零散，或有或无，兴味阑珊。

雷岩在床上做起了俯卧撑。床也开始哼哼，或有或无，很有节奏。他下铺的孟涛波仍在伸着懒腰，断断续续地讲着"漂亮女孩和他"的故事。

陈星海的床也哼哼了起来。

慢慢地，说话声渐趋寥落，两人的协奏曲逐渐成为了主角。

与陈星海对头的刘树森不耐烦了：

"陈星海，别做了！"

显然，刘树森是在命令陈星海。陈星海的下铺肖珂没有说什么，雷岩的下铺孟涛波也没有说什么。或者说，刘树森觉得陈星海有点儿欠扁了。

没有停下。

刘树森又说："陈星海，凭你做这几个臭俯卧撑，顶个屁用！"

没有应答。

孟涛波突然就有话要说了，因为他觉得陈星海这家伙毛病还真不少："陈星海，你不做死不了！"

他上铺的雷岩也在做，听到了这句话，很知趣地停了下来，嘿嘿地笑着。

刘树森说："陈星海，你耳朵长驴毛了？吱吱地响你听不见吗？"

孟涛波说："我知道咱这床为什么这么烂了。就是你这种人害的！"

陈星海没有找到停下来的理由。

刘树森说："陈星海，别光顾自己，大家休息呢！"

孟涛波说："陈星海，咱宿舍每次被抓住，不都有你的份吗？还不自觉！"

陈星海的俯卧撑做得一丝不苟。

刘树森说："陈星海，别太没数了！晚上还老翻身，弄得人家都睡不着觉。以后别乱翻身……"

"还说梦话呢！呜里哇啦的，搅得我都睡不着觉。"孟涛波很快做了补充。

短暂的停歇。

忽然出现一个很突兀的声音：

"陈星海，你别喘气了！"

不是刘树森。

是杨威。

杨威冷笑了一声："陈星海，我就纳闷了，你还是个爷们儿吗？受欺负很舒服是吧？你是个窝囊废吗？人家在你头上拉屎你不会放个屁啊！啊！你活着还有什么意思吗？"

陈星海仍然没有说话。

寂静。

黑暗中，陈星海窸窸窣窣地穿上了几件衣服，吱吱啦啦地拖拉上鞋子。门"吱隆隆"震动着开了，又"吱隆隆"震动着关上了。

虽然按节气已经到了春天，但寒风依旧很猛。窗子上的玻璃在冷风中"呼隆隆"地颤抖着。风穿过玻璃，发出细微的啾啾声。雷岩伸直了身子，若无其事地叹了口气。由于这次冲突，宿舍里反而安静了下来，大家的头脑逐渐浸入了沉沉的睡眠状态。宿舍里又出现了窸窸窣窣的穿衣声，拖拉鞋子的声音，响亮的开门关门声，渐渐远去的脚步声。

是杨威。

杨威缩着脖子，发现宿舍前面一片空荡荡。他拐了两个弯，走上了广阔的操场。明亮的月光下，操场的角落里确实有个人。杨威没有迟疑，大步流星地赶了过去。走近时，杨威发现那是一个胖子。杨威想，陈星海也太夸张了吧，穿这么多衣服，难道想睡在操场上？再走几步，那个胖子变成了两个人，嘴巴还黏在一块儿，还哼哼唧唧的。杨威愣了一下，发现是一对恋人在黑暗中忙碌，而自己却当了个亮闪闪的大灯泡。他暗骂了一声，及时掉转过头，抓紧时间逃离现场。后来杨威总觉得这两人眼熟。是谁呢？是谁呢？但他到底没有想起来。直到后来黎嘉的事情东窗事发后，他才猛然醒悟：在那个春寒料峭的夜晚，发生了多少不为人知的故事啊！

但当晚的事实是，操场上的那个家伙显然不是陈星海。

陈星海去哪里了？

　　杨威再也没有察觉到其他任何人的信息，很失望，很茫然。

　　看到厕所，顿时感到了一丝尿意，他漫不经心地跨上了台阶，刚掏出了家伙，却先打了个激灵。

　　角落里有个人正蹲在茅坑上运功，很卖力。

　　"陈星海？"

　　"嗯！"

　　"在干吗？"

　　"拉屎，嘿嘿。"

　　杨威忽然就来了灵感："纸多吗？"

　　"还行。咋？"

　　"嘿嘿，我也想拉了。"

　　"嗤"的一声，纸被撕成两半。

　　"你这叫'见人拉屎屁眼疼'。"

　　杨威嘿嘿地笑了："老子就是要拉屎，怎么着吧！"

　　陈星海也嘿嘿地笑了起来。

　　多年后，他们在回忆那个晚上的时候，印象却是出奇的一致：那天晚上的月亮真明，都能看见纸上的字。

　　纸，就是那张一撕两半用来擦屁股的报纸。

4. 神秘的历史老师（上）

历史老师姓崔，不是班主任。发生在高二六班的事情，本来与他没有任何职责上的关系。然而，在这件事情上，历史老师成为了最耀眼的主角。

事情缘于一件小事：五班的孙雷到高二六班教室挑事，杨威看不惯，出头灭了他的锐气，并把他赶出了教室。在大家的阻拦下，两人并没有进入战斗状态，只是在语言上亲切问候了对方母亲及祖宗。这时候，崔老师正好看见了，就把杨威叫到了办公室并训了一顿。

事情就这么结束了，但这过程中出现了新的问题。

具体情况是这样的：走进崔老师办公室时，杨威趾高气扬，摇头摆尾，信誓旦旦，一副无所畏惧的样子；走出崔老师办公室时，杨威心悦诚服，点头称是，严肃认真，俨然心服口服的态度。回到自己的宿舍，杨威仍是默不作声。

这与杨威喜欢事后吹牛皮的形象形成了强烈的对比。

肖珂憋不住了，从各个角度把杨威那张熟悉的四方脸仔细研究了一番，一脸搞怪的表情。

杨威竟然没有理他，仍在若有所思。

"装！你继续装！"

肖珂想了一会儿，灵机一动，掏了掏口袋，拿出了一块糖，在杨威面前晃了晃。

杨威还是没动。

肖珂又拿起抬水用的棍子在他面前晃了晃，并咳嗽了两声，并在旁边的床沿上敲了两下：

"……杨威，皮又痒了是不是……"

这原本是杨威对肖珂的习惯性动作，肖珂反过来模仿，显得很恶搞。

周围人哈哈大笑，肖珂则越搞越兴奋。

终于，杨威慢慢抬起了头，看到了一脸得意的肖珂，但注意力显然没有被眼前这家伙吸引，脑子仍停留在刚才的思维状态。

"真有可能……"

肖珂正要逃，却发现杨威根本没把自己当回事，他同时觉得自己的老搭档似乎因为什么事，已经进入了严重的魔怔状态。

"什么？什么真有可能？别装好不好？你已经恶心我们好长时间了！"肖珂反而不闹了。

杨威仍皱着眉头："崔老师……我一直在怀疑……"

"哪个崔老师？"

"就教咱历史的那一个啊！有几个崔老师啊……肖珂你真笨透了！"说话的不是杨威，是刚从外面回来的徐波。

徐波，男，陈星海同桌，性格率直坦诚，做事粗粝泼辣。奇怪的是，此人和杨威相互看着不顺眼，与杨威在戏谑中总是相互较劲。

徐波只是听了一耳朵，就认定是肖珂又在捣乱，于是急不可耐地插上几句。其实他只是无意看到了杨威去历史老师办公室的那一幕而已。

"快说，历史老师怎么了？"

杨威看了看周围这一圈惊奇的眼神，以少有的严肃态度说："历史老师可能是个高手……"

"什么高手？杨威，你千万别跟我说他是个武林高手啊！"

杨威抬头看了看徐波，认真地说：

"还真是。"

"切！"徐波笑了，"杨威，你看武侠小说看魔怔了吧！"

杨威皱了皱眉头，不置可否。

肖珂顿时兴高采烈起来："杨威，你昨天晚上是不是做了一个奇怪的梦：一位白胡子老头飘然而至，对你一抱拳：'恭喜杨总座主！'"

杨威有点儿不耐烦："真的……"

徐波恍然大悟的样子："对了，忘了告诉你杨威，有一位武林高手曾经向我透露过一个秘密：崔老师他不姓崔，而姓张，名叫张无忌！"

肖珂接上了话头："错！崔老师原本不姓崔，乃是江湖上无人不知无人不晓的大侠，令狐冲！"

说完，肖珂夸张地比画了起来，嘴里还"嘿""嗬"地乱叫唤，最后一个定势，白鹤亮翅。周围人哈哈大笑，脸上只剩下了一个个大窟窿。

杨威摇了摇头："……我说的是真的……"

徐波冷笑一声，然后两手一抱拳，头一歪，一副很严肃的表情："杨教头，在下说的句句属实！"

孟涛波最喜欢八卦新闻了："杨威，前段时间我听一位师哥说过，说历史老师练过武，我当时还不信呢。你继续说……"

杨威的严肃劲儿让人觉得不大真实："刚才，历史老师找我，说让我别打架。我当时觉得不服气，因为孙胖子太嚣张了。可是，你知道吗？我和崔老师一对眼，就觉得他的眼神和别人不一样……"

"怎么不一样？"

"……我也说不清楚……反正……好像在哪里见过……"

肖珂一听，嘻嘻一笑，很配合地皱起眉头，手拿话筒的样子，歪着脑袋，很动情地唱起了邓丽君的《甜蜜蜜》：

"在哪里，在哪里见过你，你的笑容这样熟悉……"

孟涛波没有理他："去去去……杨威，继续说……"

"我觉得他的眼睛里藏着一种东西……让我想想……对，是一股……对了，是一股隐藏的杀气……"

徐波还没有走，更是拉起肖珂的手，一边唱着《甜蜜蜜》，一边跳起了舞蹈，搂抱在一起，还一左一右，一摇一摆，煞有介事。大家都笑得捂着肚子，几乎喘不过气来了。

徐波冷笑着说："杨威，你就吹吧！"

杨威没有理他。

孟涛波刚才还是一脸的严肃认真，但看到杨威那少有的严肃模样，顿时觉得他那张四方脸特别好玩，于是脸上增加了一丝戏谑，"扑哧"一声笑了：

"杨威……你这也太玄乎了吧！"

肖珂则一下子冲到了杨威的面前，两个眼睛瞪得老大，像俩牛眼，表情严肃："杨威，说，我的眼睛里是不是也暗藏杀机……"

"去去去！"

"哈哈！"肖珂笑了，双手一抱肩，斜眼望着墙角，一副不屑一顾的样子，"哼"了一声才说，"告诉你，在下便是江湖上令各路英豪闻风丧胆的大侠萧峰……"

孟涛波继续说:"不是吧,杨威,眼神这东西太虚了,而且可以装啊!"

杨威想了想,说:"哎……对了……我说呢!我想起来了……我见过一个真正练武的,他们之间的眼神还真的很像……"

孟涛波皱了皱眉头:"太虚……杨威你看花眼了吧……"

"没有!"杨威反而生气了,"还有……当然还有不一样的地方……"

"什么不一样?"

"那个练武的,眼神很外显;可是历史老师好像隐藏得很深呢!一般人根本看不出来……"

孟涛波说:"别人看不出,你就看出来了?哈哈,杨威,吹牛得讲究个花样,你这演技也太差了……"

"我只是说可能。而且可能性很大,真的很大……"

徐波早就不耐烦了:"你是学八卦的吧?要不就是占卜看风水的。见风就是雨的!"

肖珂则笑嘻嘻地说:"杨威,你这么搞下去,会闹神经病的。雇我们给你捉鬼可是要收费的……"

杨威恼了:"去去去!不信就拉倒,不用风言风语。什么时候惹着这老家伙,被打成肉饼子,可别说我没有提醒过你们啊!"

"就他?"徐波习惯性地甩了甩头发,"我看他就是一个神仙,想惹都惹不着……"

这下,大家纷纷表示了赞同。

历史老师,姓崔,个子不高,敦实,永远是一副波澜不惊的表情,从来不当班主任,逍遥来去一个人,神龙见首不见尾。偶尔管管闲事,但次数很少。和其他老师交流的机会也不多,几乎就是一个"神仙"。

对，一个"神仙"。

事情就这么过去了。孟涛波打听来的传闻也是零星散碎、没根没叶的，遭到了大家众口一词的奚落。

日子就这么一天一天滑过。

然而很快，高二六班就出事了。惹事的人不是别人，正是徐波本人。而那个"神仙"却在最恰当的时机出现在了现场，并轻松解决了问题。虽然对杨威有偏见，但后来徐波也不得不承认：杨威的预言真是千真万确！

知道这件事来龙去脉的人，只有陈星海，原因并不仅仅是陈星海是徐波的同桌，而是徐波在男生餐厅的侠义举动，包括所有细节，碰巧都被陈星海看到了。

事情是这样的，当天是陈星海和徐波负责宿舍打水，但徐波毫不犹豫地溜号了。陈星海没办法，只好又一次自认倒霉，早些到宿舍拿来了水桶，到了餐厅。正是这次提早到来，见证了故事的来龙去脉。

在这里，我们不得不先来介绍一下牟县七中的基本布局。

牟县七中坐落在苍梧镇，实际上是斜卧在神龟山脚下，也就是说，牟县七中处于神龟山与山沟里的苍梧镇中间。牟县七中，从最高处的操场到最低处的教师住宅区，自东往西，依次变低，呈阶梯状，分多个层级。从整个布局看，可以概括成"一个中心，四个基本点"。一个中心，自然是三排教室，高一，高二，高三，各占一排，一排六间教室，是红彤彤的瓦屋，清凉舒适，自成一片。四个基本点，则需要从东西南北四个方向来说。东面——教室东面是一个处于最高处的操场，再往东，隔墙就是山，神龟山；西面——办公室，再往西，就是老师的住宅区，再往西，隔墙出去，不远处就是苍梧镇大街；南边——是牟县七中最高级的建筑，图书实验楼（实际上很少用得着，除非考试时考场不够了，老师们此时会幡然醒悟：哦，原来，咱还有个图书实验楼啊），楼东头是厕所，再往东就接上操场了，楼西头就是牟县七中的大门；北面——复杂一点，分三个部分——正北是一座楼，女生宿舍楼（教室和女生宿舍楼中间还有两排平房：教师宿舍）；东北是长长的两溜紧靠操场的房子，男生宿舍；而西北，就是大餐厅和伙房了。

牟县七中的大餐厅其实是个会议室，实际上，真正开会的时候，考虑到操场上的空气质量状况更为优秀，这个会议室就只能当个徒有其名的"寡妇"了。餐厅很高大，于是为麻雀们提供了足够的嬉戏空间。下面学生们的热闹哄哄，并耽误不了上面麻雀们的交配与欢叫。偶尔一只麻雀低空飞行，引起男生们的起哄吆喝，完成了不同层次的交流与沟通。

地面像往常那样用水冲刷了一遍，也像往常那样留下了无数的水洼。地面高低不平，而质地又是水泥的，小水洼不可避免。还有一点不可避免，就是水洼底部的变黑。由于长时间的积水，加上定期注入，水洼的底部变得滑腻而湿润，这就给一些快速奔跑的二愣子留下了充分的表演机会。一个个黑乎乎的屁股以铁的事实告诉我们：世界上本没有黑屁股，黑水洼多了，也便有了黑屁股。

很快，一个倒霉蛋就因为着急而证明了黑屁股的存在。这个倒霉蛋正是陈星海。此时他一边暗暗咒骂着徐波"这个混蛋"，一边提着满满一桶热水，斜着身子，小步快挪，像一个患了偏瘫的病人。

倒霉蛋刚到餐厅，餐厅里还没几个人；然而刚过了五分钟，餐厅里便瞬间都是黑压压的人群。这也是刚才他着急的原因——稍有迟疑，在餐厅里提水行走的难度将瞬间增加几十倍。

徐波"这个混蛋"就是在这个时刻里出现的。

陈星海赶忙冲他喊了句："打水……"

徐波头发一甩，对同桌不屑一顾，把目光投向他的朋友们，继续探讨着他们的足球事业。那一刻，陈星海恨不得把这个"混蛋"

捏成烂泥巴。由于被闪了个措手不及，他决定先吃完饭再图大计。可刚刚吃了几口饭，餐厅里出事了。

餐厅里的"黑色毛毛球"突然出现了旋涡，起哄喊叫声中，目光迅速聚集，像黑洞聚集物质，力度相当大。

黑洞的中心在哪里？

手臂上缠着白色绷带的那个同学很激动地高声理论；一个小胖子，很强硬，傲慢挑衅。星星之火，可以燎原。他们在逐渐升温，大火的爆发性燃烧似乎是不可避免的。两人严阵以待，剑拔弩张，费尽唇舌，激情四射，可令人失望的是，一直没有达到众人预期的水平。

这时候，导火索终于来了。一个在邻桌吃饭的同学及时出列，甩了甩头发，走上前去，对着那个傲慢的小胖子就是一耳光，脆生生的，很响，很有质感。

那个小胖子蒙了：这是谁？

徐波？对，是徐波，但小胖子不认识。

徐波紧跟着又是一耳光。随后他趁那个家伙摸着脸发愣的一刹那，一下子搂住了那人的腰，腿一别，手一撂。胖子像泥巴一样摔在了地上的水洼里，黑水四溅。周围一片惊呼，拥挤着后退了几步。黑水洼在增加打架精彩程度方面作出了不可磨灭的贡献。徐波惊奇于战斗竟然如此顺利，有点兴奋。他顺势在那个翘起的黑屁股上蹬了一脚。胖子滑行了一米，冲向了邻桌，又带来了一阵惊呼与后退。同时，滑过的黑色液体一点也没有浪费。

胖子还是起来了，只是肚皮上沾了两片烂菠菜叶子和一些未知的黑色泥状物。还没有站稳，徐波的拳头又来了。这次捣在了那家伙的鼻子上。要不是有人拉，还会有第二下、第三下。

那个家伙一直没有弄清楚是怎么回事。一个趔趄之后，还是没有倒下。摸鼻子的手刚放下来，脸上出现了一朵鲜艳夺目的红花。

两只"红蚯蚓"急切地冲了出来，想看看外面的世界。胖子推开了小伙伴们的扶持，一步步向徐波逼来。此时那个胳膊缠绷带的朋友早已很仗义地站在了徐波后面。徐波大喝一声，以大无畏的英雄气概向前冲去，又一次搂住了那人的腰。白胳膊同学非常讲究配合，及时用脚一绊。两人的精妙配合，使这次摔倒很必然，也很彻底。

随后便是检验脚法的时刻了。他们围着那个胖乎乎的家伙，像路人打蛇一样，目标明确，节奏紧凑。

战斗一边倒，这就离结束不远了。那个胖家伙在地上愣了一会儿，才慢慢爬了起来，手一甩，丢开了同伴的好心帮助。他自己起来了，抹了一把红艳艳的嘴巴，没有哭。他对着徐波的背影喊：

"这位勇士，可否留下姓名？"

这话相当江湖。

徐波回过头，一甩头发，说："本人徐波。高二六班的。随时恭候。"

这话也相当入道。

陈星海早就剧烈地抖动着，眼前的世界恍恍惚惚，一片抖动。一块罕见的肉很不幸地掉在了地上，不过他还是习惯性地用筷子碰了碰嘴。这引起了杨威的窃笑。

刘树森笑着从一边过来了，嘴角在不自主地哆嗦："嘿嘿，我还真没有见过，嘿嘿。"

雷岩不屑地笑了，以优越的口气说："嗨，我见过。没有什么大不了的。"但脸上的笑容比哭还难看。就在此时，他手中的筷子很不争气地掉在了地上，蹦蹦跳跳的，弹了好几下才安静下来。

雷岩仍然没有笑："嗯，忘了手里还拿着筷子。"

杨威嘻嘻一笑，说："哈哈！你浑身抖动丢筷子的事我也忘了。唉，人嘛，都这样！"

大家一阵哄笑，冲淡了刚才的紧张气氛。雷岩仍然没有笑，若无其事的样子。倒是肖珂刚刚赶过来，东问西问，想知道刚才到底发生了什么。

杨威最后又补充了一句："徐波多管闲事，早晚会出事。孙胖子不会这么算了！"

晚饭后，是李昆仑和黎嘉首先见证了事情的可怕性。这次见证，仅仅是因为一次意外。

当时黎嘉与秦晓苇刚吃完饭，正从宿舍往教室走。我们已经介绍过，教室正北方向是女生宿舍，而中间有两排房子，是老师宿舍。刚打完篮球的体育老师王贵阳正在用毛巾擦洗自己的背部。王老师姿态优雅，不愿找人帮忙，撅着大屁股，把毛巾抡成了风车状，辐射范围相当广。黎嘉正跟秦晓苇说得兴高采烈，一溜水也不打招呼，一下子就让她无法睁开眼。

王贵阳，高二体育老师，大学刚毕业几年，体育系副主任，肌肉健美，相貌俊朗，篮球打得极溜，在牟县七中小有名气。

随着秦晓苇一声惊叫，黎嘉成了"幸运儿"。

体育老师发现了受害人后，并没有表现出应有的紧张，反而光着健美的上身，慢慢靠近黎嘉，手轻轻搭在她肩膀上，低下头，极为关切的样子。

秦晓苇忽然就觉得自己成了局外人。

黎嘉勉强睁开眼睛，忽然吼了一声"滚开"，拉着秦晓苇就走了。

王老师一脸茫然。

这恰恰让李昆仑看到了。李昆仑在黎嘉刚刚回到教室坐下的那一刻，笑嘻嘻地赶了过来：

"……小嘉子啊，来，让老师我给你擦擦……"

黎嘉一脸的绯红，"扑哧"一声笑了：

"去死！"

李昆仑，男，高个，性格开朗张扬，学习成绩稳定，属于仅次于雷岩的第二集团，喜欢跟黎嘉瞎逗，喜欢邻班的大眼睛女孩刘玉洁，喜欢打篮球，而且特别喜欢与王老师打对抗。另外，还有一个特点："死要面子活受罪"（肖珂评语，此为后话）。

李昆仑见黎嘉反应强烈，于是一板一眼地说：

"体育老师吧，也不错！你不知道体育老师的女朋友有多丑吧？那真是一朵鲜花插在牛粪上。哦，对不起，我侮辱牛粪了。咱体育老师吧，也是一表人才……"

李昆仑刚要继续说下去，就发现事情不对了。因为眼前这个家伙忽然就跳了起来，不知从哪里抄起了一根棍子，呲牙咧嘴地冲了过来，恨不得先咬李昆仑一口。李昆仑瞬间明白了问题的严重性，撒丫子就往外跑。矮的追打高的，女的追打男的，就像一只拿了枪的羚羊在追赶一头尴尬的狮子。

冲上大路，李昆仑一个侧身，躲过了一群男生；黎嘉没有注意到他们，气势汹汹地就向人群冲了过来。

黎嘉控制住了身体，却没有控制住棍子。

棍子气势汹汹，凭借惯性冲着人群发起了攻击。然而并没有伤着人，而是被另一根棍子挡住了。原来他们也拿着棍子。

——一群男生拿着棍子？干什么的？

黎嘉疑惑了，停住一看，不禁大吃一惊：这群人不仅拿着棍子，有好几个还拿着明晃晃的长刀子。

"……这娘儿们够凶的！"

这显然不是学生说的话。而前面那个小胖子指了指前面的教室："就这个班。叫徐波。"

黑云压城城欲摧，气氛顿时变得相当紧张。几声叫喊之后，寂静，吃惊的眼神，空旷，然后是面面相觑。这群人傲慢地看了一圈，确认徐波不在后，大摇大摆地往男生宿舍方向走去。

　　这时，班主任来了。他很快就弄清了那群远去背影的来路，很严肃地对陈星海说："徐波来了，让他马上到我宿舍来一趟。"

　　班主任很着急，他若有所思地穿过走廊，走到自己宿舍门口，又停住了。他站在宿舍前面，伸长脖子，往男生宿舍那边望了望。然后他又焦急地往教室这边看了看。没有徐波，也没有拿刀子的男生，只有三三两两的女生偷偷说着私密话走向了教室。

　　十分钟后，徐波终于沿着走廊，一歪一歪地来了。

　　为了节省时间，班主任竟主动迎了上来，这令徐波万分感动。班主任劈头就问："徐波，你又和谁打架了？"

　　徐波微微一笑，头发一甩，非常潇洒："没什么，老师！五班的孙雷！"

　　班主任问："刚才那一群人拿着砍刀、棍子找你，是怎么回事？"

　　几秒钟的发愣之后，徐波的脸上很快涂了一层"白粉"，像被扇了一耳光。他迅速往四周扫了一遍，回过头来，不时向四处张望，像极了一只憋得难受又找不到地方下蛋的老母鸡。

　　赵老师看上去也有些紧张，踮起脚后跟眺望了一下远方，马上作出了英明的决定："来，先到我宿舍里躲一下！"

　　班主任随后又出来了，他锁上了门，长舒一口气，背上手，下意识地咳嗽了两声，若无其事，显得相当镇定与自然。

　　谢安算哪根葱？

5. 神秘的历史老师（下）

当天晚上，在班主任的帮助下，徐波确实是逃掉了。

但事情会这么结束吗？如果事情就这么结束了，那么世界上的恐怖袭击事件纯属多余。而事实证明那帮人也不是捏起来噗噗冒香气的地瓜蛋。

首先起变化的当然是徐波。第二天一整天，这家伙坐在自己的位子上，双眼一片茫然。陈星海有事要问他，问了半天没有反应，于是拍了他肩膀一下。没想到徐波像突然被蜜蜂蜇了一下子似的猛一哆嗦，大喊了一声：

"干什么！"

发现是同桌后，徐波长舒一口气，并紧张地往窗外望了一圈。教室里的毛毛球在浮现之后又一次隐没。有几个还在调皮地关注事情的进一步发展。范思维又及时地开始了嘟囔："神经兮兮的……"

到第二天课外活动的时候，徐波撑不住了，主动去找小胖子孙雷了。

孙雷坐在自己宿舍的床沿上，像没看见他一样，面无表情，幽幽地点上了一支烟，吸了一口，拉得老长，吐在了徐波的脸上。

徐波酝酿已久，因此话说得非常入道，既不丢面子，也承认了自己的鲁莽，于是在心底暗暗佩服自己的口才和超常发挥。然而，胖子并不买账，他的一言不发令徐波十分难堪。他似乎在欣赏这位"英雄"的精彩表演。随后，胖子皱了皱眉头，把燃着的香烟扔在了徐波的脸上。徐波狼狈地拍打掉之后，脸上的笑容就如摔在墙上的泥巴那般难看。

显然，事情远远没有结束。

这天晚上，高二六班的第一节晚自习是历史。这是很少见的。平时晚上的第一节多半是数学，一周之内也就今天是例外。

晚自习铃声一响，历史老师像往常那样，慢慢悠悠地来到了教室，顺便把课本扔在了讲桌上。为了配合一下惯例，崔老师开始在教室里溜达，转到了第二圈后，在陈星海的身边停了一下。

历史老师终于过去了。

陈星海长舒一口气。

然而历史老师又回来了。

这让陈星海很忐忑：这"神仙"要干什么？历史老师懒洋洋地靠近陈星海，指了指徐波的空位子，还是说话了，声音很低沉：

"徐波病了？"

陈星海摇了摇头。

历史老师笑了："在宿舍里睡着了吧？你去把他叫来……"

陈星海还是摇头。

"班主任叫他有事？"

陈星海好像只知道摇头了。

崔老师愣了一下："回家了？"

陈星海似乎很紧张，看着历史老师，还是摇着头。

"他上哪里去了？"

只有摇头。

历史老师很不满意，声音忽然变大："你是他同桌啊！他上哪里你不知道？"

陈星海很紧张，头摇着，嘴型的变化传递的还是那个信息：不知道。

历史老师停了一会，敲了敲桌子：

"你出来一下。"

陈星海紧张得很。历史老师却像平时那样，懒洋洋的，不紧不慢，面无表情，好像下一步不是处理意外事故，只是要脱掉袜子洗洗脚，舒舒服服地睡一觉。

陈星海啰哩啰嗦地说了老半天，却总觉得历史老师似乎没有在听，只是若有所思。哆嗦完了，陈星海得到了两个结果：一是，历史老师笑了："嗨，就这么点事！不用担心，一会儿徐波自己就回来了。"二是，崔老师把课本扔给了陈星海："下课后，送到我办公桌上（竟然没找历史科代表。这是事后让陈星海百思不得其解的）。"然后就把一片惊奇扔给了陈星海。崔老师出去时悄无声息，没有引起多少人的注意。杨威正在为自己糟糕的记忆力而苦恼，根本没有时间去理这一乱茬子。肖珂只有在背历史的时候还算投入，根本就没抬头。全班仍是静悄悄的。

可碰巧的是，那节课校长恰好来视察，看到没人，就进来查看，询问了一下，便出去了。听说在后来的全校教职工大会上，历史老师被点名批评。崔老师仍我行我素，不以为意。其他老师觉得这个异类真奇怪，被扣了钱还满不在乎，跟受了表扬一样，面无表情。随后仍然是逍遥自在，大摇大摆地走出了会场，没有丝毫悔过的迹象。校长很生气，觉得这家伙简直是无可救药，但考虑到他在教学上的斐然成绩，却也无可奈何。

崔老师去哪里了？

只有徐波知道。

徐波后来听说崔老师被扣了钱，还想给他补上，把崔老师惹得哈哈大笑。他随后就把徐波赶了出来，根本不给他任何申辩的机会。

但那天晚上的事情真是太出人意料了。直到许多年以后，徐波才告诉了大家。当时徐波说：在看到崔老师的一刹那，他才明白，杨威的直觉真是千真万确——历史老师真是一个不折不扣的高手。

那天晚上，徐波被勒令带了不少钱，并被领进了一个酒店单间。里面早就坐着一个小胡子青年。徐波被前簇后拥，根本没机会说话。即使走进了酒店门也是顺着小道拐来拐去，最后才被带进了那个华丽的包间。据说那是苍梧镇最豪华的酒店包间。徐波在金黄色的灯光里感到有些恍惚，觉得什么都在晃，不太真实。而这里与那个白茫茫的教室根本不属于同一个世界。徐波开始怀念那个清静的教室了。

小胖子进了门就问小胡子："龙哥呢？"

小胡子像没有理他，等了足足五秒之后，挠了挠前额才说："龙哥有事。一会儿就到。"

小胖子笑了，随便说了句："他没来咱更随便……"

然而胖子很快发现事情有点儿不对头。屋子里的所有目光都看向了自己，充满了敌意。尤其小胡子，眉头皱得很难看。

小胖子不自在了："不不不，我说错了！呵呵，我说错了……"

小胡子盯着小胖子："放屁前动动脑子，放尊重点！"

"是。我错了，虎子哥！"

徐波当时在纳闷：这个"龙哥"到底是个什么人物？

小胡子点的菜，花里胡哨的，相当丰盛，好多名字徐波听起来玄玄乎乎的。徐波待在角落里，不知所措。徐波还看到，上席的位子是空着的，显然是给那个"龙哥"留着的。

说来奇怪，大家围着小胡子吹牛拍马，却没有人动筷子吃菜。桌子上的菜上齐了，种类繁多，有很多徐波都没见过，更不要说吃过了。

小胡子发现徐波在桌子边，猥琐得很，忽然就来了兴趣。他把牙签一下子咬碎，"噗"地吐在了一边，指了指自己的杯子："满上。"

旁边的人把杯子倒满后，他又用下巴指了指那个茫然失措的家伙。徐波的杯子也满上了。

小胡子端着酒杯，很严肃很认真地来到了徐波面前，忽然就绽放了一个硕大的笑容：

"别紧张啊！紧张什么啊？又不吃你！"

徐波看到周围一圈的眼睛，不明白小胡子要干什么："呵呵，不紧张，不紧张……"

小胖子踢了他一脚："站起来！"

小胡子很生气，盯着小胖子，皱了皱眉头，很不高兴的样子："靠边！孙胖子，你懂不懂规矩？"

孙胖子没说话，面无表情地看向了一边。

小胡子转过头，温和地笑了笑，对徐波说："让您见笑。贵姓？"

"姓徐……"

"呵呵，小徐啊！我这兄弟吧，也不怎么懂事，所以啊，徐先生别往心里边去。那一天吧，也确实是个误会。我兄弟踢球不老实，这我也知道。这样也确实不合适。我这帮哥们，不讲别的，就俩字：仗义！兄弟看来也是讲义气的人，那天挺身而出，维持正义，也够仗义的。今天呢，我代我兄弟来敬你一杯，您大人有大量，别往心里边去……"

孙胖子有话要说。小胡子的手在空中制止了。

"……其实吧，谁都不喜欢打架。打架有什么好？鼻青脸肿的，动不动还出人命。小的吧，也确实是过意不去，今天就摆了这么一桌，您也别嫌弃，好吧？凑凑合合，也算我这个做老二的一番心意。还是那句话，您呐，大人有大量，有句话怎么说来着？宰相肚子里能造船。别跟我这小弟一般见识，好不好？"

徐波感到有点儿受宠若惊（竟然用不着他请客），只感到对方是一片赤诚的歉意，顿时倍受感动，信心马上就上来了，噌噌地，直冒火星子。他先是甩了甩头发，然后高声说：

"哥放心！我徐波是纯爷们，是不会在乎的！另外，你刚才说错了，不是'宰相肚子里能造船'，是'宰相肚子里能撑船'。你这个小弟也不是什么好东西，踢伤了别人也不道歉……"

很快，徐波就发现事情有点儿不对了。

气氛陡然变得紧张起来。

小胡子一直盯着徐波的脸，一动也不动。

沉默。

对峙。

还是沉默。

"哗！"

小胡子的啤酒一下子泼在了徐波充满疑惑的脸上，猛地就是一拳，随后一脚把他蹬到了墙角：

"妈的！不识抬举的蠢货！"

小胖子很及时地赶上来，把另一杯啤酒也呼啦啦全赏给了徐波。后面的人一拥而上，噼里啪啦的声音加上发狠的吆喝声，场面相当壮观。徐波缩着脖子、护着脑袋靠在墙角，呜呜地表达着自己的悲哀。小胡子站在一边，笑嘻嘻地看着自己的"杰作"，抽出一支烟，点上，拖过一把椅子来，坐下，并跷起了二郎腿。

小胖子朝忙碌的人群喊了一声：

"闪开！"

大家陆续停止了殴打，后面的哥们没忘记补上一脚，骂上两声。小胖子果然有了新项目。他拿起了一把椅子，手握椅背高高举起，抡到身后，打算来一个大幅度的动作。

小胖子吸引了所有人的注意力——没有一个人注意到：门已经开了。

小胖子舒展了一下，把椅子抡得老高，力图甩出力度的最大值。徐波正缩着脑袋，诧异于大家为什么忽然停止了，一抬头时，顿时大吃一惊，因为那把椅子已经在空中划了半道弧线。恍惚间徐波看到了一张熟悉的面孔，但已经没有时间了。他拼命护住自己的脑袋，做好了接受最残酷击打的准备，想：完了。

然而翘起的屁股和背部并没有受到任何攻击，倒是听到了"哗啦啦"东西破碎的声音，似乎是椅子被摔到了墙角。

发生什么事情了？

徐波偷偷侧过身子，从胳膊底下看了一眼，然后就呆了。

历史老师的眼光是那么黑亮犀利，迅捷的动作让他看不清到底是怎么回事。明明看到小胖子冲了过去，挥舞着拳头，正要替历史老师担心，却发现小胖子莫名其妙地倒下了，倒下之前身体变成了"三节棍"，头往后一仰，肚子一缩，硬生生地横在了地上。小胡子从后面冲了过来。徐波刚要喊，小胡子已经捂着肚子趴在了地上。剩下的一群帮凶张牙舞爪，手里拿着瓶子、棍子就冲了过来。恍恍惚惚地，徐波只看到这群人喊着叫着就倒下了。明明还拿着酒瓶子啊，怎么就没有伤着历史老师呢？徐波到底没有弄明白。

历史老师来到了徐波面前，还没说话，门又开了。

进来的人，平头，中年人，沉稳冷静，脸上线条瘦削，眼光锐利得很。

小胡子冲上前去："龙哥，你可来了！这里有个二油子妈的多管闲事，欺负咱们的弟兄……"

历史老师回过了头。

令大家感到不可思议的事情发生了，那个"龙哥"先是吃了一惊，随即就是两记响亮的耳刮子。

是小胡子挨抽了。

"你说谁？你说谁是二油子！"

他向历史老师一抱拳："崔哥，对不住了……"

历史老师冷笑："嗨，我当是谁呢！这不是刘二龙吗？有本事，长能耐了啊！欺负起我的学生来了！"

刘二龙回过头，沉静地问了一句：

"谁干的？"

小胡子很不解，满肚子的怨气："是这小子先打了孙胖子……"

"谁？出来！"

小胡子和孙胖子都站在了身边。孙胖子还一步一晃悠，很不高兴的样子。

"跪下。"

两人疑惑。

"跪下！"

孙胖子还没有反应过来，刘二龙脚轻轻一勾，一踩，胖子的动作就已经很到位了，尽管动作硬生生的。

"认错。"

孙胖子很委屈，忽然就听到了一声吼叫：

"认错！！！"

两人低头说了一声：

"我错了大哥！"

"我错了崔老师！"

一前一后，不很整齐，像前面一个牵着后面一个的尾巴。

崔老师面无表情："别！我可受不起。我的学生也有不是。没这个必要，也用不着表演给我看。以后别碰我的学生。都是孩子，一个也不行。"

刘二龙说："你们俩，送这个孩子上医院……"

"不用。皮外伤。"

"崔哥还要喝一杯吗……"

"没时间。还有课。"

说完就拉着徐波出了门。刘二龙紧跟在后面，并抢在崔老师前面把钱给了服务员。

"不用了……"

刘二龙有话要说："崔哥，今天要是让您付钱，那崔哥就是瞧不起我刘二龙。当着这些弟兄的面，说好，崔哥救了我刘二龙一条命！以后谁要是敢动崔哥一根毫毛，敢碰崔哥的学生，别怪我刘二龙翻脸不认人！"

说着把几张百元的蓝色钞票拍在了桌子上。

服务员很为难。

"他……他刚已经……"

刘二龙的手"啪"的一声拍在了桌子上，茶杯的盖子发出"哗啦啦"的一阵响声："崔哥的钱你也敢收！有没有眼珠子？大胆！"

崔老师说："别难为服务员了。你付吧。别老咬着舌头根子，说我救了你一命。救你命的那是警察。我就是搭了把手，没让你当场丢掉性命。换个人，我也会帮忙。实话说，我只是不想见死不救，昧了良心。为的是我自己，不是为你。"

刘二龙在走时还抱了一下拳头："多谢崔哥给兄弟面子！"

徐波在黑暗中深一脚浅一脚地跟在历史老师后面，顺着那条大路往学校门口走去。两人却一直没有说话。

历史老师最后还是说话了，在进校门口之前：

"这事，跟谁也不要说。"

令人吃惊的是，在后来的日子里，平时大嘴巴藏不住事情的徐波这一次却真的守口如瓶。崔老师仍像往常那样，晃晃悠悠，逍遥自在，没有谁发现这件事，哪怕是一丝一毫的痕迹。

崔老师，在全校师生的眼里，仍然是个游手好闲的家伙，神龙见首不见尾，像一个神仙。

一个可笑的"神仙"。

杨威总感觉这件事蹊跷，后来有一次就问徐波：

"那天是谁救你来着？"

徐波一愣，都没有看杨威：

"哪有！我出去吃了个饭就回来了。"

杨威摇了摇头，表示不信：

"看到历史老师大发神威，给镇住了吧？"

徐波这才抬头看了看杨威，然后很坚定地说："没有他的事。另外，历史老师不会武。"又摇了摇头，"不会。一点都不会。"

杨威只是收到了一团疑惑。直到几个月后的那一天，杨威才真正明白了徐波闭口的原因。

也就是班主任替他挨了一拳头的那一天。

6.范思维·讨厌鬼

　　高二六班里有位同学，江湖名号"灭绝师太"。这个"灭绝师太"没有削铁如泥的倚天剑，却有一张锋利无比的刀子嘴。

　　"灭绝师太"的真名是范思维。

　　范思维，女，高二六班学生，冷血，理性，是标准的一"挂钟"，时间观念贼棒，可以精确到"小数点后两个单位"。一旦上了发条，她会踩着时间点让全班人惊叹不已。除了吃饭睡觉，学习构成了她全部的生活内容。

　　"灭绝师太"有一双大眼睛，但大眼睛并不代表可爱。更重要的是，当那双大眼睛注视你的时候，你绝对不会感到哪怕一丝一毫的温柔与善意，相反，这是在向你宣布：阁下的倒霉日子马上就要到来了！原因很简单，那双大眼睛下面有一张嘴巴，而这张嘴巴比眼镜蛇还要毒。

"灭绝师太一开口，日月无光水倒流。"肖珂如此总结道。

当然，江湖上有名号的人，往往有自己的独门绝技。范思维也不例外。

范思维高超的转笔技术足以使她在高二六班浩浩荡荡的"转笔大军"中独树一帜。无论是从持久性多样性角度，还是从观赏性美学角度，她都是独孤求败，无可挑剔。当然，她从来不会炫耀，几个帮她炫耀的多事人都被她那张嘴巴搞得狼狈不堪。但，这仍然动摇不了她那牢固的江湖地位。

无论在课堂还是上自习，无论老师在黑板前慷慨陈词还是在游走中虎视眈眈，范思维都会神态庄严，口中念念有词，俨然深山中一位修行的老尼姑。缺少的似乎仅仅是一串念珠子。其实世界上不缺少精彩，缺少的仅仅是对创造力的关注。圆珠笔此时会随时被她捻到手中，像庄子忽忽悠悠就变成了摇摇摆摆的大蝴蝶一样，艺术之光从书山后面冉冉升起。圆珠笔放到了虎口处，手指只是恰到好处地碰了几下，眨眼间，这个小家伙便会以逆时针方向飞速旋转，丝丝有声，呼呼有风，像一个少林小和尚在兴奋地挥舞少林棒，成了一个魅力十足的小圆面。同时，小圆面时刻是动态的，形迹诡异，手上的任何一个部位都可以成为圆珠笔转动的舞台。

杨威见后哈哈大笑："我知道直升飞机是怎么发明的了！"

当然，大多数同学也转笔，但显然还处于初级阶段，圆珠笔老掉。但他们会以不屈不挠的毅力再次抓起，再转，再掉，再掉。百折不挠，意志顽强，表现出了对转笔事业坚定不移的决心和毅力。但努力也只是努力而已，只要提起范思维，他们都会拥有同样一种强烈的感受：呵呵，我只是玩玩而已。

圆珠笔的玩法并不单一。比如有一种是顺时针旋转，与逆时针旋转有异曲同工之妙：圆珠笔置于虎口，然后夹于食指中指之间的缝隙，瞬间又掉头进入下一个指缝，到头后马上又返回。只见圆珠笔在指缝间迅速穿行，游刃有余，速度奇快，处处看到笔头，处处又马上消失，流畅自如，极具观赏性。

掌握这一技术的人，只有一个，那就是范思维。

"庖丁算什么？这才是艺术！"李昆仑看后严肃地总结道。

更为要命的是，这个不可思议的家伙是在忙碌之余完成这一高难度艺术创造的。别看一节课下来，圆珠笔龙飞凤舞旋转腾挪忙活老半天，这个大眼珠子的家伙竟然还能鬼使神差般把一段佶屈聱牙的古文叽里咕噜地叨咕出来，而且极为沉静，面不改色心不跳。

即使在课间，在乱糟糟的教室里聊天，也无法掩盖艺术的光彩夺目。范思维对同桌范艳红天真热情的打击可谓犀利残酷，即便如此，圆珠笔仍会忠诚地转出一个完美的圆面。也就是在这种富有观赏性的伟大艺术创造过程中，"灭绝师太"范思维给班长胡帅起了个大外号。

"讨厌鬼"就是在这个时刻出现的。

讨厌鬼，真名胡帅，另外一个绰号："木料"（此为后话），班长兼体育委员，高个，大屁股，组织能力超强，梦想是当一个有钱的Boss（老板）。

此时，范思维确实看到了一张笑嘻嘻的面孔。还没等对方说话，范思维早已经把大脑袋调转了方向，用大眼珠子瞪着笑嘻嘻的胡帅说：

"胡班长，我不是虎也不是龙。赶快走开。我不想看到你那张比城墙还厚的臭脸皮。"

胡帅看着"嗖嗖"转动的笔，顿时被噎得说不出话来。胡帅最近正为全校运动会搜集运动员，面对同学们普遍的抵制，他运用了巧妙的策略。在央求同学报名之前，他往往会神采飞扬地加上一个开场白：

"咱们高二六班向来是卧虎藏龙之地！"

当对方一抬头，他会非常严肃认真地说：

"阁下就是咱们班的一条龙……"

面对这样的高帽子，杨威孟涛波黎嘉等人纷纷落马，乐滋滋地成了他手下的"俘虏"。实际上，这些人都是经过胡帅周密调查的，初中时期任何一丝关于他们体育特长的传闻都不可思议地被这个家伙收集到。但显然，他在范思维面前碰钉子了。胡帅还没有说出那句"卧虎藏龙"的开场白，范思维一把抓住这顶"大帽子"，揉烂了，摔在了地上，踩了两脚，并在上面吐了两口唾沫。

胡帅显得很尴尬，于是想找话说："……呃……范思维，你的圆珠笔转得好棒哦！"

没想到范思维脸一沉："别涎着脸皮子求我。没用。该干吗干吗去！再瞎叨叨，小心我抽你（她真能做得出来）。"

"……别呀……"

范思维扔掉了笔，拿出了作业本，认真地看了起来。胡帅总算领教了范思维这个"灭绝师太"的威力，无奈地摇了摇头，想了想，嘴巴刚要开始动，就听到范思维一字一顿地说：

"请不要干扰我的思路……讨厌鬼！"

同桌范艳红看到不知所措的胡帅，感到相当好玩，"扑哧"一声就笑了。

胡帅习惯性地拍了拍自己的大屁股："一点面子都不给……还给俺起了个大外号……"

又是一片笑声。

"讨厌鬼"很无奈，只好开始搜寻下一个目标。由于李昆仑总爱打篮球，轻易逮不到，胡帅于是采取了24小时密切关注的策略。此时，令他感到兴奋的是，李昆仑正在跟黎嘉讨价还价。

李昆仑与黎嘉是一个村子的，从小一块上学，一块逃学，一块偷瓜，一块摸鱼，一块捣乱，一块打架，一块罚站，也一块考进了牟县七中，但关系绝对不能说是融洽。有一个问题，据说他们已经争论了十年。李昆仑在仔细分析了双方的四代辈分后，得出了这样一个结论：

"黎嘉，你得叫我叔。"

黎嘉当然不服气，以她二妗子为起点，曲里外拐地论证了半天，也得出了一个结论：

"李昆仑，很遗憾，你只能当我的大侄子了！"

两人一见面，都亲切而热情地称呼对方，同时断然否定对方的称呼，并因事生发，扩展想象，极尽讽刺挖苦之能事，从而确定自己在辈分上的优势，虽不分胜负，却也妙语连珠，趣味横生。

下一节是体育课，两人都非常热衷的课程，不免又凑到了一块，唇枪舌剑自然不可避免。两人正吵得热烈，李昆仑早就发现"讨厌鬼"正拍着大屁股笑嘻嘻地赶来。

黎嘉没看到，正在那儿振振有词："……才不是呢！你二姑姑的表嫂子管我妗子叫奶奶，所以你必须老老实实地叫我小姑——大侄子哎……"

"……八竿子啦！现在护林运动正搞得热烈，上哪儿找那么多杆子去……你爷爷叫我三婶子表妹……"

"讨厌鬼"夸张地出现在了黎嘉的视野中。

黎嘉笑了："讨厌鬼，你是不是把我这大侄子当龙当虎了……"

"去去去！我告诉你讨厌鬼，我这大侄女是当年的全校短跑冠军。如果不给她报上名，那就是瞧不起我这个当叔叔的……"

黎嘉嘻嘻一笑："讨厌鬼别听我大侄子的！实话告诉你讨厌鬼……"

胡帅有话要说，一拍桌子，脸上哭笑不得："我招谁惹谁了？你们这一口一个讨厌鬼……不，黎嘉你一口俩……我怎么招惹你们了……"

李昆仑呵呵一笑："亲爱的，不要怪我这大侄女嘛！这是我大侄女的昵称，懂不……"

"嗯，我这大侄子确实是聪明！不要见怪，亲爱的讨厌鬼……"

两个人的嘴巴像机关枪，节奏异常紧凑，把这个"讨厌鬼"搞得灰头土脸。"讨厌鬼"及时抓住了时机："……黎嘉，给你报上女子 800 米、1500 米和 3000 米，怎么样？"

李昆仑先急了，当场拍桌子："你把我这大侄女当老黄牛使唤啦！一天跑这么多项目还能喘气不？跑下来不散架子了？你让我这个当叔叔的去搞骨架安装啊……说你是讨厌鬼嘛……"

"我……"

"我大侄子也算说了句人话！你把 3000 米撤下来就行啦……对了，我大侄子的立定跳远和三级跳远都写上了吗？"

"大侄女，我还没说话呢……"

"写上！写上！小姑给你做主了！你是不知道哇，我大侄子当年也是蝉联跳远冠军的人……"

"讨厌鬼"的两只眼睛顿时光芒万丈，显得异常激动："怎么不早说啊，昆仑兄！我正为跳远项目发愁呢……"

李昆仑夸张地整了整头发：

"叫龙哥……"

"……哦，龙哥！"胡帅拿出了记录本，圆珠笔顿时龙飞凤舞，"……男子立定跳远……三级跳远……"

"哈哈，看我这侄女面子多大，我这个当叔叔的……"

黎嘉忽然就来了灵感，一脸的惊喜，打断了李昆仑：

"讨厌鬼！"

"哎！就差女子……100 米和跳远，还有男子铁饼……"

黎嘉一脸的坏笑："这可是你自己答应的啊！"

"什么？"

"讨厌鬼啊！"

"嗨！叫吧……叫吧……就是女子百米麻烦……"

李昆仑的"机关枪"马上跟了上来："讨厌鬼也不错……昵称嘛……"

然而他并没有说完。外面的一声哨响令教室成了一台发动机，轰隆隆的桌凳响动声让他们的对话成了纯粹的动作剧。后面两节课是体育课。虽然体育课经常被语数外老师无辜侵占，今天却奇迹般地幸存了下来。大约是因为运动会临近，风口浪尖上，其他老师怕惹麻烦。

体育老师一身运动服，标准的身材，昂然抬头，背着手，袅袅的，翘着屁股，但此刻显然很生气："胡帅，你干吗去了！不知道下一节是咱们的体育课？快快快，抬体育器材去！"

"讨厌鬼"这才恍然大悟："嘿……光瞎忙活了，真忘了……来啦来啦……走啊，龙哥，哈哈……"

李昆仑愣了一下："啊？嘿！走，讨厌鬼！"

后面是同学们的一片哄笑。

然而这一称谓并没有结束。杨威和肖珂打赌的时候，这个称谓从不同的嘴巴里说了出来，而且，不知不觉中，达成了共识。在这个打赌的过程中，肖珂硬生生地让大家吃了一惊，并罕见地为自己赢得了真正的实惠。

他们的打赌是从体育老师喊着做完准备动作后开始的。当时体育老师在准备动作结束后并没有马上宣布自由活动，看着机械懒散的人群缓缓向右看齐，很不满意，有话要说：

"你看看你们，你看看你们啊……蔫儿八叽的，哪有点儿青春的样子……"

"什么是青春的样子……"有人在人群中喊。

"……有点儿精神劲、有点儿生活气息行吗？上体育课我就不说了，看看你们，年纪轻轻的，一下课就趴在书堆里啃桌子，除了睡觉就不会搞点儿别的？你说你们这样在运动会上能不丢人吗……"

"讨厌鬼"及时地高声重复了那顶高帽子："王老师，高二六班向来是卧虎藏龙之地啊！"

大家"轰"地一声都笑了。

体育老师也笑了："好！那你们就卧虎藏龙吧……反正运动会快来了，到时候用成绩说话！体育器材都拿来了，你们准备准备吧。都有了啊——解散！"

黎嘉撅着嘴巴："哼！你就知道打篮球……女生根本占不到场地……还蔫儿八唧呢……"

体育老师一愣："……女生嘛……可以换一种方式嘛！"

"比如呢？"

"打个排球？"

"没球。"

"跳个健美操。"

"没人教。"

"呃……那也不能光睡觉，至少得干点儿有意思的事吧。"

"比如呢？"

"呃……你不是要做风车吗……"

"跟体育有关系吗？"

"是关系小了点……"

"切，压根儿就没关系！"

"这几天都坚持跑了吗？"

"嗯！嗯！王老师的话谁能不听啊……"

随后同学们就没有心思再听了。人群自动解散了，乱哄哄的。大家一拥而上，把那个装体育器材的大笼子摊了开来，好奇地胡乱扒拉，掂掂铅球，摸摸标枪，笑嘻嘻地拿同伴开涮。

打赌就是在这个时刻开始的。

肖珂拿起了那个无人理睬的铁饼，托着掂了掂，对杨威说：

"来，杨威，咱俩打个赌？"

杨威看了肖珂一眼："切，就你？怎么赌？"

"看谁扔得远。"

"没问题。老规矩，一包'蜜三刀'？"

"一言为定。"

"一言为定。"

肖珂脸上那不怀好意的笑容让杨威感到有点儿捉摸不透，但他还是接过了铁饼，捏着边就要扔。

"等等……危险！别砸着人……"

杨威很不高兴："你管我怎么扔呢！"

肖珂指了指远处："讨厌鬼还在和范思维讨价还价呢！"

杨威扫了一眼，果然，"讨厌鬼"还是一脸的笑，迎接他的仍然是"灭绝师太"的冷酷拒绝。但他百折不挠。这个距离倒也不太近，反而是体育老师正在耐心指导着黎嘉做起跑动作，而且行迹诡异，时不时就让黎嘉以迅雷不及掩耳之势冲出起跑线，还真不好说。于是两个人走出了人群，来到了南边的空地。杨威的铁饼还是扔出去了，但方向与预定方向呈九十度，引起一阵哄笑后直接滚向了跑道。要不是正在加速的黎嘉及时地跳了一下，体育老师必然会把杨威骂成烂白菜帮子。尽管如此，王老师还是狠狠瞪了杨威一眼：

"注意安全！"

然后就很关切地安抚黎嘉去了。

杨威自然是个大红脸，看着得意洋洋的肖珂，真想把眼前这个家伙拍成大饼子的形状。然而捡回铁饼的肖珂才真正让杨威吃了一惊。

肖珂的动作，从握着提起铁饼的标准姿式到调整呼吸节奏稳健步伐，耸肩摇头前后挪步的准备动作，到出手之前有力的"8"字形弧线，都出人意料地让人感到心情舒畅，而且切中节奏，异常连贯，一来一回，有模有样。

吃惊的不仅仅是杨威，孟涛波陈星海刘树森李昆仑几人都被这个家伙花里胡哨的动作给吸引住了，纷纷凑了过来，表示不服气，想打击一下这家伙的锐气。

肖珂终于扔了出去，距离令杨威无可奈何。孟涛波首先表示不服气，抓起铁饼，大喝一声就扔了出去。扔是扔出去了，但也就只是扔出去了。李昆仑笑嘻嘻地走了几步就捡回了铁饼。随后大家的表现是一律的平庸，尽管孟涛波气呼呼地扔了八次。最远的一次，孟涛波终于实现了突破：没有扔到跑道上，也没有伤着人，距离勉强超过了肖珂的一半。

大家都在纳闷：肖珂这块瘦木板子怎么就扔得那么远呢?

肖珂以少有的得意神情笑了："哈哈！技术，这就叫技术！懂不? 对了杨威，别忘了'蜜三刀'啊！"

杨威抬起了头，若有所思的样子："呃……今天天气不错！"

"别跑题！"

杨威没理他，转过身子就喊："讨厌鬼！讨厌鬼！"

肖珂发现这家伙有不良企图，就跟了上来，没想到杨威却径直向"讨厌鬼"跑去。

"讨厌鬼！叫你多少声讨厌鬼了……讨厌鬼，告诉你一个好消息！扔铁饼的人选有了……"

"谁?"

"肖珂！"

"切……哎，范思维我跟你说，那一天可能谁都不许在教室里学习……"

杨威很生气，"讨厌鬼"对自己的铁杆竟然如此漠视，于是来了个釜底抽薪："哎，讨厌鬼！范思维跑起来跟蜗牛似的，你非得给她当孙子啊……你是没见肖珂扔铁饼，那可真是一把好手……"

令"讨厌鬼"感到不可思议的事情终于发生了。

范思维忽然停住了本来想逃脱的一切动作，一下子就盯住了杨威，气鼓鼓的："杨威你说谁哪！什么叫当孙子啊……讨厌鬼怎么得罪你了？"

杨威也不耐烦了："嗬！你倒来劲了啊！人家讨厌鬼欠你什么了啊？跟在你后面老半天，不是当孙子是干吗？做姑奶奶也没有你这样的啊！讨厌鬼为了谁啊？不就是为了咱们班啊……你想过咱们班吗？就知道自己学习，也太自私了吧……"

"谁自私了！什么叫跟蜗牛似的？你怎么知道的？别以为自己多了不起，说不定还跑不过我呢！切！"说完就要走。

"等等！"

"怎么？"

"不服是吧？"

"切！"

"来啊！奉陪！不摆平你这个丫头片子我不姓杨！"

"就你！"

两人拧着劲就来到了百米跑道上。这可把"讨厌鬼"忙活坏了，来来回回地看两个人"火拼"，着急了：

"……熄熄火……熄熄火……都是为了咱们班……别动火气好不好……"

但是，谁理他这个"讨厌鬼"！

两个人说着就来到了起跑线，而且一边准备一边打嘴仗。"讨厌鬼"被他们指定当了发令员。然而两人的"火拼"再一次让大家进入目瞪口呆的状态。范思维这个平时爱抱怨的"灭绝师太"爆发力之强令人咋舌。杨威并没有占到多少便宜。到终点时两人只是差了不到半米。杨威这个男子短跑悍将已经是气喘吁吁，但他仍然咬着牙说：

"服了吧？"

"服什么呀！你是男的，几乎成平手了还有脸说……"

"讨厌鬼"在他们俩"火拼"的时候忽然开始了手舞足蹈，像个中了彩票的疯子，一边蹦跳一边欢呼。还没有等他们俩缓过气来，就已经冲了过来：

"龙姐！龙哥……"

范思维回过头，哭笑不得：

"讨厌鬼——"

7. 肖珂·课堂

高二六班有个十分稳定的"分母",他的名字是肖珂。班主任曾在公开场合说:"肖珂根本不可能考上大学,只能当个分母,降低升学率。"

对此,肖珂的态度是"不屑一顾"。

肖珂,瘦,高个,学习成绩倒数,天性乐观,超级搞笑,善于发现生活中的乐子,给高二六班的生活带来了无穷的快乐。另:此人爱憎分明。

他讨厌数学老师,因为他身为班主任,眼里只有雷岩、秦晓苇那几个学习好的。

他讨厌语文老师,因为这老头信奉"题海战术",总有做不完的题。

他讨厌政治老师,因为他不负责任,除了背诵几条干瘪的教条外啥都不会。

他讨厌英语老师，因为他讲课枯燥乏味，"狭窄而漫长"。

"总之，你讨厌上课。"杨威总结道。

肖珂不高兴了："我怎么会讨厌上课呢？我只是讨厌上课的铃声……"

"铃声怎么了？"

"半吊子，瞎折腾！"

这显然辜负了牟县七中领导们的良苦用心。学校领导对单调的"叮铃铃"很不满意，认为太单调呆板。情歌？那不是搞坏学校风气吗！经过学校领导们的慎重考虑，深入研究，反复讨论，每到上课或者下课，每个人耳边都会响起丝丝缕缕的叮咛。每个人都有妈妈吧？要不你是从石头缝里蹦出来的呀！《世上只有妈妈好》就是最佳选择，既消除了单调，又不会搞坏学校的风气。

很好！学校领导背着手点头强调。

然而实际效果并非如此。一到下课，伸懒腰、呼天喊地声就会淹没铃声。一到放学，打水打饭的同学仍然会像野驴子一样冲出教室。假如有哪一位大仙，端着一杯香喷喷的茶，在余韵袅袅中悠然品味母爱的真挚，此时，骂声绝对比铃声要洪亮百倍：

"轮到你打饭了你还在这里干什么？你想让我们喝西北风啊！什么？现在去排队？现在都排到八达岭长城了！还有心思喝茶……"

肖珂解释到这里的时候，往往声情并茂，惹得大家哈哈大笑。但不管怎么样，军令如山倒，《世上只有妈妈好》就这么定下来了。"妈妈好"响起，老师款款进入教室，走上讲台；"妈妈好"再次响起，老师夹着备课本，款款走出教室。

牟县七中就是这么上课的。

"妈妈好"了，老师没到，同学们会像鹅一样伸长脖子探查窗外老师的踪迹，课代表也会亦步亦趋地到办公室做一番调查；学生没到，妈妈却好了，许多光顾厕所的同仁会狼狈不堪，撒丫子跑，把男士的优雅和女士的贤淑塞进臭袜子里，力争在老师杀到之前占领革命根据地。

语文老师的脚步很有尺度感，虽然对时间与路程的辩证关系不是很熟悉，但毕竟实践出真知，加上他那坠在层层皱纹上的大把年纪，对时间的把握可谓相当老到。果然，在钱老师踏进门槛的一刹那，"妈妈好"兴奋地响了起来。

钱老师慈眉善目，沉稳持重，稳稳地把一大摞书和试卷放在讲桌上。钱老师脸上皱纹纵横辐辏，棱棱角角，说话语调迟缓，像老牛在哼鼻子，音质醇厚，非常适合睡眠。肖珂伸了伸胳膊，打了个哈欠，及时地进入了状态。但是，令他没有想到的是，语文老师在开始正式讲课之前，慢条斯理地重复了一遍他的战略战术：

"同学们，我们进高中，就是为了考大学。大学是怎么出来的？考出来的。因此，只要平时考好了，高考就能成功。怎样才能考好呢？做题，大量地做题。抓住了这一关键，就抓住了根本……"

肖珂嘴巴嘟囔着："总之，逗号，题海战术，叹号。老重复。也不换点新的，真没劲！"

钱老师审视了大家一圈："总之，要多做题……上一节课留下的试题，做完了吗？"

寂静。

"做完的举手。"

寥若晨星。

"没做完的举手。"

屈指可数。

钱老师瞄了瞄这六十多号人，疑惑了。随后，他灵机一动：

"既做完又没做完的举手。"

同学们"轰"地一下，都笑了。老师也咧开了嘴巴，笑了，然后，挠了挠花白的头发："好了，拿出试卷来。我们讲一下。"

钱老师的腔调拖得很长，温润平和，就像节奏舒适的轻音乐，深受部分同学的欢迎。可是钱老师又不安分，喜欢不时走下讲台，敲敲桌子，让学生起来回答问题。这一招折腾得肖珂很不开心。在讲台上老老实实讲多好，既节省了他老人家宝贵的体力，又遵循了国际交往通行的基本准则：互不干涉内政。你说你老钱都这么一大把年纪了，非要当孺子牛，真是的，非常讨厌！

钱老师笑了笑，走到范志伟面前，敲了敲范志伟头顶上的书："你说，选哪一个？"

范志伟站了起来："选 B。"

钱老师的脸上露出了一丝得意的神色："为什么呢？"

范志伟喋喋不休地说了一通。钱老师晃了晃脑袋，手指在书上一敲，一敲，等待着他的停止。

"说完了？"

"嗯。"

"是这样吗？不是的。很显然，选 B 是错误的。同桌，噢，雷岩，你选哪一个？"钱老师示意范志伟，"你坐下。"

"选 A。因为'空穴来风'是说话有依据的意思，而这句话……"

"好，坐下。"钱老师很失望，面带笑容地取消了雷岩的说话资格，"'空穴来风'是有依据的意思吗？不是的。是无依据。好，你来回答。"钱老师又敲了敲陈星海的桌子。

"选 D。因为……"

"坐下。"钱老师显然是在嫌他浪费时间。为了确认起见，他又偷偷地看了看后面的答案，一丝笑容爬上了那张满是皱纹的脸：

"同桌！"

徐波当仁不让："选 C"

"好——"钱老师拖了一个长调，"请坐。就是选 C。这位同学很会动脑筋。你看看，一个选择题，这么多做错的。"他叹了口气，"还得继续做题呀！"

同学们一片窃笑。下面的时间，钱老师就中规中矩地为选 C 找理由了。A、B、D 对吗？不对的。是 C。C 是正确答案。"好，我们来看下一个题目。"

雷岩却皱紧了眉头。

春天的风很野，惹起了同学们的创造力。本来经过黎嘉的不懈努力，五彩的风车即将大功告成。而钱老师的准时到来使她不得不把即将完工的杰作塞进了桌洞。鉴于课堂气氛相当好，而钱老师又在另一边一板一眼地敲桌子，黎嘉那不安分的手悄悄探进了桌洞，摸到了最后一个风车。突然，一股野风很不讲道理地冲了进来，把试卷掀得老高。黎嘉迅速反应，死死摁住了这个企图逃跑的猎物。但随后，她就再也不敢把手伸进桌洞里了。肖珂已经进入了最佳状态，睡得很甜，偶尔吧唧吧唧嘴，换了一个更为舒服的睡觉姿势。杨威正在顽强地与瞌睡作斗争。眼前的试卷本来很清晰，渐渐地，就变模糊了。

"嘭"的一声，杨威的脑袋撞在了桌面上。

语文老师顺着声音看去，发现有的同学正在看着杨威发笑，于是严肃地说：

"杨威同学，请爱护公物。"

一阵哄笑过后，杨威猛地坐正了，夸张地瞪大了眼睛，深深地吸了一口气，并用手搓了一下脸皮。春天的风太温柔了，杨威故技重施，屡次三番，不屈不挠，进行着艰苦卓绝的抗睡斗争。然而他没有坚持到最后，是班长兼体育委员的胡帅在下课后叫醒了他。刘树森偷偷地看了一下正仔细认真听讲的孙馨馨，投了一枚小纸弹，然后若无其事地看着黑板。孙馨馨偷偷回头看了一眼，他夸张的动作让她捂住嘴巴，"扑哧"一声笑了出来。孟涛波笑了，他的八卦故事又有了新的题材。

钱老师的讲课进程非常合理，甚至超额完成了任务——提前五分钟讲完了试卷。他慢悠悠地闲逛，翘首等待下课的"妈妈好"。

然而不幸的事情很快发生了。

又是雷岩。

雷岩在钱老师扫视一眼时及时举起了手。对眼了。钱老师感到了一丝恐慌：难道雷岩这小子又抓住了他的小尾巴？

果然，雷岩拿着词典，向老师解释了一番，又指了指试卷，引经据典，振振有词，最后一摊手。钱老师的眉头拧成了一个大疙瘩，严肃地接过了词典，深深地吐了一口气，翻了翻词典的出版日期，然后，又回过头看了看试卷。然后，深深地吐了一口气。他最后点了点头，在自己的试卷上涂改了一下。回到黑板前，他偷偷翻开试卷后面的答案，恶狠狠地瞪了一眼。

还白纸黑字呢！明目张胆地让他出丑！

"妈妈好"如约奏响。钱老师很冷漠地抬起了头："更正一个题目。第四题应该选 A。'空穴来风'是事情有依据的意思。"最后没忘了加上那个小尾巴，"C 是不正确的。"

说完，便逃脱般跳进了明媚的阳光里，一点儿过渡都没有。

黎嘉一边拿出风车，一边有声有色地说："真是不好意思，又看错答案了！"

周围的同学一片轰然。

秦晓苇很认真地查着词典，看看为什么选 A——老师说的是选 A 啊！

肖珂同学被惊醒了，睁大眼睛没发现什么，又吧唧吧唧嘴巴沉沉睡去，从而缺席了在教室后面的"笑谈会"。下课后，在教室旁边的合欢树下，一群男生总会聚在一起，胡诌八扯，莫名其妙地就乐得前仰后合。杨威、胡帅、陈星海正热烈讨论着即将到来的全校运动会时，政治老师却已经像一列火车一样开过来了。

孙老师是个高个子，走起路来步子很大，加上身体往前一拱一拱，胳膊一捣一捣，同学们唯一的期待就是：汽笛长鸣，火车进站。火车晚点很正常，但火车提前到站肯定是有什么特殊情况。然而"火车"确实来了，而且气势汹汹，加速运行，这让同学们感到有点儿措手不及。

政治老师把试卷扔给了第一排："发下去。"然后坐了下来，脸上笑眯眯的，声音温柔可亲，"怎么办呀！同学们，我们班被兄弟班级落下了十多分。我说的是平均分啊，不是总分啊！"

下面一片静悄悄。

孙老师跷起二郎腿，脚不时一颠一颠的，富有节奏感。他笑眯眯地说："咱不能总这么落下去呀。怎么办？也不能总不争气吧？"他已经摊牌了，毫无保留，把问题摆在了大家面前，"来，大家想想办法，这样下去也不是个事儿啊！"

他的表情有些滑稽，更多的是坦然。事情与他无关。怨就怨这帮学生太不争气了！他起早贪黑地上课，就拿那点儿工资，付出那么多，容易吗？学生们就考成这样，对得起他吗？看着学生们低头认罪的样子，可笑嘛，可耻嘛！

杨威的冷笑恰恰被政治老师逮了个正着。这就是藐视权威，自以为是！孙老师顿时感到非常生气："连基本原理都不会，太不像话！杨威，你起来背一下顺境与逆境对人成长的影响！"

杨威站起来了，但是没说话。

孙老师很生气的样子："肖珂！"

肖珂还没有站起来，嘴巴就像纷纷抖落的黄豆粒子："唯物辩证法认为，在事物发展变化过程中，内因是依据，外因是条件……"

"我还没问呢！你先把课本扣在桌面上。"孙老师又是笑眯眯的了。

同学们的哄笑不可避免。

果然，课本扣上以后，肖珂再也没有说出一个字。老师把课本摔在了桌面上："不行，不行！背诵，背诵！你们俩站着。"

"按钮"一摁下去，"巨型发动机"就开始嗡嗡作响了。整个教室顿时人声鼎沸，气氛很快就到位了。有的同学嘴巴在"呜呜啦啦"地唱着背书的腔调，其实嘴巴里没有吐出一个清晰的字音，书还没有翻开，就已经开始摇头晃脑、煞有介事了。肖珂把书捧得老高，语调顺畅流利，态度严肃认真，一副很努力的样子。

孟涛波只是随意停顿了一下，但刚一停下来，忽然就觉得读书的声音有点异样，在周围好像有一种腔调是在朗读与政治无关的东西。于是他好奇地停了下来，竖起了耳朵，小心翼翼地捕捉有效信息。

声源慢慢地转移，转移，转移，最后，位置定在了肖珂的嘴巴上。内容其实就是一句话，只不过肖珂用不同的腔调、语气、表情和节奏反复吟诵。再看看肖珂，脸上严肃得很，认真得如同一根天真无邪的大黄瓜，嘴巴却一直在重复那一句颇有意思的话：

"老孙你这个不负责任的家伙……"

孙老师观察了一下教室，觉得气氛是相当的好，很满意地点了点头。高兴之余，又跷起了二郎腿，一颠一颠的，脑子里回响着那欢快的旋律：

"跑马溜溜的山上，一朵溜溜的云哟……"

黎嘉的风车大功告成，绚丽的风车已经被固定在了窗户上，此时正慢悠悠地转呢。那是由六个小风车组成的风车组，不同颜色，鲜艳夺目，做工精致，转动起来更是五彩纷呈，堪称艺术品。

读书声开始很响亮，风车却只有顶上的那两个在转动，其他的只是懒洋洋地偶尔动一下，证明自己没有处于故障状态。读书声渐趋平缓，风车却转得多了起来。四个风车补充似的兴奋地转了起来。老师渐渐觉得无聊，就往下面瞄了一圈，读书声又一次走向了高潮。

风车转得快了起来，四个、五个、六个，一齐助兴似的飞速旋转，而且越转越快，成了六个五彩的小太阳，拼命地要为世界的精彩贡献力量。孙老师很幸运地看到了这一幕，笑眯眯的，很满意。

孙老师突然想起了什么，站了起来，径直走向了肖珂，而且表情严肃，气势汹汹。肖珂慌忙改变自己原本的状态，在政治课本上随便选了一段就念了起来。果然，政治老师在肖珂面前站住，顺手拿起了他的试卷。肖珂显得相当紧张，后悔自己刚才太嚣张，让孙老师逮了个正着，念书时眼珠子转来转去，等待机会向老师坦白自己的错误。果然，老师重重地在他的桌子上敲了两下：

"肖珂，你出来一下。"

肖珂感到地球在莫名其妙地乱晃悠。他竟然在无意中注意到：窗口的风车在欢快地转动着，又转成了六个五彩缤纷的小太阳。

他们走出人声鼎沸的教室时，发现世界突然颠倒了，因为外面安静得要死。肖珂甚至听到神龟山上还传来了悠远的布谷鸟叫声。

肖珂受不了了，绝望了，感到事情闹大了，于是想主动坦白，恳请孙老师原谅他的诅咒。然而他反应太慢，孙老师在他开口之前敲着试卷抢先说话了：

"肖珂，最后一道大题你是怎么答的？"

肖珂一脸的疑惑，觉得政治老师很不像话，说话驴唇不对马嘴。但一愣之后，他很快就明白了事情的真相，于是如释重负，脸上浮起了一丝笑容：

"我……"

"还好意思笑！你自己念！"

肖珂低着头接过试卷，一副不好意思的表情。

孙老师越来越发现事情的严重性，这不仅是个学术问题，更是一个严肃的政治问题。他盯着肖珂，脸上出现了前所未有的严肃："肖珂同学，最后一道大题，二十分。你的字挺值钱，一共才十个，就答完了一道大题。你还真敢干！"

肖珂难堪地看着那十个大字："题题套原理，一点没营养。"

"肖珂同学，你应该知道，辩证唯物主义是世界上最正确的真理，放之四海而皆准。你是怎么认为的？怎么是没营养的呢？要学会运用，在实践中运用马克思主义，你会有巨大的收获。你这不是单纯的思想学术问题，更是严肃的政治问题！肖珂同学，你马上回去，给我写一份检查，不少于一千字。反省不深刻，重写！"

肖珂吃了一惊，发现问题原来这么严重，只好摊牌："老师，我只是不知道该写什么。至于什么题，我都没看。我觉得每次都往上套那些老掉牙的原理，太没意思了……"

"那是因为你没有将原理和实践紧密结合起来，没有在运动中解决问题。"

肖珂到底没有搞明白。或许是因为孙老师而产生抵触情绪，或许是他压根儿没认真学，但结果都是一样的。假如他真正搞明白了唯物论辩证法，他后来的人生路或许会轻松很多。

最后，孙老师终于放行了："回去吧。抓紧时间写。"

肖珂回过头，像逃犯似的，赶快往屋里溜。

"停下！"

肖珂两脚钉地，脸色惨白：

"咋？"

孙老师认真地说："检讨上可不能再乱写了！"

肖珂"哎"了一声，就像老鼠一样逃了。

刚才这一会儿，纸风车逐渐停了下来，一个动的都没有，仿佛正替肖珂反思呢。正当肖珂往回走时，六个小风车齐刷刷地转了起来，显得相当兴奋而努力。

黎嘉笑嘻嘻地看着自己的杰作，很得意，圆珠笔在虎口处呼呼飞转。

8.班花·肖珂·狗

对神龟山下的牟县七中来说，每天的阳光总是姗姗来迟。神龟山坐落在学校正东方，这使得清晨最原始的阳光不能早早抚摸这座沉睡的高中。或者说，牟县七中的清晨是从上午开始的。

当琅琅读书声隐隐传遍整座神龟山的时候，"龟背"上就会出现明显但不是很圆润的弧形曲线。曲线以上，绯红橘黄的阳光充斥扩散，曲线以下的神龟山便越发黝黑模糊了。随即，透过路边淡黑色的错乱的树枝，阳光开始探着身子窥视校园了。校园的教室是用红砖垒成的，阳光在红彤彤的墙壁上涂了一层融融洽洽的温柔橘黄色。那种橘黄色鲜明而又浓郁，匀匀地涂抹在教室的墙上、未醒来的合欢树上，如饥饿时闻到香喷喷的饭菜，又如年轻的笑容，稚嫩而又热情，纯真而又充满幻想。熟悉的琅琅读书声在清凉的空气微微颤抖，在牟县七中每个人的记忆中不时响起，挂满了美丽的橘黄色和单纯的青春面孔。那些春天的日子似乎总是清新而悠远，注满了一种怀旧的音乐，却永远追寻不到一丝痕迹。然而，那些春日的清晨又有多少故事让他们感到了那一丝丝一缕缕的成长。

某一天早晨上早操或者吃饭时，同伴会像发现了拿破仑遗骨般一阵大惊小叫：你怎么今天突然冒出这么一大截？或者对着身边同学哈哈大笑：你小子，刚来时高大魁梧得像头野驴子，现在怎么成小矬子了？哈哈，苍天有眼啊，我让你当初给我造成了这么大的心理压力！一觉醒来，他们发现仿佛从暴风雨前的沉闷中钻了出来，早已大汗淋漓，各种可恶的男女之间的想法不时潜入思维。他们会慌忙看看周围，仿佛害怕乱七八糟的想法会蹦出来自行告密。此时他们会格外喜欢睡觉，春困秋乏在他们身上有着相当突出的表现。下课后，甚至上课时，总会有无数的黑毛球立在书山后，两只胳膊架成三脚架，撑着一个个毛茸茸的脑袋。

醒来后的他们很快被害羞所擒获，嘴巴里不知什么时候流出的涎水已经把脸和胳膊缠在了一起，没有气味却相当有黏度。他们再也顾不得红印什么的了，赶紧用纸或者干脆用袖子抹去脸上的"罪证"，准备及时逃离是非之地。可一站起来，却发现因为刚才的二郎腿，此时的下肢已经没有感觉。一会儿过后，麻酥酥的感觉才会渐趋明显，然后才能慢慢走动。不过，此时的步伐就像动画片里的狐狸偷鸡，蹑手蹑脚，仓皇四顾。等一会儿恢复了，暖风吹来乐陶陶，于是又有了重新构建金字塔的欲望。

在高昂的课间操音乐中，学生队伍蜿蜒爬上操场，嬉笑怒骂，动静羞怯，神态各异。班主任发现学生队伍的"海拔"参差不齐，很生气：这是谁呀？上个月刚排好的，是谁又在捣乱？

调查之后只好重新洗牌。

阳光下的男女同学貌似严肃却不时走神，异性的一些细微变化会在他们的大脑中产生无尽的想象，甚至引起心潮的高涨，呼吸的急促。因此，千万不要轻视一个个高中生，小小的脑袋里是那么五彩缤纷、紧张激烈、险象环生、奇谲诡怪，甚至置之死地而后生。

刚刚转学来的石磊磊是班花，这就如彼德格拉斯定理一般毋庸置疑。不到两个月后，她的背景与情况每一个男生都耳熟能详了。

石磊磊，女，高二六班班花，有一种让人无法回避的青春美，面色洁净而圆润，娴雅安静，偶尔羞涩，最能激起男生的想象和女生的嫉妒。在男生们的心中，她就是高二六班最引人注目的五彩旗帜。一谈起女孩，任何忽视高二六班的男生都会遭到同伴们最无情的讥笑与打击。高二六班男生会在微微一笑后加上一句："嘿！咱和她还是好朋友哪！"说的就是你，不用再怀疑。此时，你便会在瞬间成为在场所有男生目光的焦点，诸多种类的目光也会让你感受到世间人际关系的复杂性与可怕性，而他们的目光本身也足以证明他们的怀疑、猜忌与居心叵测。如果你再加一句："呵呵，开个玩笑。只是一般的朋友而已嘛！"这下反应又不一样了。有人会长舒一口气，有人会说："我说呢！灰毛鸭子怎么能和白天鹅站到一块儿！"有人仍会以羡慕的目光表示自己的处境是多么悲惨。有人会表现出不屑一顾的神情，耳朵却支棱在那里紧张地打探消息……陈星海刚刚听说了，有两个男生因为她的星座归属问题闹僵了，搞得少皮没毛的……

如果说石磊磊是一枝楚楚动人的安静的百合花，那黎嘉就是长满尖刺的玫瑰花。

黎嘉，女，一个富有争议的班花，咋咋呼呼的像男孩子，但身材凹凸有致，特别富有青春蓬勃活力美。她的发育特别好，身体的流畅性与突出部位的配合真是天衣无缝，紧身精致的衣服衬托得她十分挺拔。她性格泼辣，说话做事毫无顾忌，任何做作的行为都会遭到她无情的奚落。（注：此人在一些男生心目中的魅力，要远超石磊磊百倍）

与石磊磊的众口一词相比，黎嘉的"班花"称谓存在争议。有人津津乐道，有人则不屑一顾。比如班主任从来就看不惯这个小疯子。在许多场合，他都毫不隐瞒地表达了对"有的人"性感张扬的反感。这在一定程度上影响了高二六班的舆论导向。

总之，有一点是无法改变和绝对统一的：石磊磊是大家心目中最圣洁最无可挑剔的班花。至少当时这么定位的。

肖珂在暗地里疯狂地认同这一点，而在肖珂的脑海中，也与石磊磊发生了许许多多五彩纷呈的浪漫故事。另外，肖珂在私下里还得知：石磊磊与陈星海在初中是同班同学，竟然还有半年的同桌经历。石磊磊刚来的那一天晚上，肖珂发现石磊磊的眼光一直在班里搜寻，并问了他陈星海坐在哪个位置。当时的肖珂只是因为身边的美人主动和自己说话而感到受宠若惊，但后来他发现石磊磊的眼光总是离不开陈星海的时候，感到了一种莫名的隐忧。而事实一步步把隐忧变成了冰冷冷的事实。

肖珂在自顾自地心痛了几天后，慢慢恢复了过来，因为石磊磊有一次竟然向他借了橡皮。从那一天开始，肖珂的想象又如蓬勃的夏日池塘一般，变得越来越翠绿，越来越有生气，充满了激动人心的故事。

陈星海要回家办身份证，需要请假；雷岩手头没钱了，也要回家。于是两个人一拍即合，一起敲响了班主任办公室那扇暗绿色的门。结果也很符合常规：班主任答应了他们的请求，但命令必须第二天上午八点之前赶回学校。雷岩的理由是没钱了，于是出门时两个人的收获也有差异。雷岩在获准回家的同时还得到了班主任塞给的两张蓝莹莹的百元大钞。

他们退出来的时候，胡帅及时逮住了班主任，并把全校运动会的运动员名单交到了班主任手中。胡帅说起来头头是道，如数家珍，滔滔不绝却名正言顺。班主任笑眯眯地听着，歪着头，听得很认真。解说完两页后，胡帅又翻到了第三页，并马上续上了话头。这下，班主任皱起了眉头，因为参赛的人数已经大大超出了他的想象，本想应付差事的他敏锐地发现：事情的发展已经严重影响到了当天的学习进程。

胡帅慌忙解释，并从各个角度阐述了运动会的伟大意义。班主任很不高兴地看了胡帅一眼：影响学习了！

他们可能没有注意到：杨威和肖珂此时已经出现在了红墙的角落。

班主任虽然想到了争取荣誉的可能性，同时也认识到了兴师动众的问题严重性。身为数学老师的他深知分母为零无意义，更明白N永远小于（N+1），于是迟迟下不了决心。

"老师……"肖珂在革命斗争生死攸关的历史时刻及时打断了班主任的紧张思绪。

当肖珂的脸映入眼帘时，班主任分明意识到了雄狮相争小丑插手的可恶性。他皱起了眉头：

"怎么了？"

"我，我想回家。"肖珂说。

班主任没说什么，冷静地回过头，对胡帅说："名单先留这儿……"

"老师！"肖珂又一次打断了他。

"……这个问题等待进一步的研究……"

"老师！"肖珂不屈不挠。

班主任停了停，呼了一口气，没有回头："你先回去。把名单留下。"

班主任回过头，一下子盯住了肖珂。肖珂发现了班主任眼光的复杂性，一时慌张，反而不说话了。

气氛很不对头。

班主任很生气："肖珂，你说你有什么用啊？啊？上课只会睡觉，晚上只会胡闹。你说你有什么用？咱们班六十号学生……"

肖珂说："老师，我要请假……"

"我知道你要请假！你请不请假有什么区别吗？高考你只会做分母，降低升学率。平时只会往下拉分。你不赶快回家你在这里干什么……"

肖珂说："我要请假，老师。俺娘病了，我想回家看看俺娘……"

"你回家有什么用啊？你能拿个第一让你娘高兴高兴吗？咱班这么多学生，如果都像你这样，还有法子管吗？只会拖后腿……"

肖珂说："老师，你到底准不准假？"

班主任措辞越来越激烈："……我哪能管得了你！你可以回家，马上回家！可以离开牟县七中。没人能管得住你！咱班前四十名你都没有进去过，你还有什么脸面？还你娘病了，你娘病了像你这么笨的人回家有什么用吗？没有一点儿自知之明！肖珂我告诉你……"

杨威冲了过去，一把拉住了肖珂的手："肖珂，走！"

班主任正在慷慨陈词，忽然看到了怒目而视的杨威，胸膛里生出了一根毛扎扎的狗尾巴草。

肖珂挣了一下："等等，我……"

杨威一下子拽住了他的手："走啊！"

班主任气呼呼地，盯着杨威做了一系列的拽、拉、推、搡动作，直至消失在路口远处。天空中纷乱的喊叫声在证明着：校园仍在喧嚣，生活仍在沸腾。

那一刻，班主任发现，春风吹在脸上，相当野，相当生猛。

最终，肖珂还是坐上了回家的公共汽车。但在公共汽车上，他看到了自己最不想看到的一幕。那是公共汽车隆隆地顺着陡然下降的大路冲向苍梧镇南北大街的时候。开始他只是向窗外瞟了一眼，随后很快就兴奋了起来。石磊磊竟然正亭亭玉立地在路边等车呢！

他差点喊了出来。也幸亏没有喊出来，因为他看到陈星海这个浑小子竟然站在她的身旁。肖珂顿时感到心脏在隐隐作痛，憋得慌，忽然就感到天昏地暗加绝望无边。更为要命的是，他心目中圣洁的石磊磊正撅着嘴巴，似乎正在生他的气呢。陈星海则嬉皮笑脸。还好意思笑，不要脸的东西。然而他绝望了，因为他竟然拉起了石磊磊的手，而石磊磊却是一副爱理不理的样子……

公共汽车的喇叭还在叮叮咚咚地唱着"九妹九妹，漂亮的妹妹"。肖珂绝望地把脑袋靠在了椅背上，闭上了眼睛，很痛苦的样子。

九妹九妹，可爱的妹妹。可爱的妹妹。

九妹九妹，通红的花蕾。通红的花蕾。

他仿佛看到了九妹在桃花掩映中快乐地享受着青春，和着欢快的节奏，挺拔的身姿轻轻跳起了柔美舞蹈……

桃花掩映下的石磊磊，也一定是美丽而多情的。她是那么美丽姣美，婀娜多姿，回眸一笑，顾盼生辉，令他心潮澎湃，无法自持。恍恍惚惚中，当石磊磊在美丽的桃花中轻歌曼舞的时候，陈星海涎着脸皮出现了。这家伙屁颠屁颠地跟在石磊磊后面，还笑嘻嘻的，好不下作。石磊磊当然不会理他，果然，她转过身，向反方向走来。

肖珂坚信：美丽的石磊磊一定会向自己走过来的。

正在这个时候，不知从哪里冒出来一群坏蛋，要劫财，还要劫色。石磊磊惊叫一声，慌乱地跑了起来，就像一头受惊的小鹿。她无助地喊叫着，向自己这边跑了过来，多么可怜。陈星海这个小人，惶惶然只顾着自己逃跑，哪里顾得上美丽的石磊磊。坏蛋们一个个凶神恶煞，一把就抓住了被吓破了胆的陈星海。胆小的陈星海慌忙喊"饶命"。坏蛋们哪里听他的，一拳头就把陈星海的脸打成了一个"杂货铺"。陈星海"啊"的一声倒在了地上，就像一头没用的死猪。坏蛋不屑地向他吐了一口唾沫："呸！笨蛋！还有脸跟在班花后面！"

石磊磊在慌乱中紧紧地抱住了他，肖珂。肖珂感到了温香软玉的她是多么恐惧。关键时刻，该英雄出手了！肖珂把石磊磊轻轻地拉到身后。石磊磊满眼期望与信任地望着他。他向她点了点头，很庄严，然后微微一笑。可怜而美丽的石磊磊信服地点了点头，退后了几步。肖珂这才将冰冷的面孔转向了那群可恶的坏蛋。

坏蛋们喊："好啊！想英雄救美吗？哼，尝尝我双节棍的厉害！"

肖珂一摸腰上，还好，自己的倚天剑竟然还在。双节棍带着风声"呼呼"打来。他只是一闪一躲，轻松脱身。坏蛋们恼羞成怒，"呀呀"叫着，又一次冲了上来。肖珂在躲闪的同时，一拳打在了一个坏蛋的脸上。那家伙脸上瞬间也开了一个"杂货铺"，跟陈星海脸上的一模一样。

"哼！身手还不错嘛！"

剩下的坏蛋们气坏了，又"呀呀"叫着冲了上来。肖珂拔出了倚天剑，只见几道寒光闪过，血色映红了桃花。

静。

一位英雄。一个美人。一群坏蛋。

英雄是顶天立地的英雄。美人是绝色美人。坏蛋，是永远不再醒来的坏蛋。

肖珂一下子抱住了即将倾倒的石磊磊。她崇拜地看着他的眼睛，柔弱无力地说："肖珂哥，你好厉害……"肖珂一下子抱紧了石磊磊，两片火热的嘴唇贴在了一起。她顺从地闭上了眼睛，尽情地依偎在他身上。他在把倚天剑扔掉之前观察了一下死去的坏蛋。不能留下一个活口。英雄都是这么干的。他把美丽的石磊磊横在身前，轻轻地放在地上，深情地吻着她白皙的脸，她的身体……她顺从地躺在地上，一声不吭，热情地渴望着他的一切。他感到一股强烈的燥热从身体的某个部位爆发了出来，燃烧到了每一个细胞……他有些慌张了……

一个急刹车让肖珂的脑袋硬生生地撞在了前排的椅背上。

"咚！"

肖珂猛然醒来，听见了乘客们对司机的无情辱骂。他摸了摸自己可怜的额头，心里也有了些许的安慰：好在没成"杂货铺"……

公共汽车走到村头大路上的时候，肖珂竟然看到了弟弟和妹妹的身影，还有家里那条狗——乐乐。他们正顺着大路往回走。妹妹手里拿着铲子，弟弟手里拿着筐子，看来是在母亲的命令下去剜菜了。肖珂及时地喊了一声：

"师傅，停车！"

弟弟妹妹在看到哥哥的那一刻简直是欣喜若狂。肖珂没说什么，顺手把弟弟手里的那个大筐子提在了手中，沉甸甸的。乐乐是一条不到一米长的黄狗，此时又摇尾巴又扭身体，前蹦后跳，耳朵还一动一动的，眼神里满是兴奋和惊喜。那是一只从小到大陪着肖珂成长的小狗。肖珂看着乐乐，心里乐滋滋的，不时轻轻踢它一脚，乐乐兴奋地用脸往他身上蹭。当他向前迈步时，乐乐轻快地跑在了前面，并不时翘起后腿撒点尿，然后回头看看，往四周张望着，等着他们。等他们走近后，又轻快地向前跑，不时停下，东嗅嗅，西望望。

夜里，肖珂独自一个人来到了静悄悄的院子。四周一片宁谧，夜风带来了杏花的清香。他注意到了母亲看到儿子时那一抹惊喜与震动，感到了一种无法释怀的无奈和伤感。父亲在外打工出事已经三年多了，母亲一个人操劳支撑着这个家。虽然住在后院的爷爷奶奶时常帮忙，但日子明显清苦了许多。那一瞬间，石磊磊早已离他很远很远。肖珂真想休学回家，可当他把退学的想法告诉了病床上的母亲时，母亲却睁大了眼睛，当时就要挣扎着站起来：

"没出息……孩子，你娘没怎么读过书，但我相信你爸那句话：万般皆下品，唯有读书高啊……好好上，不要管家里……你娘没事，一点儿事都没有。一定要把学上下来……"

肖珂那一瞬间真想一刀把自己给劈了。

第二天，母亲赶他去上学，并下了床。肖珂知道，那是给他看的。肖珂没说话，把奶奶炒好的咸菜放进了书包，就慢慢走向了车站。

乐乐一直跟在后面，前前后后地。

肖珂开始没有注意到乐乐。但当他到了车站后才发现，乐乐根本就没有回家的意思。他捡起了一块石头，佯装要打它。乐乐一下子退得老远，然后停下来，蹲下，耐心地坐在一边等着肖珂。公共汽车还没来。肖珂无力地坐在了路旁一块落满了灰尘的大石头上，再侧眼看时，乐乐已经在用脸蹭他的腿，并眼巴巴地看着他。他蹲下来，狠狠地敲了乐乐两下子。乐乐没有躲，喉咙里发出哼哼声，一动不动地望着他，委屈极了。肖珂一下子就抱住了乐乐的脑袋，乐乐平静地喘着气，一动不动。他真想大哭一场。他直起身，朝远处望了望，远处有个小白点，好像是公共汽车开过来了。此时的乐乐轻轻用嘴巴蹭他的手背，并不时舔一下，然后蹲在一边，望着远处，伸出红红的长舌头，嗤嗤地喘着气。

果然是公共汽车。肖珂快步走去，在公共汽车开门的一瞬间，一下子冲了进去。很快，他听到了售票员怒斥狗的声音。他不想看到乐乐受到怒斥的样子，于是忍着没有回头，钻到了车的后排坐下。汽车终于掉转了车头，开始向前行驶了，这也让肖珂长舒一口气。

肖珂不放心，总担心，怕乐乐跟着跑。汽车在行驶了五十多米后，肖珂才探出脑袋，想确认乐乐是不是已经回家了。肖珂探出脑袋就后悔了，因为正在东张西望、四处寻找的乐乐在那一瞬间正好朝这边看过来了。他就纳闷了：都说狗的眼睛不好使，乐乐在那一刻怎么就看到他了呢？

乐乐发了疯似的跟了上来，仿佛不顾一切，从远处看就像一个黄色的圆球在灰尘中蠕动。肖珂后悔死了。乐乐怎么就这么傻呢？

跟在后面不是吃土吗？有什么好追的？他唯一的希望就是汽车加速，加速，把这个傻瓜甩得不见踪影。

汽车似乎很配合他，憋了一口气就拼了命地跑，除了中间因为乘客搭车停了几次，在谷柳镇加了一次油，车还是顺利地到了苍梧镇。

在下车的一刹那，肖珂又感到了一丝沉重。他的步子又开始变得木然、呆板，一步，又一步。快到学校门口的时候，他都不想进校门了。他承认自己不是读书的料，反正一看书他就想睡觉。

他颓然地停在了学校门口，手抱了一下脑袋就垂了下来。毛茸茸的？他感到毛茸茸的，还有"呼哧呼哧"的喘气声……

回头一看，乐乐赫然站在他身边，一摇一摆地，用脸蹭他的腿，眼巴巴地望着他。

三十多里地啊！乐乐是怎么来的？这么远的路，乐乐难道是跟着跑来的？是的，没有别的选择。他一把就把乐乐拽了过来。

"……傻啊……臭乐乐……傻乐乐……"

肖珂疯狂地敲打着乐乐的脑袋。乐乐受不了他的疯狂，呜呜地叫了几声，退到了路边，脸扭向了一边，很委屈的样子。那一刻，肖珂差点儿就流出了眼泪。乐乐慢慢地趴了下来，两条腿放在前面，脑袋放在了上面，不时歪歪脑袋，用可怜无辜的眼神瞅瞅肖珂。

肖珂终于冷静了下来：必须马上把乐乐送回去。

他来到了路边。乐乐仿佛在怕他还会用手打他，歪着身子在躲避，眼珠子乱转，可怜极了。肖珂轻轻地摸了摸乐乐的脑袋，叹了一口气。乐乐用嘴巴一拱一拱，尾巴又开始摇动。

肖珂把咸菜放回了宿舍，又赶了回来，并借了一辆自行车，弄了根绳子，一头拴在了车子的后座上，准备把它送回去。

走到街上，肖珂狠了狠心，买了一根香喷喷的大鸡腿，自己一口也没吃，全给了乐乐。看着乐乐摇头摆尾嚼骨头的样子，肖珂真想哭。

肖珂把乐乐送回家又赶回来的时候还饿着肚子，他气喘吁吁地来到了教室，发现还是落在了晚自习的预备铃之后。

肖珂不出意外地和班主任碰了个正着。

"干什么去了？怎么才回来？"

肖珂先是喘了口气，才说："……送狗了……狗跟着我……"

班主任顿时勃然大怒："送狗了还……你家小鸡小鸭子是不是也要送？请你尊重点老师的智商好不好？是不是还得回家一趟……"

肖珂当时差点就疯了。

随后，肖珂平静地走进了教室，再没有说一句话。

一会儿，一包"蜜三刀"扔在了他面前。上面还有一张纸条："饿成扁豆了吧？朕说话算话，从不食言。"

回头一看，杨威拍着自己的胸脯，夸张地理了理头发，一脸的得意。

肖珂又纳闷了：杨威怎么就知道自己还没有吃饭呢？

9. 木料·运动会

"讨厌鬼"胡帅在课堂上给人留下的最突出印象是什么？

肖珂想了想，说："竹竿。"

杨威正在犯迷糊，勉强明白了题干，说："垂柳。"

李昆仑笑了："旗杆。而且正在降半旗致哀。"

陈星海思索了半天，终于发现了其中的奥妙。不管上面是绿叶还是红旗，共同点都是如此显而易见：制作的材料是木头。于是，陈星海在纸上郑重地写下了两个字：木料。

"木料"在课堂上的表现很狼狈，很猥琐。

一日，老师兴高采烈地为自己的精彩演讲暗自喝彩时，忽然觉得自己唱独角戏有些孤单，灵机一动，便提了一个相当白痴、相当小儿科的问题，想让学生的肯定回答为自己的激情演说增添一面崭新的小旗帜，从而更加淋漓尽致地展现自己无穷的魅力。

老师不了解班情，就近选择了"讨厌鬼"兼"木料"的胡帅。

于是，这位"大仙"站起来了。

但也就是站起来了。

像一棵美丽动人的垂杨柳。

老师觉得提示这样的白痴问题要比回答问题本身难上一千倍。

老师绞尽脑汁，奇迹般地做到了。但"木料"没有做到。等了老半天，这位"大仙"仍在"降半旗致哀"。

选择放弃说明老师还是有智商的。如果老师是一个以慈悲为怀循循善诱的伟大的人道主义者，这可真要了亲娘的命了！"木料"同志会用鲜活的事实生动地告诉你：木料就是木头做的。如果你想把木料变成活蹦乱跳、思维活跃的猴子，劝您还是去研究一下人类如何在一周之内登上火星弄俩外星人回来当猴耍吧。如果老师还想继续享受美好的生活，不想把自己变成脸色铁青气鼓鼓的蛤蟆，那么最科学最高深的锦囊妙计只有三个字：

放弃吧。

胡帅同志就是这样一根标准的"木料"。

但一到了下课时间，事情的变化会让你感到不可思议：地球忽然改变了主意，出轨了，跳着踢踏舞，扭着屁股就登上了闪亮的舞台。"木料"摇身一变，成了神通广大的孙悟空。纷繁复杂零敲碎打的各种屁事，"木料"只是拍着自己的大屁股进出了几趟，世界呼啦啦就变得井井有条脉络分明各就各位了。而且他做事情之前的周密调查会让当事人乐滋滋地想热情拥抱这块可爱的"大木料"。

"木料"先生自己也说：调查与策略是这个世界的钥匙，甭管这把锁是破旧的车子还是漂亮的女人。

秦晓苇是继范思维之后第二个"蘑菇头"。在遭遇"灭绝师太"范思维之后，"木料"同志觉得对付秦晓苇需要改变一下先前的思路。

秦晓苇，女，乖乖女模范，学习优秀，能记住老师的每个要求并严格执行，床上挑灯夜战对她来说是家常便饭。大学毕业后，她继续进修，精通六国语言，并移民海外。此为后话，不赘述。

参加标枪比赛的人选，"木料"同志在做了周密的调查之后便锁定了秦晓苇。但他先是完全忽视了这位认真细心的好孩子。秦晓苇也从来没有主动提及，只是充当了范思维这只"挂钟"旁边一块默默无闻的"小手表"。

一次课外活动，"木料"忽然在教室里乱喳喳起来。

"谁知道标枪是什么材料做的？世界纪录是多少？标准长度和投掷的标准姿势？"

抬眼望去，一群吃惊的眼镜片子。

无人回答。秦晓苇也抬起了头，但很快又低下了头。

"木料"愣着脑袋问了这个问那个，把秦晓苇周围的人问了个遍，并无情奚落了每一个不知道的人。然后，便坐在了秦晓苇的桌子前，并不时奚落着肖珂：

"连标枪的标准长度都不知道还……撒泡尿和泥玩去吧……"

秦晓苇正在与同桌黎嘉窃窃私语，很明显的一点是，她的耳朵支棱在那里，分散了一小部分注意力。

"喂，黎嘉！"

"怎么了讨厌鬼？我跟我大侄子可都报了，你再说让我跑三千米，不要说我会把你当菠菜剁了，我大侄子也会把你拍成蒜泥……"

"……不是……我只是想跟你打个赌！"

"怎么赌？"黎嘉兴奋极了，这可是她最喜欢干的事情。

"我敢说，秦晓苇是个标准的标枪瞎子，对那个玩意儿一窍不通。如果她知道标枪是用什么材料做的……"

"怎么……"

"彗星立马撞地球！"

黎嘉和秦晓苇相视一笑，觉得这个讨厌鬼一本正经的样子非常好玩。

"如果她知道标枪的标准长度……"

"又怎么了？"

"和尚洗头用飘柔！"

黎嘉一脸的惊喜："嘿，还押韵呢！那要是知道女子世界纪录呢？"

"没救了！乔丹改打乒乓球！如果她知道扔标枪的姿势……"

"怎么了？"

"本人立马就跳楼！"

"一言为定？"

"一言为定。"

秦晓苇很自信，把问题一一解答。但有一点胡帅这块"木料"不服，他怎么也搞不明白标枪是怎么扔出去的。秦晓苇解释了半天也没有用，想放弃，"木料"同志却不罢休。黎嘉因为要和秦晓苇回宿舍，急了：

"上操场一扔不就明白了！"

"Good idea！""木料"同志的巴掌拍得"呱呱"响，"杨威，帮忙拿一下门后面的标枪。"

秦晓苇感到事情真是凑巧极了，胡帅竟然忘了把标枪还回去。黎嘉则狐疑地打量了一下一脸无辜的"大木料"。

秦晓苇确实是个专家，三摆两摆，像模像样，让周围的同学吃惊了一把。胡帅到底是学会了，可是怎么扔也比秦晓苇扔得近很多，即使秦晓苇没有尽全力。胡帅显得很无奈。

"谁说女子不如男？秦晓苇，你是天才，我该叫你龙姐……"

黎嘉喊了一声："死讨厌鬼！原来你是计划好的……一把捏死你！"

"嘿嘿……""大木料"一脸的坏笑。

果然,秦晓苇也爽快地同意了"大木料"的报名要求,还一脸的幸福与快乐。

黎嘉不乐意了:"讨厌鬼!该实现诺言了吧……"

"什么诺言?"

"实验楼还是女生楼?自己选吧!"

胡帅一脸吃惊的样子:"……啊?噢……你先帮忙准备一下……"

"还准备……"黎嘉一头雾水,"准备什么?"

"讨厌鬼"一边往本子上写,一边说:"把一楼的窗户打开啊……"

黎嘉的攻击速度只能用"迅雷不及掩耳"来形容,但毫无章法,更无力度。秦晓苇及时提醒了同伴的鲁莽,并乐滋滋地拉着同伴走了。

但"大木料"的精心策划并没有白费。在提前一天举行的标枪决赛中,秦晓苇让大家的期望值定格在了最高点。全班同学一律地惊喜,只有胡帅在偷偷地笑,拍着大屁股,啪啪响,乐颠颠的。秦晓苇在忙碌的胡帅面前开始小鸟依人楚楚可怜起来,"大木料"却一直没有反应,似乎仅仅是为了运动会。此后两人当然是无疾而终,暧昧的表情随着运动会的结束而销声匿迹,只留下一段无形的距离。

后来杨威对陈星海说:"胡大木料很明白,他和秦晓苇根本不是一路人。而他也确实不喜欢秦晓苇……嘿嘿,如果她是石磊磊,呵呵,事情还会是这样吗……"说完还意味深长地看了陈星海一眼。胡大木料也确实向石磊磊发起过进攻,而后来也确实没有走到一起。"胡大木料"是不会早早娶妻把自己限制住了的。他的想法总是坏坏的,而且还很多。

毕业后,"胡大木料"如愿经商去了,他身边的女人也如流水般变换着。他仍然是那个"讨厌鬼",却不再是那根"木料"。许多痴情的女孩在他手中纷纷落马，看着他离去的背影都愤恨不已。但他身边从来不缺少女人。他拼命赚的钱，变成了女人头上喷头里喷出的洗澡水，哗啦啦滑过女人滑润细腻的身体，然后流进了下水道，不见踪影。

他仍在拼命赚钱。

未来是苍茫的暮色，谁都看不清它的样子。胡帅也是。但有一次，他在深夜中接了一个电话。随后，他哭了。

肖珂是他当年最瞧不起的朋友，而肖珂却在女人离他而去的一天晚上给他打来了电话。这些年，胡帅为了逃避应担负的责任而不断更换号码。肖珂居然找到了。那天晚上，他独自一人在豪华公寓中突然感到了前所未有的孤独与寂寞。他在黑夜中不知所措了。肖珂就是在这个时候打来了电话。肖珂的话很小心，只是劝他赶快成家，注意身体，不要乱搞了。肖珂说话的语气很平静，然后就挂了。胡帅却在那个晚上泣不成声，失声恸哭了。可他不知道，他刚刚抛弃的女孩，叫肖雨，是肖珂的亲妹妹。他不知道，也永远不会知道了。他后来把电话打回去，发现那是一个大城市的公用电话。肖珂在浮现之后又悄然消失，令胡帅苦恼不已。后来杨威问肖珂的消息，胡帅也毫不知晓，以至于杨威大骂他"二货""坐失良机"。肖珂后来就很少露面了，似乎是在躲着那些老同学，或是工作太忙，但结果都是一样的。大家没有谁再遇见过肖珂。

岁月深处，仍会藏着他们对那次运动会的记忆，那里有欢笑，有惊喜，更有丝丝缕缕的伤感。运动会的精彩纷呈与后来生活的伤感意外让大家无法捉摸青春的底色。或许，那也就仅仅是个可笑的传说。

一个可笑的传说。

运动会还是如期举行了。班主任并没有对参赛名单做出多少修改。"胡大木料"在那个春天的傍晚突然来了灵感，妙语连珠，滔滔不绝，侃侃而谈，让班主任感到：如果按照这个计划执行下去，高二六班势必出其不意，来个"百团大战"，全面开花，不但自己可以在鲜花掌声中其乐陶陶意气风发，而且全班会以此为契机，振奋精神，鼓舞士气，继而一鼓作气，拿下期中考试，不在话下。

班主任仍虎着脸，想了一会儿，问胡帅："说得那么好听！能保证拿前八名吗？"

胡帅有点儿糊涂："什么？老师您说什么？"

"说得那么好听……"

"不是……后半句。"

"能保证前八名吗？"

"多少？前几名？"

"前八名。哦……虽说难度是大了点儿，只要团结奋斗，也并不是一点可能也没有……"

"不是……我是说……才前八名啊！"

"什么意思？"

"胡大木料"在那一刻神气极了："赵老师，您也太小看咱们班了吧……"

"小看？"

"……老师，咱不为别的，咱就是为前三名来的啊！"

班主任很古怪地看了"胡大木料"一眼，很生气，

"你开什么国际玩笑？"

"没开玩笑啊！"

"咱是文科班啊……又没有体育生，怎么可能前三名呢……"

"老师，我说的是真的！"

"瞎说！我还没听说过哪个文科班……"

"老师您不信是吧？"

"不可能！绝对不可能！"

胡帅笑了："老师，我说过，高二六班是卧虎藏龙的地方，您还不信。您显然不知道咱们班的体育潜能。杨威去年参加万米越野得了全校第二我就不多说了。肖珂，看上去就一块木头板子，可是这家伙扔过铁饼，玩起来有板有眼，哎，还真像那么回事！范思维，就一学习机器，但爆发力是相当惊人啊，冠军就是为她预订的，连杨威都……跑不过她！还有李昆仑，这家伙就为跳远而生，他一见那沙坑，那火星子就噌噌乱蹦啊！还有孟涛波……"

班主任的眼睛慢慢开始变得亮晶晶，放光，脸庞成了一朵含苞欲放的巨大花朵，条条皱纹掩盖不了笑容的强势喷涌，当时就抬起了头，整了整衣领：

"嗯——嗯！……这个……各个队员的服务保障都准备好了吗？"

"胡大木料"说："老师您放心。早准备好了。就等比赛了。"

班主任背起了手："哼！那咱高二六班就不客气了，来个'百团大捷'！"

胡帅转过墙角就蹦得老高，整个活动的最大障碍就这么轻轻一捅，噗，竟然出人意料地冒出了蜂蜜和豆浆，并"滋滋"地自己淌出来了。

班主任站在自己宿舍门前，悠闲地吸了一口烟，分两道吐了出来。他轻轻弹了弹烟灰，认真地捋了捋头发，咳嗽了两声，然后背起手，哼了出来：

"……继往开来的领路人，带领我们走进新时代，高举旗帜，开创未来……"

一推宿舍门，怎么也推不开，恼火了：这是怎么了……仔细一看，不禁哑然失笑：锁还没开呢！

运动会那天的早自习还是照常上的。那天早饭后，长响不息的高昂音乐在灿烂的阳光中把大家的心情掀得火辣辣的。杨威不再开玩笑，粗粗地吐了好几口气，孟涛波不时地蹦一下，只有肖珂依然在嘻嘻地笑。

开幕式开始了。前面是穿白底蓝条纹衣服的小学生乐队，一招一式，煞有介事。前面那个拿着指挥棒的小朋友，随着指挥棒的上下跳动，脑袋还一点一点的，为此，头顶上的大盖帽总是不安分，不时地斜在一边。

小朋友忙得不亦乐乎。

各支代表队在操场上围了一圈后，依次排开。主席台上就座的，不但有牟县七中的各级领导，苍梧镇代表，连公安局派出所的代表也神态庄严地检阅着队伍。

随后，自然是老俗套：各级代表的发言。

校长意味深长地强调："发展体育运动，增强人民体质！"

镇政府代表发言时，也兴致高昂地喊："发展体育运动，增强人民体质！"

公安代表不乏机智："增强人民体质，发展体育运动！"

学生代表发言，两字一顿："发展、体育、运动，增强、人民、体质！"

裁判员代表显然发现了学生们的起哄声，灵机一动："体育运动和人民体质都是非常重要的，因此一定要发展、增强！"说完自己就兴奋地鼓起掌来。

发言一个接一个，陈词滥调，毫无新意，但迟迟没有结束。有的同学不耐烦了，搬着凳子矮下身子就往下跑。教导主任显然很生气，用洪亮的嗓门打断了运动员代表的发言：

"西北角的同学请注意！西北角的同学请注意！请遵守会场秩序！请遵守会场秩序！"

全体师生们的眼光"呼啦啦"全被拉到了操场的西北角。

开幕式终于结束，气氛陡然紧张起来，各种项目纷纷要求"到检录处点名"。杨威在四乘一百米接力赛的起跑处压腿，前压了后压，后压了侧压，然后轻快地跳了起来，并吼了一嗓子。孟涛波在调高竿前做着漂亮的斜跑大踏步准备动作，脚尖一掂一掂的，膝盖抬得老高，像一匹高头大马在轻快地跑动。只有范思维很冷漠，似乎在欣赏其他人紧张可笑的样子。黎嘉只是活动了一下手腕脚腕，就在一边观察她的主要对手史美丽。史美丽是体育特长生，八百米是她多年来的主攻方向。

激动人心的女子八百米赛跑马上就要开始了。

黎嘉还是在重复那几个简单的动作，显得比较业余。黎嘉的腿很修长，但在这里只讲究速度、力量和爆发，与性感美丽毫无关系，这让全班同学感觉到她的能量储备不足。另外几个对手则丰满多了，让他们想起了加满了油的大吉普。这没有让黎嘉感到压力，反而让她的支持者们惴惴不安。比赛一开始，大伙儿都乐了，那几个"能量"充足的"大吉普"，一跑起来，多余的肥肉哆哆嗦嗦，浑身像缀满了无数的小铃铛，纷纷取得了争夺最后一名的资格。冲在前面的全是"能量"不足的。其中一个女生跑起来，两手平行摆动，像两手托着簸箕筛糠，虽然在一起跑便引起了一阵哄笑，却相当有爆发力，稳稳地占据了第一的位置。她就是史美丽。有一个跑步姿势相当优美娴雅的选手，在扭着屁股摇摆了五十米之后，便从容地走下了跑道，留下了一个相当"圣洁"的背影。黎嘉排在第二。排在第三的选手跑起来胳膊抬得老高，横向摆动，像一架飞机。"飞机"慢慢靠近了黎嘉，而后者却显得步履维艰。

"胡大木料"有些着急，冲出震耳欲聋的人群，横穿过了操场，大声喊：

"飞机！飞机！"

黎嘉的脸上痛苦掺杂着疑惑。

胡帅一愣："飞机……不……第三名！第三名！赶上来了！赶上来了！"

黎嘉明白了，但步伐已经相当吃力，看上去就像穿着铁鞋子在水中跋涉。"飞机"已经与黎嘉并驾齐驱了。胡帅捂住了眼睛，不忍心看下去了。

"哎哟，我的亲娘哦！别跌出前三名就不错喽！"

黎嘉的表情让"胡大木料"想起了古代凌迟的酷刑。他马上就改变了呐喊的语气："黎嘉！咱尽力就行啦！没事，大家都不会怪你的……"

可令他吃惊的是，黎嘉又重新超越了"飞机"，重新夺回了第二的位置。"飞机"同志怒吼了一声也无济于事。"胡大木料"又一次手舞足蹈起来。黎嘉没有停下来的意思，她竟然在加速！此时的加油声整齐而集中，每一个人像疯子一样声嘶力竭。黎嘉最后的爆发令每一个人吃惊，与史美丽之间的差距在迅速缩短。在离终点还有五米的时候，两个人并驾齐驱，最后的瞬间就完全属于黎嘉了。胡帅最后欢呼时的嗓音高度令孟涛波目瞪口呆。事后，孟涛波认真地对胡帅说："跳高冠军不该是我的，是你的嗓门。"史美丽在跑完后便瘫倒在了同学身上，被扶走了。

黎嘉在转了一圈后，碰上了体育老师，面对祝贺，她一撇嘴巴，不屑一顾。

王老师笑了笑，干别的去了。

回到大本营，黎嘉成为英雄。一系列最庸俗最没有创意的祝贺词汇翻来覆去。孟涛波老远就伸出了两根指头，示意他进了决赛。肖珂在人群中很不显眼，不过他的话还是让"胡大木料"吃了一惊："我也进了决赛。"此时李昆仑疯狂地往这边跑来了，大家都以为他会伸出两根指头表示"胜利"，没想到他只伸出一个指头，并高声喊着：

"第一！我第一！跳远我第一！"

范思维也走过来了，脸上仍然是那种一贯的严肃且带点儿讽刺挖苦的表情，自己的同桌兼服务人员范艳红照例"享受"着她无情的打击。"胡大木料"想：怕是没有跑好吧？于是稳了稳心神，笑着迎了上来：

"呵呵，范思维，怎么样？嗯……其实吧，重在参与……"

"你什么意思！"范思维威力不减。

"没……没什么……意思。"

"没什么意思是什么意思！"

胡帅一下子就被噎得没话说了。

范艳红在一边做了一下补充："范思维是百米冠军！"

"什么！""胡大木料"在那一刻成了真正的木料：

"你说范思维跑了第一？"

"对！赢了，第一！"范艳红重复道。

"……跳远也开始了吧……"

"都什么时候了，早结束了！也是冠军……"范艳红很高兴，仍不时地瞅范思维的脸色。

"不是……""胡大木料"有点不大适应，"我得确认一下，是决赛，两场决赛确实都结束了，对吗？"

"是啊！"

"两人都是冠军？"

"对！"

"确定吗？"

"骗你是小狗！不信自己问去。"

胡帅的嗓门在那一刻让全校师生见识到了疯子的威力。范艳红一下子捂住了耳朵："恐怖啊！"

胡帅满脸惊喜地责问："怎么不早说啊——"

范思维的笑实在不多见："呸！本来就应该是我的。早说了俩就能变成四个？真是个沉不住气的讨厌鬼！只知道瞎咋呼！"

"讨厌鬼"这时候才发现，不去招惹这位姑奶奶似乎是更好的选择。于是他在疯狂地吼了一阵后又冲向了肖珂。

肖珂也已经闯入了决赛，虽然最后不是第一名。

陈星海也自顾自地喊了一通，却发现石磊磊一直在自己身后。但她的一句话却让陈星海无法回答：

"你怎么不报名？"

陈星海看了她一眼，没有说出一个字。

"我想看你跑……即使是最后一名……我只希望你身体棒棒的……"石磊磊面无表情，看了他一眼。那一瞬间，陈星海看到了世界上最美丽最平静也是最复杂的眼睛。

下午成了高二六班的独角戏。以杨威为代表的高二六班运动队牢牢占据了男子五千米的前五个席位。比赛结束时，高二六班如愿获得了第三名。班主任抱着自己的胳膊，用脑袋狠劲地向胡帅示意：

"抓紧时间上台领奖去！胡帅，在干什么呢？抓紧时间！抓紧时间！"

在陈星海的记忆中，那次运动会的画面无数次地在后来的岁月中浮现，而石磊磊的那个眼神也让他心痛了无数个夜晚。过去了，那些青春飞扬的日子就这样过去了。当陈星海身心俱健地站在了岁月的窗口，却发现再也找不到那些青春的面孔……

10. 王有才·浓雾里的高山

在考入牟县七中前，陈星海的学生生涯中，同学成堆，数量惊人，但奇怪的是，只有两个同学给他留下了最深刻的印象，让他永世难忘。

一个叫王有才，一个叫何志一。

当然，这里首先需要介绍一下背景。

陈星海在小学时的日程安排得很紧张。这种紧张并没有让他的学习成绩名列前茅，只是造成了如下的灾难性后果：麻雀需要为保卫家族幼儿而高度警惕；河里的小鱼小虾小蟹子疯狂乱窜；兔子每次出门时需要竖起耳朵伸出脑袋仔细探查；槐花榆钱梧桐花是彻底没有挽救的余地了，要么被塞进那张脏兮兮的嘴巴，要么枝干被断筋断骨，折成机关枪的形状，然后被遗忘在路边的土堆上。最倒霉的要数桃子杏子西瓜苹果了，从肉眼可以看见开始，它们的悲惨命运就拉开了序幕。每隔几天，草窝里就会钻出一个愣头青，撕一个小苹果就撒丫子跑，然后放在嘴巴里嚼吧嚼吧："呸！还这么苦！"他们知难而退，不来了？那就相当于猴子向世界宣布：我们再也不吃桃子了，即使是蟠桃园里红彤彤香喷喷甘甜甘甜的仙桃儿摆在面前我也不吃了！不用担心，他会隔三差五地来侦察一下，苹果是否在一夜之间就变甜了，变红了，变得喷香喷香的了呢？

繁忙之余，摸摸小脑瓜，总觉得还有点小小的事情没有做。摸脑袋没用，一摸屁股，想起了老爸的巴掌。哎呀，确实还有一点事情，都差点忘了，赶紧上学去！

陈星海在小学时学习成绩非常突出，确切地说，是稳居第一。当然，这里需要作一点小小的补充：倒着数。

这时候，陈星海记忆中的第一个光辉形象终于闪亮登场了。王有才很及时地跳进了陈星海的视野，笑嘻嘻地用袖子抹了一下嘴巴。

王有才，男，小商贩的儿子，瘦，大耳朵，猴精猴精的，总是一脸的诡秘，一脸的坏笑。

王有才确实很有才，很喜欢陈星海；陈星海也非常喜欢王有才。

世界上没有无缘无故的爱，王有才也是。顺便提一下，王有才的学习成绩也是相当稳定的——倒数第二名。英雄相对，惺惺相惜，成绩的相近让他们结成了牢固的"革命友谊"。

当然，这还不够。

有一次，陈星海由于多吃了几个没有成熟的小桃子，拉肚子了，于是缺席了随后到来的期中考试。王有才同志摸了摸疼得要命的屁股，这才发现了"革命战友"的重要性。

此后，每当考试来临，王有才便会热情关注"革命战友"陈星海同学的健康状况，并严厉斥责了他生吃小虾的建议。陈星海万分感动，狠了狠心，一闭眼，把刚刚摸来的一只小布谷鸟送给了王有才。"革命同志"王有才也是惊喜万分，欣然接受，但是实在没有地方装了，因为口袋里已经满满当当了。

王有才舔了舔干裂的嘴唇，也狠了狠心，终于把东西全掏出来了。令陈星海感到疑惑的是，里面竟然全是药：感冒药拉肚子药咳嗽药一应俱全。

"你感冒啦？"

"没。"

"你拉肚子啦？"

"没……"

"哈哈，我知道啦！你是给你老爸买的药……"

"不是……"

"……"小家伙开始为自己猜测能力受挫而苦恼了。

"给你的。"

陈星海挠了挠头皮："我又没有生病……"

王有才当时的表情非常动情，几乎要哭出来："陈星海，我怕你生病……真的……"

陈星海当时就感动得要哭。

"……你一生病，就不考试了。你一不考试了，我就成倒数第一了。我一成倒数第一，屁股就要疼上一星期……"

陈星海当即就拍了胸脯：没关系，我再也不缺考了！拉肚子也不缺了……顿时觉得自己很像一个人，是谁来着？到底没想起来。倒是后来，坐在一棵树上时忽然想起来了，陈星海当即像疯子一样大喊：

"我是为朋友两肋插刀的秦琼秦叔宝！"

王有才当即落泪，紧紧地拥抱了自己的"革命战友"。陈星海记得很清楚，王有才当时非常真诚，一样一样给他介绍：如果感冒，吃哪种药，吃几粒；如果拉肚子就不同了，就吃这种，怎么吃才不会感到苦；而且有时需要几种药一起吃，效果最好，而且数量是那么精确。陈星海当时真是感动极了，觉得王有才真好，是世界上最有才的人。

从此以后，快到考试的时候，两个人就会找个角落，摆一下药瓶药袋子，然后陈星海就盼望自己快快生病。有时候快考试了，王有才竟然没有动静，陈星海感到很生气，会及时提醒自己的"革命同志"：喂，王有才，该买药了。于是，第二天，王有才会耍魔术般从口袋里掏出瓶瓶袋袋。数完后，他们会一拍即合：

"走！抓蟹子去！"

记忆中，王有才不知不觉就远了，消失了他的音容笑貌，只剩下那双大耳朵和一脸诡秘的笑。

到初中时，陈星海到了另一个极端：正数第一名。令陈星海感到极不适应的是，那个时候，再也没有人在考试前热情关心他的健康状况，也再没有人同他一起在角落里数药瓶药袋子了。相反，身后不少竞争者眼神极为复杂，让他感到了人间的居心叵测和不怀好意。

他有点儿怀念王有才了。

对了，王有才去哪里了？

可当他寻找王有才时，却怎么也找不到了他的身影。于是顺便问起了身边同学何志一："王有才哪里去了？你见过吗？"

"谁是王有才？"

陈星海说："就是很坦诚很关心人的那个……"

"不知道。"

"精瘦。大耳朵。一脸的坏笑。"

"学习很好，个子很高。二班的。是叫王志才吧？"

"不是！"陈星海断然否定，"他学习不好。倒数第二。"

"切！"何志一冷笑了，"你说那个大笨蛋王有才啊……"

"你怎么叫他大笨蛋呢！他人很好……"

"好什么？学习老是倒数。不务正业。整天摸鱼摸虾，动不动就逃课……切，这种人，亏你还记得！"

陈星海很生气："你怎么这么说王有才呢！"

"关你什么事啊？一个笨蛋有什么好找的……"

"他是个好人……"

"就算是个好人，他考试倒数你不知道啊？这家伙还……"

"倒数怎么了？人很好啊……"

两个人终于闹僵了。何志一感到陈星海这人脑子有毛病，为个成绩倒数的人脸红脖子粗，是不是犯神经病了？

陈星海最后还是打听到了他的下落——王有才退学当菜贩子卖韭菜去了。据那个同学说，王有才简直是个卖韭菜的天才，别人卖八毛，他卖一块，人家还抢着买他的。但无论如何，陈星海无法忘记王有才，而且非常喜欢他，感激他，尽管他学习成绩倒数。

许多年过后，想起那些调皮的童年岁月，他总会看到一个大耳朵的"瘦猴子"在向他挤眉弄眼，一会儿掏出个小蟹子，一会儿掏出个药瓶子，一会儿又掏出个小布谷鸟，还一摇一摆地炫耀。然后，这个身影悄然消失在仓促的岁月中，再也找不到一丝痕迹。再也找不到了。而童年，也迷失在了炎炎夏日悠长的知了叫声中——

吟唱着那已经不存在的日子。

有心的人也许已经发现，陈星海学生生涯中的第二个令他印象深刻的人已然登场。

没错，他就是与陈星海争论的何志一。

何志一，男，高个，戴一副小眼镜，皱着小眉头，总是一副不屑的神色。但陈星海对何志一没有一点儿好感，虽然他学习成绩优异，并颇受老师们的欢迎和喜爱。

何志一喜欢一下子伸过脑袋，问陈星海在干什么，把陈星海的尊严和秘密揉成屎蛋，扔进茅坑里，同时把鄙夷的神色塞进后者的大脑。陈星海就怕他这一点。小小的心灵里充满了嫉妒与羞耻,无力抵抗这种公然的窥视和攻击。陈星海越来越怕这一点。然而何志一也越来越爱上了这个动作:冷不丁地把脑袋伸过来,像一个恐怖的幽灵。看到陈星海手忙脚乱地掩饰,冷笑一声,回过头去:

"切,至于吗!"

这种无休止的恶性窥探逐渐造成了再正常不过的后果:陈星海的学习成绩一落千丈,确切地说,是一种彻底崩溃。然而,连陈星海自己都没有想到,这次崩溃在他后来的日子里产生了无法估量的影响。

在鼻青脸肿、惊慌失措中,陈星海浑身麻木,神情呆滞,心力交瘁,勉强抬起了头,发现前面有个大门,门口写了四个大字:

牟县七中。

陈星海就是这样来到牟县七中的。

高一一年,陈星海是在恍惚麻木中度过的。他的麻木是身心皆有的,惘然,健忘,精力涣散。在陈星海的记忆中,那一年,他的眼前总是存在一群嗡嗡叫的蚊子,到处是黑点,但始终无法集中。为了把这些"蚊子"集中到一起,他感到了唯一的明显感觉:疼痛。头皮火辣辣地疼,滋啦嗞啦响,从外往里地层层扎进,像被人从头顶上浇了一壶开水。

他选择了对抗。然而当时他没有意识到,这种与疼痛对抗的后果是多么可怕!

那是高一结束后的一次理发,真相把他惊出了一身冷汗。

给他理发的是一个小老头。陈星海大摇大摆地坐在了那张破旧的大椅子上,乐滋滋地准备享受凉推子与头皮接触的那种爽利与畅快。老头却没有让他享受下去,咋咋呼呼得让人心烦。老头在说他头上有了白头发。陈星海哑然失笑:自己早就知道了。更为可笑的是,这个老家伙用各种方式夸张渲染,竟然说他头顶上的白头发比老头自己的都多，并很同情地看了陈星海一眼。陈星海懒洋洋地活动了一下身子，找了一个比较舒服的姿势。

理完后，陈星海摸着肚皮来到了镜子前。几秒钟之内，他感到自己的脸上像被扇了无数耳光，每个毛孔都被蚂蚁撕咬，瞬间被无数支毒箭射中，浑身热辣辣的。他忽然感到地球出了故障般莫名其妙地在抖动。

理发室里静极了。

刹那间，他已经大汗淋漓。

仿佛是一夜间，他的头发就白了，尤其是头顶上。头发长的时候，有周围打掩护，不明显，一旦理发后，惨状便暴露无遗。此时，白头发正像可恶的鬼子一样贪婪地占据了他头顶上的大部分领土，支支独立，像钢针，闪光，晶莹剔透，认真，自信。他才十七岁，鲜花烂漫的花季雨季啊！他又看了看周围，果然是更多的白发。他扶了扶眼镜，无济于事；他一把抹去了汗水和泪水，也无济于事；他看了看外面白晃晃的阳光，听了听外面热烈的蝉叫声，然后回过头来，仍然无济于事；他狠狠掐了一把大腿，闭上了眼睛，过了一会儿再睁开，还是无济于事。

这是真的。

他又坐了下来，颓然无力。眼前又是一片白惨惨。这是真的，残酷的事实。他擦了擦眼睛，咬了一下嘴唇，竟然笑了。

回家后，母亲正在忙着做饭，刚炒完了扁豆，正在收拾地上的残留的柴禾。

陈星海从身后走了过去，顺便说了声"我回来了娘"，就急忙要逃掉。

"星海！"母亲还是叫了一声。

"嗯？"

"你先住下！"

"咋?"

"你头上怎么了?"

"没什么,呵呵。"

"过来我看看……"

"不用!"

"过来……"母亲自己已经过来了。

母亲一边摩挲着,睁大的眼睛里充满了惊恐:"星海,你吃什么了星海?你们在学校都吃了些什么啊!想吃好的你说一下啊星海,你怎么熬成这样了星海……"

陈星海笑了笑:"没什么,娘,嘿嘿!"

母亲硬是把他拉到了阳光下,手一直打着哆嗦,摸着儿子的脑袋:"星海,谁欺负你了吗?怎么成了少白头……我儿子怎么成了少白头了我儿子……星海告诉娘是怎么回事?说话啊星海……"

陈星海嘴巴咧开一笑:"没事,嘿嘿嘿嘿……"笑嘻嘻的,像中了彩票一样高兴。

母亲仍然在反复地看,摩挲:"这是怎么回事啊……"

陈星海呵呵地笑了,说:"真的没事啊……娘,吃饭吧,我都饿扁了……"

父亲提着几个茄子回来了。父亲看到后愣了好一会儿,一句话也没说,转身就出去了。父亲回来时带了半斤猪头肉。在吃饭过程中,父亲总是不时看一眼儿子的头顶,眼睛里充满了愧疚和自责。

哥哥一个劲儿地骂学校的烂伙食。

然而,一切都无济于事。慢慢地,他接受了现实,接受了这种残酷的真实。当然,与疼痛对抗,并不是完全没有效果。比如一次数学考试,陈星海出人意料地得了个全班第一。陈星海记得很清楚,那一天晚自习的第一节就是数学,陈星海热切期望了足足半小时,热心期待数学老师高调宣布这一令人欣喜的消息。因为每次考试结束，数学老师都喜欢宣布一下考最高分的学生。

数学老师提前了两分钟，一斜一歪，慢慢悠悠地来到了教室。

她拿出来备课本："对了，宣布一下，呃……这次的最高分是……呃……陈星海。"然后用目光寻找陈星海的身影。

数学老师扫了大家一眼，冷笑了一声："呵呵……嗯，也不知道这位同学的分数是怎么弄出来的，嘿，陈……星海。"

然后她意味深长地看了雷岩、秦晓苇、刘树森一眼："最高分是陈星海……嗯……你们可要知耻而后勇啊……"

事后陈星海只是在笑，不停地笑，笑了老半天，笑得浑身哆嗦还是停不下来，他只记得杨威随后说了一句："数学老师就是一坨狗屎！"

雷岩没笑，也没说什么。

其实陈星海后来自己也明白了，即使受到了高度表扬，即使每天得一个大大的奖状，也是无济于事的。当他认识到这一点的时候，高一六班已经变成高二六班了。

那是高二寒假的最后一天，因为那天，他看到了让他一生都忘不掉的东西——

——浓雾中的高山。

在他们的记忆中，那是个清冷的晴天。那一天，哥哥陈星宇要出去打工，陈星海送哥哥去车站。

走出村口的路上，他们不约而同地回头看了一眼。远处的村庄只剩下黑压压的一片树林，偶尔露出片片粉红色，那是屋瓦，几个乌鸦窝醒目地垫在村子上方，黑乎乎的，泛出一丝凄凉。那是他们从小到大生活的地方，而如今，他们要离开了。

多少年后，当他们回忆那个早上，总是注满了伤感，甚至还有一丝悲壮。但那天早上的情形他们却记得清清楚楚。

那天在路上，哥哥边走边给弟弟讲了个故事。说是故事，其实就是他和父亲贩卖蔬菜的经历。他说年前他跟父亲贩卖韭菜，需要一大早到市场去卖。记得总有个大肚子的老板在骂骂咧咧，还挑刺，说这些泥腿子不爱惜蔬菜。走到他们的三轮车前却停下来了，喊道：这是谁家的？谁的？这才叫爱护蔬菜——看，把棉袄棉被全盖上。你看看你们，韭菜都上冻了，谁还吃啊，你们自己说？陈星宇正在车座子上打盹，一愣神，跳了下来：我的！买主说：好！这韭菜……

那人很快就没了下词。

从车兜里露出一个又黑又瘦的老头，穿着棉袄和大衣。那个老板冷笑一声：我以为你们爱惜蔬菜，这不，干脆就进去睡觉啦！

父亲脏兮兮的脸上懵懵懂懂，忽然明白了什么，慌忙下车，脸上挂着笑，哎，甭急！来，抽根烟，嘿嘿，嘿，嘿嘿。没人理他。他颠颠地跟了上去，喂，喂，同志……那个人猛一回头，盯着父亲那张满是笑容的脸：韭菜里加上大粪，你还有胃口吗？

父亲僵笑在了那里，一动没动。

陈星宇说：咱爷哪点不如人啊！他才是大粪呢！陈星宇说这话时，一脸的激动与愤慨。而这一表情也深深烙进了弟弟的记忆。

他回过头，恶狠狠地朝弟弟说：

"争第一！"

公共汽车终于来了。陈星宇一个劲儿地招手，迎了上去，车却没有停下，像戏弄人似的，向前走了几米后，陈星宇只能再往回跑。

他暗骂了一声。

陈星海看着，点了点头，心中却是一团惘然。公共汽车吐着黑烟，载着哥哥隆隆地远去，奔向了一座遥远的城市。陈星海牢牢记住了那一天，原因并不是哥哥远去的背影给他留下了深刻印象，而是在远去的伤感中，陈星海忽然看到了那座浓雾中的高山。

那座困扰了他多年的高山。

哥哥的意思很明显，是让人赶快爬山，击败其他竞争对手，争取最高峰的荣耀。可笑的是，他却在浓雾中找不到那座高山，或者说，根本就不存在这么一座高山。他在浓雾中跑来跑去，毫无章法。白茫茫的一片，麻木，憋闷，无所适从。别人在为自己的爬山速度而着急；而他，却在为找不到那座山的位置而苦恼不已。或者说，他奔向了一个战场，可奇怪的是，他竟然找不到一个对手。一个都找不到。他像一只孤独的野兽，来回地奔跑，心里慌张极了，着急，却无处发泄，根本不知道自己该干些什么，只知道奔跑着。他总是一无所获。更为可恨的是，大雾却丝毫没有散去的迹象。

有时，他产生了一种莫名的恐惧。他拼命做的，似乎总是一些没有必要的无用功。失败，失败，还是失败。难道他的一生注定要失败？对命运的恐惧感让他不断反抗。此时的反抗是毫无希望的，反抗又是无休止的。他忽然就看到了命运之神那张黑色恐怖的面孔。

陈星海忽然发现自己还站在车站上发愣。他一下子跳上了自行车，拼命地蹬着踏板，仿佛身边就是那团浓雾，后面就是命运之神那张可怕的面孔。车子疯狂地欢叫了起来。

忽然，"咔嚓"一声，车子掉链子了。

陈星海跳下车子，一种强烈的想疯狂哭泣的感觉涌上了心头……

风，依然很冷。

路上的行人笑了：看，路边有个傻子在哭呢！

11. 结束了·班主任

　　崔老师虽然不是班主任，但在学生中的口碑却高得古怪。这一点让李昆仑深感遗憾。在他的心目中，这个"神仙"基本生活在另外一个世界，与张扬洒脱的他只能遥遥相望，就像牛郎和织女。唯一的不同就是：他根本不喜欢历史老师，更谈不上牛郎织女的朝思暮想、此恨悠悠了。

　　直到毕业后填报志愿的那一天，他才恍然改变了主意。

　　高考时李昆仑的历史分数是最低分，因此那一天他是"三察而后行"。每到一处，他会仔细观察一番。如果没有历史老师出现，他自然会神气活现，大摇大摆；一旦发现了"神仙"的踪迹，他便会马上感到尿憋，想上厕所，需要马上溜掉。反正就剩这一天了，只要躲过这一天，就再也不用看见那个懒散的"神仙"了！

　　然而他没有理由了，因为他偏偏在厕所蹲坑时遇到了"神仙"。

从那一刻起，他就开始念佛："神仙快快走，神仙快快走……"没想到"神仙"也要大便，而且蹲在了他的身边，似乎是一个马步。李昆仑使劲地低下头，脸憋得通红，准备半途结束战斗，及时逃离危险地带。

是历史老师的一句话让他停住了。

"甭躲了！我都知道了，你的历史是全班最低分……"

李昆仑抬起头，一脸的惊奇，于是准备接受"暴风雨"的猛烈攻击。他早就听说这位"神仙"多管闲事，急了会动手。毫无疑问，他今天是倒大霉了。

"……你这三年上历史课时都干别的了，我都知道……你只是很幸运，总分过了本科线……"

李昆仑忽然就发现自己太小看这个"神仙"了。

"……以后别再这么明目张胆地违纪了，会影响你前途……你可以讨厌历史，讨厌我这个历史老师，但你不能因为讨厌而影响自己的前途。在这个社会，太张扬会招来不必要的麻烦……将来你会明白……"

历史老师面无表情，甚至没有看他，却让李昆仑半天没有缓过神来。李昆仑当时听懂了，却没有往深处理解。直到多年后自己真正当了公务员，才在一个静谧无声的夜里回忆起了当年的历史老师。一切都那么简单，但一切总是那么回味无穷。没有足够的痛苦与体验，任何所谓的深刻都是肤浅的。那句话，他当年就说出来了，但直到多年后，他才从更深处理解了它，而且周围人的反应也令他吃了一惊。

从厕所出来，他有些呆滞地来到填志愿的教室，对杨威说出了这句话：

"咱历史老师可真是不简单啊！"

杨威正在发愁，因为他的高考分数很蹩脚，听了这句话，古怪地看了他一眼：

"什么？你才知道啊！"

孟涛波在一边笑了："李昆仑，中华人民共和国都成立了啊，知道不？"

徐波只是甩了甩头发："当然了，历史老师是个好人。"然后就没有了评价。

但李昆仑总觉得少了点儿什么，一想，肖珂确实没有完成自己的奚落任务。再去寻找时，才猛然发现：肖珂已经从他们的视线中消失了。可惜了。直到今天，还是没有人找到肖珂的踪迹。在胡帅的话筒里消失后，肖珂就再也没有出现过。当时李昆仑挨着问了一圈。没用。从那一刻起，肖珂已悄然消失。

不管怎么说，李昆仑最后得出了结论："神仙"不是神仙，"神仙"却又是真正的神仙。

这仿佛是大家的共识。

不过，陈星海有点儿小意见。

陈星海承认历史老师的威望和能力，但无论如何他要提起班主任赵德昌。据陈星海自己说，班主任的一句话让他恸哭了整整一个下午。或许班主任自己都没有意识到这一点，但事实是，陈星海恐怕一辈子都不能忘记那一句似乎很随意的话。

总之，陈星海感激班主任，甚至是一辈子。

两年前，陈星海陷入了迷惘，在一片奇怪的浓雾中盲目奔突。他浑身麻木，如困兽一样无法找到方向，更无法集中精力。他的麻木，不仅仅是精神上的无法集中精力，身体也处于一种真实的反应迟钝状态。换句话说，他的身体和头脑一直处于沉睡状态，甚至不是清醒的，根本无法真正地做自己。

这还要从那个好玩的游戏说起。

在高一的时候，大家都喜欢一个奇怪的游戏——使劲儿地拍陈星海的肩膀。肖珂更是积极的实施者。

"这确实是一个比较好玩的游戏。"肖珂如此总结道。

也是肖珂最先发现了这个好玩的游戏。当时他正在和陈星海讨论一个什么问题。肖珂争不过人家了，于是想耍赖，出于"先下手为强"的心理，他在陈星海肩膀上狠狠地拍了一巴掌，同时绷紧了神经，做好了迅速逃跑的准备。可奇怪的是，陈星海这家伙竟然一脸的淡然，眼光里充满了感激和友好。肖珂搓了搓自己还有点儿发疼的巴掌想：陈星海难道成了钢筋铁骨的葫芦娃了？敢情这小子把这一巴掌当成马克思和恩格斯的热情拥抱了？这下可把肖珂搞糊涂了。

然而他很快就明白了。

半分钟之后，陈星海显然感到了异样，摸了一下自己的肩膀，然后开始皱眉了，咬牙了，随后开始了龇牙咧嘴破口大骂。

肖珂听到骂声，装出很吃惊的样子："怎么了，陈星海？"

"刚才你那一巴掌可真狠呐你！"

肖珂一愣："什么时候……嗨，我都忘了！星海你也真是的，澳门都要回归祖国了，还去翻那些陈芝麻烂谷子……"

陈星海也觉得别扭，于是不说话了。这种打击随后就成了大家的重要娱乐方式。雷岩、刘树森、孟涛波、肖珂、范志伟，甚至杨威觉得无聊的时候，都会很及时地想到陈星海的肩膀，而大家也确实从中发现了无穷无尽的乐趣。陈星海在狼狈逃跑的过程中受到了大家多角度全方位的照顾。大家发现陈星海真是个好人，无私地为这个世界奉献了数不尽的精彩。就是有的时候大家感到不愉快——陈星海在围攻中突然抄起棍子的时候。

不就是娱乐一下吗，干吗较真啊？雷岩有时觉得陈星海这家伙有些时候真的不大识趣。

但是，陈星海一直渴望着醒来，也坚信自己有一天一定能够醒来。

终于有一天，他还是醒来了！

那天首先发现问题的也是肖珂。

那是一个春天的早上，外面的世界变化十分惊人。在一头头疯狂的"野驴子"冲出教室为打饭而奋力拼搏之后，大部队从从容容地在后面跟了上来，嘻哈说笑着，摇摇摆摆，像一只只走向水塘的鸭子。肖珂忽然发现陈星海正激动不已。

肖珂看了一下路边的冬青，明白了：陈星海在欣赏美景呢！那个春天的早上，变化确实惊人。路边沉睡了一个冬天的冬青丛林，原本全是枯黄的叶子，死气沉沉，仿佛只是在一夜之间，全部换成了嫩绿的小叶子，看上去非常壮观、非常炫目、非常新鲜。冬青刚长出的小叶子翠绿鲜亮，片片独立，整齐划一，单纯而清新，绿得逼人眼睛，在清晨的灿烂阳光中真真切切地支棱着。一片片小叶子翠绿，鲜嫩，透明，闪着细微的白亮光泽，背面细长白皙、条条鲜明脉络，如春天的使者，正骄傲地宣布着最美丽的生命痕迹。偶尔"啪"的一声，残余的几片暗黄色叶子簌簌落地。地上是厚厚的一层陈旧落叶。空气中弥漫着一股微辣的腥味气息，刺激着年轻人的想象力。肖珂在灿烂的阳光中不断地扑棱着脑袋，乐滋滋地欣赏着这一片翠绿的奇迹。

就在这时候，肖珂发现陈星海出问题了。

陈星海显得很贪婪，他的眼睛里闪闪发光，仿佛刚刚来到这个世上。他仰面朝天，大口地喘着气。肖珂在那一刻真是吃惊极了，因为陈星海这个"疯子"竟然在人群中间吼了一嗓子，全不顾这是祖国美丽的花园。当时，肖珂看到陈星海嘴唇微微发抖，满脸的红光，嘴巴张得像脸盆，吼了一声：

"我回来了！特么的！"

肖珂在那一刻确认了：陈星海一定是处于歇斯底里的边缘，他的症状像极了他们村里那个发羊角风的小女孩。随后陈星海的行为也印证了他的猜想，除了没有浑身痉挛口吐白沫外，陈星海其他的症状一应俱全：莫名其妙地兴高采烈，嘴唇哆嗦，两眼发直、冒光，甚至手舞足蹈。肖珂甚至想到了病人暴死之前的回光返照。

　　然而，事情很快发生了颠覆性的变化。陈星海摆脱了"羊角风"状态，进入了正规的"神经病"状态：莫名其妙地笑。肖珂开始感到担心，好几次都试图弄清楚情况并打算安慰这位好朋友，均无果而终。不过有一点还是比较好，陈星海越来越喜欢笑了。那是一种很卖力的笑，很累，很做作，肖珂看着看着就不自觉地想揉自己的脸。上课时，这家伙几乎不打开钢笔，笑嘻嘻的。面对来来回回巡逻的老师，他跷着二郎腿，咬着钢笔，笑眯眯地看着一群忙忙碌碌的毛毛球。作业不做了。做也是抄，一点改动也没有。困了，大摇大摆地从黑板前晃过去，回宿舍睡觉，把一片惊奇的目光甩在后面。连范思维都瞪大了眼睛。然后不知道从哪里搞来了一本垃圾书籍，在上课时间乐滋滋地看，如饥似渴……

　　渐渐地，大家都习以为常了。但有一次课外活动，肖珂发现陈星海这家伙竟然破天荒地待在教室里。

　　不正常。

　　这家伙在写东西，而且写得很专心，很认真。谁叫也不答应。他写完了一页又一页，似乎很尽兴。写完后，一把就把刚写完的那张纸撕了下来，狠狠地摔在了门后的纸篓里，然后，一横一拐地走出了教室，扬长而去——生活再一次步入了正轨。

　　肖珂如获至宝，赶忙收藏了起来。只是看了一眼后，他便很快得出结论：晚上的朗诵会一定会十分精彩。

　　晚自习结束后，肖珂坐在床沿，笑嘻嘻地等待着庄严时刻的到来。看到人差不多了，于是咳嗽了一下："诸位，诸位，当年马丁·路德·金一篇讲演震动了地球。今天，来看一看我们的马丁·路德·陈星海是如何让宇宙颤抖的吧……"

　　"是情书吗？"孟涛波问。

"不是。但比情书好玩多了……"

"什么呀？别嘚瑟了，快念吧！"

肖珂咳嗽了两声："开始念了啊……没题目……第一句话是这么说的……"

"别废话好不好？快点！我还要上厕所呢……"

"好……今天，我回来了呀！我看到了鲜亮的叶子，我闻到了清新的空气，我听到了小鸟的啁啾，我触摸到了温暖的阳光……没有了浓雾的日子真好，没有了迷惘的日子真好啊……"

"停停停！这是干吗呀！去拉萨旅游了？才回来？脑子进水了吗……"

"去去去！还没有念完呢！好玩的还在后面。听好了……久违的我回来了呀！可是……一切都结束了……哈哈，天上掉下个麻雀蛋，树上的混球叫驴屎，结束了，哈哈哈哈！生活真美好啊，我永远爱我的爷和娘，天下兴亡匹夫有责，猪头牛尾兔耳朵，灰姑娘找到了水晶鞋子，驴子吃草咯了牙，路边的野花你不要采，北风吹来如刀割，正弦曲线是个大尿盆，梦想就是一泡屎……笑死我啦！我是猪头王老五，我是一个大混蛋，我是一个毛毛球……"

奇怪的组合刺激了大家的想象力，这让大家笑得前仰后合，尤其后面的排比，让起哄声一阵盖过一阵……正在这个时候，陈星海自己晃悠着回来了，肖珂于是抓住最后的机会，高声念着最后几句：

"……我是强者牛老大，我是混账王八蛋，为什么就这么结束了？奶奶的……就这句最过瘾，哈哈！没了。溜号喽……"

在陈星海冲进来的那一刹那，肖珂把纸片一丢，一矮身子，冲出了宿舍，留下了一片起哄和欢笑。大家觉得陈星海的话全是废话，颠过来倒过去就那两句，单调得很。倒是那几种不同的骂人方式比较好玩。而最后肖珂的仓皇出逃也为这场游戏画上了圆满的句号。大家哈哈大笑，收场大吉。

陈星海进来后也没有说什么，竟然认认真真地把那张纸叠了起来，正过来叠完反过来叠，最后叠成了一架小飞机，然后用火点着，笑嘻嘻的。红光在他的笑脸上和眼球里跳动闪烁，脸上带着呆板的笑……大家顾不得这些了，都乱纷纷地开始了最后五分钟的习惯性冲刺。

又是历史老师最先发现了异常。他在课外活动的时候把陈星海叫到了空荡荡的办公室。

"陈星海，你最近怎么了？"

陈星海一脸的无辜："挺好的呀！没怎么。"

历史老师没说话，想了想："先坐下吧。"

"不用……站着挺好的！"

历史老师没动，忽然吼了一声："给我坐下！"

陈星海在那一声吼叫声中一下子摆了个"立正"的姿势："是！老师！我永远是个听话的好孩子。我坐下。"

"陈星海，别跟我玩花的。你最近表现不太正常……"

"报告老师，一切正常！我一顿还是吃下两个馒头，一点儿碎末都不剩下。菜汤我都喝掉，但咸菜除外——那玩意儿的味道确实不好……"

历史老师盯着他。

"……老师您不信是吧？下次我拿来您尝尝。那不是榨菜，是老疙瘩咸菜，汤真的没法喝，又腥又咸的……"

"你继续给我装！"

"……没有啊！"

"……你的作业为什么老不做？"

"历史我交了呀……"

"那其他科呢？物理、化学、数学、英语，你还真能抄！错的你也抄。还抄得一模一样……"

陈星海笑了："老师您调查得够细的呀！好，我对着神龟山上的地瓜秧子发誓：我再也不抄了！我要做个好孩子，听话的好孩子！我要好好学习，天天向上，不谈恋爱，不搞对象！我要听老师的话，一步一个脚印地走下去……"

"行了！"历史老师开始生气了，"陈星海，你要知道，你学习并不仅仅是为了自己学的……"

"对！老师，您说得太对了！父母面朝黄土背朝天，起早贪黑赚点儿钱，容易吗？不容易！我们唯一应该做的就是……"

"别在这里给我背词儿！"历史老师摆了摆手，"你还挺长能耐！嗯，给我搞这一套……"

历史老师到底没有奈何得了他。陈星海最后才对着老师说了句靠谱的话："老师，我知道您在为我着想。我得谢谢您。可是，老师，没用。真的没用。"

历史老师在一刹那看到陈星海眼睛里亮闪闪的。但随后，顽强的笑容马上就淹没了那瞬间的真挚。历史老师当时都在怀疑自己的眼睛。

"什么没用……"老师问。

"什么也没有。老师，我挺好的。您就别操心了。我发誓，我再也不逃课了，行不？"

历史老师摆了摆手："回去吧……肯定有什么事……但陈星海你要记住：高中的日子，一天是一天，耽误不得……回去吧……再好好想想。"

陈星海走出门后，压下那一股怪怪的感觉，又呵呵地傻笑起来，最后用一句话做了总结：

"历史老师真多管闲事啊！"

日子一天一天过去，忽然就失去了尺度与节奏，飞快地流逝掉了。有几个老师都找班主任提过这事，没用。班主任本人一直没有发现这个问题。他正在为本周卫生状况糟糕被扣分而耿耿于怀，发誓要严抓周三的大扫除，因而总是把这些不重要的小事情忘掉。终于有一天中午，班主任迎面碰上了陈星海，忽然就觉得有什么事情，却怎么也想不起来了，看到陈星海要远去的身影，忽然就喊了一句：

"陈星海……一会儿到我宿舍来一趟。"

陈星海的回答异常爽快而响亮，但把水抬上去之后，他就很及时地把这件事给忘了。后来经刘树森一提醒，顿时恍然大悟，匆匆穿过操场向班主任宿舍赶去。

一敲门，里面没有响声。

又敲了两下，里面传出的声音很不耐烦："谁啊？不知道中午休息……"

陈星海糊涂了："是您要我过来的啊……"

班主任显然很不高兴，但是说好的事情确实不大好抵赖。陈星海进来后才发现，班主任实际上已经进入了睡眠状态。桌子上残留的西红柿鸡蛋汤都没来得及倒掉。床上的被子已经摊开，穿着大花裤衩的老师更是睡眼惺忪，有点儿迷糊。

陈星海觉得很好玩，嘻嘻地就笑了。

班主任却忽然忘了为什么要找陈星海了，想来想去没想起来，于是顺便问起了雷岩、范志伟这几个招牌学生最近的动向和表现。

陈星海看着班主任那洗耳恭听的样子，毫不吝惜修饰词汇，兴高采烈添油加醋地对他们的学习精神与态度做了大肆的赞美与褒奖。班主任脸上顿时含蓄地开了一朵美丽的"喇叭花"。随后，班主任忽然没话了，就抬起了头，看了看眼前这家伙，若有所思。

陈星海觉得班主任有些怪异，有点儿不大正常，因为他竟然几次抬起头来看他，几次又歪着大脑袋在想什么。

陈星海感到很尴尬，起身对班主任说："老师，我看您还是继续休息吧……"

"等等！"

"怎么？"

班主任说："……先别急……你先坐下……"

陈星海觉得班主任是在浪费时间。

"我忽然有种感觉，陈星海……你很有才气……也有干劲……只是没有发挥出来……你会走得很远……"班主任若有所思，"你的潜力太惊人了……只不过你有障碍……你有灵气，又有干劲，缺点儿什么呢？我还真说不上来……不过你一定会走得很远……"

看着煞有介事的班主任喃喃自语，陈星海呆住了。而在那一刻，他忽然变得异常冷静：

"呵呵，老师您看错人了吧！"

"没有。"班主任断然否定。

"赵老师，我不是雷岩，我也不是李昆仑、范志伟……"

"我知道！"

"老师，我是陈星海。"

"我知道。就是说你。"

"你确定？"

"我确定。"

"哦……老师，您还是继续休息吧……没事我就先回去了……"

赵老师觉得这孩子太不尊重自己了，自己刚想出来了几个精彩的词汇，都没来得及说出来，这家伙竟然转身就走了，根本没有听他说下去。

陈星海就这么唐突莽撞地走了，步伐相当乱，很呆板，很可笑，脚后跟还"咚"地撞了一下门，墨绿色的门在空气中震动了一阵子。不过后来他还是把门给带上了。

赵老师叹了一口气，头脑很快冷静了下来：这个家伙，怎么能和雷岩、范志伟相提并论呢？可笑！

就是在那天下午，陈星海失踪了。

12. 混蛋·男生眼中的女生

肖珂坐在教室里皱着眉头想来想去，最终给陈星海做了如下的定位：一个地地道道的混蛋。

当然，我们的肖珂同学不承认这是骂人，更不会承认这是因为石磊磊，因为即使不谈石磊磊，这家伙的举动也足以让人喊他"混蛋"。肖珂认为：疯子不要紧，只要不传染、不转嫁，不对别人构成危害，都是限定范围内的人民内部矛盾，还不失为革命好同志。拿棍子就很不好了，这很容易转化为敌我矛盾的。

陈星海就是这样一个大混蛋。

绝对的大混蛋。

那天中午吃饭，肖珂同学只是为"熊熊火焰"填了一根"小柴禾"——但就是这一根"小柴禾"，出问题了。当时大家在宿舍说笑，话题不知不觉就转移到了班主任身上。这再正常不过了。但这个问题的提出，引起了同学们激动热烈的讨论，大家极尽夸张戏谑之能事，不遗余力地为"革命事业"奉献着属于自己的那一撮光和热，场面异常壮观。

这时，肖珂很及时地奉献了自己那根"小柴禾"。

肖珂只是顺便改编了一首小歌谣，用在了班主任身上而已。那是在大家兴奋激动手舞足蹈的时刻，肖珂忽然来了灵感，喊出了这么几句：

赵老师，哇哇哇

提前卖黄瓜

黄瓜一包刺儿

气得掉眼泪儿

黄瓜刚开花

气得拍脑瓜

刚说出来，就遭到了大家众口一词的讨伐。范志伟说："肖珂你有毛病啊？班主任招你惹你了？说归说，笑归笑，咱都得明白：班主任毕竟是为咱们好啊！不拘小节可以，但前提是深明大义好吗！"

雷岩说："肖珂，闭上嘴巴，锄地瓜去！二十亩，没商量！"

杨威说："肖珂，虽然咱是平民百姓，但关系到祖国百年大计，我们都是深明大义拥护未来的仗义之士！来来来，把嘴巴里塞上俩鸟蛋……"

孟涛波嘻嘻地笑着说："肖珂，自己花钱买锄头，自己花钱种地瓜，再自己花钱买俩鸟蛋去！抓紧时间别浪费啊……"

这些都不要紧，要命的是陈星海这混蛋又回来了。这"疯子"本来是抓了一把手纸，准备上厕所的，可走到门口外又停下了，想必是因为肖珂这一根"小柴禾"。就是在大家纷纷奚落肖珂的时候，陈星海这"死疯子"回来了。回来就回来了吧,拐弯了。拐弯也没什么,可那是门后面。鬼都知道,门后面根本没有什么东西,除了一根棍子。这里面的暴力倾向傻子都看得出来。如果说这一切都没什么的话,下一步可就真有点意思了。

这"疯子"面无表情地来到了刚刚坐在床沿的肖珂面前,用棍子敲了敲床沿,说话了:

"肖珂,你过分了!知道吗?"

这个时候,谁都知道这与杨威敲着床沿说"皮又痒了不是"是不一样的。

肖珂显得有点儿不知所措。杨威及时地跳了出来,来到了面前,说:"肖珂,你确实过分了……"

肖珂增加了点儿底气,笑嘻嘻地指着棍子:"它知道吗?"

"当然知道。"疯子"说。

"那我也知道。"肖珂说。

陈星海嘴角一抽,笑了:"谅你也不敢不知道!"

说完,丢掉棍子,慌里慌张地往厕所方向跑去。紧张之后的欢笑具有很强的爆发性。大家忽然觉得陈星海最后一句话越琢磨越有味道,于是有了新话题,气氛又一次走向了高潮。

杨威诡秘一笑,却摇头了,对着肖珂说:"肖珂,你失策了……"

"怎么了?"

"如果刚才你再晚招一会儿,哈哈……"

"还是不明白。"

"陈星海早已憋了半天啦,快憋不住了——没看到刚才跑得那个慌张啊……"

"不是吧?"

"打赌?"

"不打!"肖珂显然已经开始感到了一股怨气,觉得陈星海这

"疯子"可真会找麻烦。其实更要命的事情还在后头呢。由于肖珂的位置在陈星海后面,"疯子"的一举一动全在他的密切注视之下,这给他带来了方便,更带来了煎熬,因为在陈星海"疯狂"的日子里,常常看到石磊磊有事没事过来搭讪。而徐波也不懂得占据有利的地理位置,总让陈星海这小子占便宜。好在这"疯子"最近习惯于在外面逍遥,这才让肖珂长舒一口气,稍稍心安了一些。

没想到最近,这"疯子"又回来了,开始学习了。这可怎么办呀?肖珂觉得事情有些棘手。当然,谁都不用担心肖珂对石美人的密切关注。石磊磊的生活习惯,一笑一颦,喜怒哀乐,肖大人都了如指掌。但肖珂不会行动,也许永远,否则肖珂就不是肖珂了。开始时,石美人总是一脸的关切与焦虑,随着"疯子"的回归,逐渐转化为了欣喜与沉思。

出事了。石磊磊竟然又主动坐在了陈星海这小子的身旁。这令肖珂心里很不舒服。

"星海,在干什么呢?"

"看英语……"

"帮个忙。"

"说。"

"这道平面解析几何题我不会……"

陈星海没看她的脸——虽然她有些陡然地逃避——想了想:"我……我对平面解析几何几乎……一窍不通……"

石磊磊咬了一下嘴唇,想了想:"你会反面这一道吗?"

陈星海一愣,看了她一眼。石磊磊的嘴角抿得很好看,眼珠灵动一转,露出了一丝得意的微笑。

那是一道很简单的题,一点即通的那种。平面直角坐标系都画上了,很鲜明,很清晰。

"不会。"陈星海说。

"那我教你吧！"石磊磊神采飞扬，甚至有点儿兴高采烈。

"不用。"陈星海一脸的冷漠。

石磊磊显得有些着急："很简单的，我跟你说一下，你整理出来就会了……"

"我说了不用！"

石磊磊看了看他冷漠的脸，一下子拉过了自己的本子，"哼"的一声就走了。凳子"吱啦"一声，引起了一片目光。肖珂关注着整个过程，此时很及时地低下了头，顺手拿起了数学课本，看了起来……

好玩的是，这个冷酷的"疯子"也心不在焉起来，一会儿就毛了，憋不住了，然后插上钢笔，假装若无其事地出去了。令他感到意外的是，石磊磊突然也冲了出去，而且是从后门，一下子截住了他的去路。

这一点，肖珂也没有想到。

陈星海看了看周围："别这样……"

"你有什么见不得人的啊，陈星海！"

沉默。

"你什么意思啊？"

还是沉默。

"你过的还是人过的日子吗？"

两个人一同沉默。

陈星海向前一步，拉住了石磊磊的手。后者的躲避也没有什么效果。很快，他把她拉到了墙角，两眼逼视着她。她几乎要哭出来了，低着头，很委屈的样子。憋了很长时间，陈星海才开始说话了：

"……我不知道该怎么跟你说……咱班比我帅的，比我学习好的都有……"

"陈星海！"她突然打断了他，一扭头，不顾一切地跑了。

整个过程戛然而止。

陈星海被抛在了风中，不知所措。

肖珂的关心真是细致入微，每一个细节都看得一清二楚。他觉得陈星海真是个软蛋二百五。他在整个故事后面加上了一个想象的续集：石磊磊一步步地冷漠了陈星海，然后一步步地投入了他——肖珂的怀抱。他肖珂可不像陈星海这小子，不懂得怜香惜玉。

傻瓜蛋一个。肖珂总结道。

宿舍熄灯之后的"卧谈会"向来是高二六班男生生活中的大餐，充满了各种诱惑和期待。

班主任向来也很称职，他的到来意味着向大家宣布：同学们，世界上最盛大的晚会现在开始了！灯光（手电筒的关注）、音响（渐行渐远的脚步声）一应俱全。同学们也十分懂得班主任的良苦用心，在屏气凝神的准备动作之后，大家绝对不会对不起自己的嗓门。热烈古怪的各种声音会让人误认为是和唐僧一块儿被抓进了妖怪的老巢，曲里外拐的语调加上突然爆发的笑声，让人感觉到这个世界精彩得简直不像样子。当然，如果杀个回马枪，那就太不仗义了，会严重破坏世界的运行秩序，很不好。好在班主任还"比较讲义气"，很少做出那种令人"不齿"的行为（注：引号内是杨威原话）。

班主任完成了既定的"任务"，在既定的时间内离开了。大家出奇地安静，似乎在憋气，看谁第一个打破沉默。

是杨威。杨威问："肖珂同学，你睡着了吗？"

肖珂懒洋洋地回答："睡着了。"

"你确定吗？"

"确信无疑！"

杨威干咳了几声，很严肃地对大家说："嗯，同学们，看来肖珂是真的睡着了。"

欢笑声汩汩而出，不可遏制，各种"油盐酱醋"纷纷抛洒，事情变得越来越妙趣横生。世界复活了。神龟山的传说，大家听来的内容支离破碎，东一榔头西一棒槌，讲述者往往成为大家奚落的对象。这个话题成为螃蟹堆，谁都想挠一把，谁都没有占到过便宜。这也确实诱人——神仙，爱情，离奇，刻骨铭心……这些挑逗诱惑人的东西都全了。于是，大家都禁不住去冒犯这个禁区。孟涛波是为此触霉头最多的人，但他还是屡败屡战，乐此不疲。大家为此都感到很奇怪。

今晚也是如此。有人挑逗了一下，遭到了大家最无情的打击。于是，世界恢复了平静。孟涛波看到已经很难再获取一点有关信息了，于是及时转移了话题：

"两年了，你对自己了解了吗？"

宿舍里的声音还是有点儿杂乱。

"两年了，你对咱们班了解吗？"

有人不耐烦了："别铺垫了，快说吧！"

孟涛波继续他的广告词：

"两年了，你对咱们班的女孩了解吗？"

寂静。

有人憋不住了："了解不了解的，也不如你这个搞八卦的啊！快说吧！"

"嘿嘿……"孟涛波伸了伸懒腰，"来，让我对咱班的女孩一一做两句话点评……"

"两句话太少了！"

"……必要时可以增加嘛。"灭绝师太"那样的可以省略……"

"不要七嘴八舌的嘛……评论几句的问题……这个……要看本人的心情啦，哈哈……"

"嘿……仍然是死不要脸的风格……"

孟涛波没有理，干咳了两声："我要开始了……嗯，从谁开始呢?"

由于各人有各人的期待,雀嘴鸭舌,各不相让。孟涛波卖乖完毕,开始步入正题:"还是从左面最前面开始吧……"

"你说秦晓苇吧?好,赶紧开始吧,人人有份啊。老等老,少等少,没等着的别急躁啊……"

"停!"

"别打岔!"

"……秦晓苇,是个好孩子型的。长相可以,学习成绩也不错,但她的个性还是很强的……"

"虽然是废话,但也着调。下一个,黎嘉……"

孟涛波一下子停住了:"咱屋里有没有卧底?黎嘉和李昆仑可是从小一块儿长大的死党!虽然平时闹,但傻子都看得出来,他们从小到大感情有多深哪……"

"没有……刘树森,虽然你和他们来自同一所初中……"

刘树森反问:"我为什么要告密呢?开玩笑啊!"

"好……大家保密。黎嘉这女孩从相貌到身段都没得说,但太张扬太大胆了……"孟涛波若有所思。

"你说王老师吧?"

"对。听说王老师是因为他的未婚妻才调到咱学校当体育系副主任的。你们知道他的未婚妻是谁吗?"

没人说话。死寂。

"是校长的亲侄女!黎嘉她能有好果子吃?我都不敢去想。那王老师也不是什么情种,反正给人的感觉很不妙……"

肖珂发言了:"那王老师和黎嘉怎么那么热乎?他想干啥?"

孟涛波笑了:"那就真不敢说了……"

杨威急了:"校长侄女漂亮吗?你见过吗?"

"我还真见过。上周我出校门,正好看到王老师骑自行车出去。

我以为后面是黎嘉，一看，才知道不是。想知道长什么样吗？"

"什么样？"

"一个标准的大肥妞，圆滚滚的，像一个葫芦，脸也不漂亮……"

陈星海问："我对王老师不太了解。不知道他能不能为了黎嘉放弃那个副主任……"

刘树森说："够呛……"

孟涛波接上了话："……是谁在开国际玩笑？你看他那做作的样子……"

范志伟憋了半天终于发言了："别再这么瞎猜！照你这么说人家黎嘉还凶多吉少了！没根没据的。再说人家黎嘉也没做什么呀……"

孟涛波反问了："做没做什么你知道吗？"

范志伟的火星子是"噌噌"地冒："我不知道你知道？别卖弄了！没事让你整出事来……"

孟涛波在大家的调和声中叹了一口气："……据我对黎嘉的观察……你们别说啊……她真的有可能已经做了什么了……"

"做了什么啊？"

"嘿嘿，"孟涛波笑了，"天机不可泄漏。下一个……"

虽然有人追根究底，但孟涛波保持了一贯的"不要脸"风格：点到为止——逗起了你的哈喇子，然后戛然而止，留下一群人稀里哗啦。随后，他竟然肯定了"灭绝师太"范思维，典型的刀子嘴豆腐心，实际上非常体贴入微，富有正义感。范艳红则是一个没有主见的人，不过人非常善良体贴。说到孙馨馨，刘树森成了众矢之的。起哄声过后，孟涛波给了刘树森一句忠告：

"温柔，可爱，漂亮，这些我就不说了。我要说的一点是：她一点儿也不简单，有自己的想法，如果她做出了什么出人意料的决定，你千万不要感到奇怪……"虽然大家多数感到不以为然，但后来的事实证明了孟涛波的话。高三一开始，孙馨馨在没有征求刘树森意见的前提下，断然转到了另一所重点高中，把刘树森一下闪了个够呛。

那天晚上提起石磊磊的时候，大家一下子陷入了平静，不知是因为陈星海的存在还是各有各的想法。孟涛波还是客观地对她给予了定位。绝对班花，是大家没有意见的定位。孟涛波在给陈星海提意见时，屋子里一片沉寂。声音显得浊重而单纯，却在屋子里撞来撞去的，很不安分。

孟涛波说："……石磊磊这种类型的女孩，非常难得。绝对值得一辈子去珍惜。虽然有些黏糊，但她只在乎一个人，非常专一，但是……"

那一刻，世界真是静极了，大家甚至听到了远处某个宿舍的一位同学杀猪般的号叫声。

"……千万不要伤了她的心。那样你会后悔一辈子的……"

杨威及时地提醒了一下："……陈星海，说你呢！表个态……"

陈星海憋了半天终于说话了："……这跟我有什么关系……大家谁觉得合适可以追呀……"

杨威的发言结实有力："陈星海，我现在就有一个愿望：我想一刀把你给捅死！"

肖珂也在嘟囔："陈星海，你怎么了你……这么好的女孩……你怎么了你……"

孟涛波又补了一句："……陈星海，可别说我没有提醒你啊，这样的女孩真的可遇不可求……别以为天下一抓一大把——那都不是你的……"

"别说了！"陈星海的音量很足。

但，这是那天晚上他的最后一句话。再到后面，大家兴味阑珊，孟涛波为此偷工减料，漏掉了好几个。大家的回应也是有一声没一声的。肖珂到后来也极为安静。杨威在孟涛波结束的时候说："大家快睡吧。肖珂都睡了两觉了……"

没想到肖珂幽幽地回答:"不!我已经睡了八觉了。"

大家一阵哄笑,于是又一次兴味盎然起来,新的话题又浮浮摇摇地冒了上来。孟涛波正在滔滔不绝,杨威突然打断了他的"八卦"演说,吼了一句:

"谁知道'All the best'是什么意思?"

大家感到驴唇不对马嘴,正准备集中火力反击。但准备好后很快又哑火了。

班主任的怒吼声和雪亮的手电光证明了事情的可怕性:"……这么晚了还讨论什么英语?太不像话了……"

寂静。死一样的寂静。

13. 神龟山的传说

被抓住了。这是事实。

班主任在大家预料中的时间内把舍长孟涛波喊到了预料中的地点，进行了预料中的谈话。班主任绞尽脑汁，反复运用了疑问、反问、设问等不同句式，综合采用了坐问、站问、躺问、瞪眼问、拍桌子问等各种姿势，与孟涛波同学进行了不下五次的"洽谈"与"磋商"。但实际上，他们的谈话可以浓缩概括成以下几句：

"熄灯后说话。罚钱！"

"没有。"

"一人10块！"

"一分没有。"

"挖水沟去！"

"好！"

但他们的进程要复杂得多：班主任气呼呼的，眼睛怒视孟涛波，手上发麻；孟涛波气呼呼的，牙齿发疼，斜着眼，爱理不理。对峙了三个小时后，他们终于得出了一个艰难的结论：挖水沟。

据说，这就是所谓的谈判艺术。

谁都没想到，那却成了一个令人难忘的傍晚，即使在多年之后。

挖水沟的工作，原本是学校安排给高二六班的劳动任务。那天晚上，他们在谈笑风生中把挖水沟当成了一次愉快的休息。水沟在学校门口西侧的小竹林里。那片小竹林，翠绿逼人，泉水清清。他们发现，小竹林里竟然还有一只石头做的小鹿，斑驳的身体上已经落了一层尘土（徐波以灰色的屁股证实了这一点）。竹林里的叶子落了一地，几年没有打扫了，厚厚的，黄乎乎的，凌乱不堪。几团泛黄的白纸点缀在中间。这完全是另外一个世界。一股泉水汩汩而出，翠竹丝丝颤动，阵阵空气清爽拂面，最真实的劳动生活就像从原始时代传来了一曲劳动号子，震动着每个同学的心灵深处。他们干得兴高采烈，没有感到哪怕一丝的疲劳。体力劳动之后的多巴胺，让他们感到了前所未有的轻松和愉悦。当他们干完活回宿舍时，却猛然发现：清凉的雾气已经把神龟山封了个严严实实。他们像凯旋的将士，骄傲地走过宽阔的大路，走过一个个安静厮杀的教室。黎嘉更是不安分地探出脑袋，想知道这个鬼世界到底发生了什么……

他们不会想到，多年后的某一天，当他们恍然回顾时，却发现那片小竹林已经不约而同地浸入了他们的记忆深处……

然而，生活在继续，他们还在喧嚣。

班主任是否回家了，一时成为大家关注的焦点。根据"开门多有人，锁门必无人；有人则开灯，无人必关灯"这一现实主义辩证法，加上肖珂三趟跑腿的侦查验证，同学们推出了一个科学的论断：今晚班主任很可能已经回家了。鉴于上次被抓的光辉经历，晚自习后，宿舍里的每一个成员都不约而同地到班主任宿舍旁边兜了一个圈子。随后的宿舍里，"捷报"一个连着一个，内容却是一样的。后到的同学自然就要遭鄙视了，大家争相起哄：

"落后啦！"

"日本鬼子已经被赶出中国了！你知道不？"

肖珂与杨威是最后进来的。他们一进门，大家都眼巴巴地望着他俩，等着他们俩开口从而哈他们。没想到他们进来后只字未提这事，反而因为两颗糖的问题而争执不休。

孟涛波自言自语地说："今晚咱们都别说话，班主任有可能来查宿舍。"

"嗨！"肖珂不以为意，"你们是不知道哇！刚才我特地又到班主任宿舍看了一下……"

肖珂还没说完，大家便在一瞬间内轰然而炸、哈哈大笑。肖珂不解地看着这一群可怕的"疯子"。孟涛波忽然像一头野猪一样冲了过来。肖珂见势不妙，转过身子笨笨地跑了起来。威猛的雄狮看到病羚羊仓皇的眼神，如果不出击，那就是对不起羚羊家族，对不起自己的祖宗和子孙，更对不起自己的牙齿、鼻子和耳朵，即使是不饿，也有必要强打精神不辱使命，把羚羊抓住干掉。

肖珂这一跑，显然是在诘问大家：知道该怎么做了吗？知道该怎么做了吗？

大家当然心领神会，蜂拥而上，纷纷拽住肖珂的细胳膊细腿，像拽起小猪的四只蹄子，翻过身子，然后，一起数着：

"一、二、三、墩！"

"一、二、三、墩！"

"一、二、三、墩！"

经过几次稳健的操作，肖珂连喊："哎哟，疼啊，饶了我吧！"。

大家对了对眼神，喊了一声"跑"，一起丢下肖珂，眨眼间，不见了。

肖珂了摸了摸屁股，唏嘘了几声，爬了起来，骂了几声后发现周围竟然空无一人。刚才我挨墩了吗？他忽然怀疑起来。随后他摸了摸屁股，得出结论：刚才我确实挨墩了，因为我的屁股还在疼。于是他到宿舍门后拿了那根棍子就跑了出来，气势汹汹的，却发现一个个"江洋大盗"竟然迟迟不敢出现。

肖珂很生气，想：我在这里守着，看你们还回来不？可他很快发现大家竟然相当有耐心。当他看到电灯骤然全灭的时候，顿时觉得尿意盎然。为了遵守纪律起见，他上了一次厕所，腋窝里夹着棍子。这显然增加了他做动作的技术难度，为此肖珂不惜动用了嘴巴，在臭气熏天中完成了这一高难度的技术活。可当他回来时，宿舍前还是空无一人。

也太胆小了吧！

肖珂笑着一推门，关着。爆发的笑声从宿舍里冲了出来，就差冲破屋顶了。原来这群家伙跟商量好了似的，趁着这一会儿工夫，竟然全都进去了，而且把他这个受害者拒之门外。

肖珂顿时感到相当恼火。

那一晚上，最终还是肖珂向大家求饶再三才得以进了宿舍。肖珂很委屈，一直不说话。最终，大家把得出"班主任回家"这一结论的功劳全归到了肖珂身上。肖珂还是不满意。于是大家开始渲染这次"孤胆行动"的"伟大历史意义"。一瞬间，肖珂成为威风凛凛的拿破仑，在大家的吹捧中忘乎所以，说："哈哈，看来还是多亏了我呀！"

大家哄然大笑后，散场大吉。

那天晚上，孟涛波忽然一反常态，躺在床上，不再参与大家的讨论，但时不时地，又用一些尖刻的话抨击原本很精彩的演讲。当陈星海正在为一个邻村故事洋洋得意的时候，孟涛波又开始了尖锐的攻击：

"这个故事内容太少!"

刘树森刚讲了两句,孟涛波说:

"这个故事太没劲!"

这下杨威急了:"有本事你也讲个,别总是拆台啊!"

"嘿!讲个就讲个!谁怕谁?"

"讲什么?"

"哈哈,我就讲那个神龟山的传说……"

"拉倒吧!千万别再搞个半截来糊弄人了啊……讲不好要请客的。"

"难怪一个劲儿地贬别人,捣鼓了一晚上,就为你的故事做铺垫啊。"

孟涛波也"嘿嘿"地笑了几声,显然,他的意图早已昭然若揭。于是,他抻了抻身子,先习惯性地叹了口气,才开始了故事的讲述:"其实啊,我也是刚从放羊的老汉那里听来的。传说啊,这个神龟山原来并不存在,这里原本是一个大湖,很深的湖,大概和神龟山的地盘一样大。"

"对,这个我也听说过……"

别人一打岔,孟涛波就生气了:"你讲,你讲!你知道你讲!"

"别打岔了。让孟涛波继续说。"杨威有点儿不耐烦。他爱听别人讲故事。

"唉!"孟涛波夸张地叹了口气,"那个大湖啊,水深景美,绿树倒映,实在是一个美丽富饶的地方啊。而且,湖里的鲤鱼肉多味美,远近闻名。很多人以鱼为生。

"在湖周围有几个小村庄,湖南边那个叫荷叶村,村里有个小伙子,据说英俊善良。关于这个小伙子,还有一段故事呢。传说啊,湖西边有俩小村庄,一个叫张庄,一个叫李庄,各有一个出名的大地主。李庄的那个大地主人还比较正直,他有一个宝贝女儿,是湖周围出了名的美人。可有一点，那闺女就是倔。有一次出门玩，硬是看上了荷叶村那个忠厚的小伙子。那个小伙子也更是盯着看，不放松。他哪里知道那是李地主家的宝贝女儿呀！两个人的联系多了起来，总是制造出一些有意无意的巧遇。李地主知道了，坚决反对——嫁给个打鱼的，不光等着挨饿！张地主更反对，他那儿子早就对这个美人垂涎三尺了。

"但那女孩真是很大胆啊，夜里竟然跑出来跟小伙子幽会。李地主发现后大发雷霆，于是把女儿困在家里。后来，女儿以死相威胁，李地主只好同意了。可是，为了家族的尊严，他宣布与女儿断绝关系。张地主那二流子儿子更是气得在家里哭爹喊娘。

"后来他们俩真的结婚了。可那女的显然娇养惯了，几次要回家求助，弄得小伙子痛心疾首，狼狈异常。他发誓要使劲挣钱。女的很倔，嘴上虽然说，但硬是没有回去。一年后，他们的女儿降生了。女儿渐渐长大，怎么看怎么像他娘，就像仿照娘的模样造出来的。小伙子拼命打鱼挣钱，可是仍然只能勉强养家糊口。他经常发狠似的用脑袋撞墙。

"长期打鱼的劳累让小伙子难以忍受，但他还是拼命地干活。尽管这样，家里仍然只能贫苦度日。老婆拉着他，不让他雨天出门，可那只能增加他的内疚。

"八年后的他们，日子仍然过得很艰难。有一天，男人出去打鱼，正遇上下大雨，回来的时候变成了落汤鸡。他得了伤寒，病了几天不见好，很快，家里开始断炊了。妻子想回娘家求助，但转念一想，八年都过来了，难道就过不了这道坎？她想要自己出去打鱼。小伙子听到风声，说，下雨天根本就打不上鱼。她哪里听，偷偷地上船了。出去的时候，小家伙死活要跟着。对了，女人和她男人还给女儿起了一个好听的名字：鲤鱼。其实，平时男人打鱼的时候，小家伙也经常跟着玩的。

"出事了。是她们运气不好，因为那一天，一只蛤蟆修炼了八百年成了精，狂喜欢呼，正在施展魔法，在湖上掀波浪玩儿呢。女人平时料理家里的事情，很少下水，这下可倒霉了。那只蛤蟆看到了湖心的小船，竟然发狠地想施展一下妖术。几次疯狂地施法之后，波浪卷住了小船。那女人本来就没有多少力气，划到湖中心附近时早已经筋疲力尽。几次大浪冲击后，她们娘俩干脆掉进了湖水。女人早就没劲了，掉进湖不久就沉了底。鲤鱼儿平时整天跟着父亲打鱼，反而没有她娘死得那么快。由于下雨天，周围也没有打鱼的，小女孩渐渐地也耗尽了力气，开始下沉。蛤蟆精挥动蛤蟆杖，想赶尽杀绝，逞一下威风。于是又一轮风浪来了。可是就在这时，蛤蟆杖忽然不灵了，挥来挥去也不管用了。更为奇怪的是，湖面一下子就风平浪静了。小女孩光知道拼命扑腾，并没有注意到自己正被一只巨大的乌龟托起来并向岸边游去。蛤蟆精气坏了。可他的妖术怎么也不管用了。用蛤蟆杖一照才知道，原来那就是湖中的镇灾灵物——神龟，已经修炼两千多年了。他干着急也没有办法，只能伺机报复。

"神龟把鲤鱼儿送上岸后，便从龟壳里爬出来，变成了一个英俊的少年，把她送回了家。鲤鱼儿回到家哭哭啼啼，断断续续地把事情的经过对父亲说了一遍。虽然逻辑上比较混乱，但至少说明了两件事情：母亲淹死了；自己被人救了。他慌忙让小鲤鱼去拜谢救命恩人。小鲤鱼一愣，哭着看了看身后这个人，然后跪地，拜谢。恩人走后，男人掉下了眼泪，他使劲儿地抱着他唯一的亲人，再也没有说什么话。事后发现桌子上还有一把银子。"

"原来男的也是个孤儿啊！"

"嗯，对啊，忘了说，原来这男的整个家里就一个人。后来，男人的病渐渐好了。他痛恨钱，他想挣钱，他拼命地卖鱼赚钱，为的是让他亲爱的女儿过上好日子。他渐渐开始变得爱财如命。他常对女儿说，有钱才能过上好日子。他发誓要把女儿嫁给有钱人家。

"十年转眼就过去了。女儿长大了，也水灵了，漂亮了。她呀，据说是：水蛇腰，柳叶眉，墨黑的头发樱桃嘴。据我估计，肯定像王祖贤。啧，啧，嗯！他走到哪里，总有小伙子在眼巴巴地看。有几次竟然闹了笑话。小伙 A 呆呆地盯着小鲤鱼儿看，掉进湖里喝了几口水；小伙 B，边走边看，脑袋撞在树上起了个大包；男人 C 被吃醋的老婆打了一巴掌，还是看……反正是俗套，你们自己想象一下就知道了……"

"是你杜撰的吧？《陌上桑》多看了两遍？"

"去去去！给你点儿自由就胡喳喳！继续，继续！说媒的可真不少。没钱的小伙让老汉挡在了门外，有钱的又是一些二流子，她又看不中。老爹可疼鲤鱼儿了。只要她不同意别人又赖着不走，他就开始变脸，甚至摸扁担……

"然而有一次，鲤鱼儿自己却差一点儿掉水里。那天她在湖边遇见了一个英俊的青年，怎么看怎么眼熟，怎么看怎么顺眼，正寻思着，差点儿就掉进了湖水。幸亏那个青年反应快，以她还没来得及看清楚的速度搂住了她的腰，她才没掉进水里。两人一见钟情。你们知道为什么那个小伙这么眼熟吗？"

"是神龟变的那个人吧？"陈星海问。

"聪明！你想啊，能不眼熟吗？从那以后，两人约定，每月初三月落时，他来找她。她自然欢喜得不得了，慢慢地就越来越大胆了。他们开始恋爱了，而且爱得越来越深。老爹还一无所知呢，他只知道要使劲挣钱，为女儿找个好婆家，一副嫁妆就能让女儿过上好日子。千万不能跟个穷小子，想过好日子，做梦吧！他每天去打鱼，鲤鱼儿照例做好饭菜等他。他疼闺女，媳妇死后，她成了他唯一的寄托，做什么事情都要听听女儿的意见，凡事总是自己吃尽苦头，也不让女儿受一点儿委屈。鲤鱼儿也懂得孝顺老爹，吃啥都让老爹先吃。看着爹翘着胡子笑，她甭提多高兴了。爹每一丝勉强的神色，女儿总是记在心里。一提起娘，老爹便对她说：你知道你娘是怎么死的吗？鲤鱼儿说是淹死的。爹说，不对——是穷死的。是让我这个穷光蛋给拖死的啊！女儿说，爹你别胡思乱想了。

"有一月的初三，出事了。蛤蟆精发现他家上方总有一股仙气，心里不断地生疑。他来到了湖边的草丛里，发现了那个巨大的龟壳。他阴险地笑了。此时，他们俩还在如胶似漆地说情话呢。鲤鱼儿看到他的簪子上有一颗白玉珠，就问：那是什么？我想看看。他告诉她，那是他的宝物，修炼了两千年的结果。他又说，如果没有了那颗珠子，他就是一只普通的小乌龟。她说你变成小王八我也想你。他说：傻妞儿，那样咱们就不是同一类了，就没法在一起了。她痴痴地说：没事，你到哪里我都随你。他说：什么时候，我不用回到湖里了，咱们就快快乐乐地过日子……她没话了，一头扎进他怀里，嘻嘻嘻嘻地笑了起来：小王八啊小王八，我怎么就喜欢上了你这个小王八呢……这时候，出事了。"

"怎么了？"

"那个蛤蟆精竟然找到了鲤鱼儿他爹。蛤蟆精说，你家有股妖气。他问，你咋知道的？蛤蟆精说，我就是奉命来捉妖的。妖在哪里？他问。蛤蟆精拉着刚睡醒的他来到外面，远远地看着俩身影，说，看到了吗？你女儿已经中了魔法。他吃惊了，仔细地看了一眼，说，我咋看着这个小伙面熟啊。一看他要犹豫，蛤蟆精慌忙说，只要你下次叫你女儿把他头上那颗白珠子给我，我就给你一百两银子。别忘了，一百两啊，以后够你们爷俩快活一辈子了，不用再整天打鱼啦！老头看了蛤蟆精一眼：还有这等好事？于是很爽快地答应了。

"后来他问鲤鱼儿那个男的是谁，她竟然老是红着脸不说话。再后来，她坦白了，他们俩要一块儿生活一辈子。对，爹，咱仁一块儿过。老爹就问，他家有钱吗？鲤鱼儿支吾了半天，没有说出个子丑寅卯。后来，老爹谈正事了，说下次来，怎么也要见他，而且要亲自看一看他头顶上那颗白珠子。鲤鱼儿一惊，问，你看那个干什么？老爹一愣，说，哈哈，我早就注意到你们俩了，好奇，想看看。如果合适，就定了。女儿当时就瞪大眼睛问，真的？老爹勉强掩饰了一下，不屑地说，我啥时候骗过我闺女？这个鲤鱼儿知道，爹确实没有骗过她。于是她日夜盼望着下一个初三的到来。

"初三终于到了。神龟按时来了。可是蛤蟆精早就来了，不过他一直没有露面。鲤鱼儿欣喜若狂地拉着他说，走，见咱爹去。问明情况后，神龟总觉得这事蹊跷，说，他为什么偏偏要看我的白珠子呢？他怎么知道我有白珠子呢？鲤鱼儿说，想多了你！难道你还怀疑咱爹吗？于是两个人去见老爹。老爹寒暄了几句就要看白珠子。他有些犹豫，看到鲤鱼儿爱恋地看着他，还是把白珠递了过去。老爹还没有仔细看，蛤蟆精突然出现，一下子就把白珠抓在了手里。神龟大吃一惊，挥动手掌要收回白珠子。蛤蟆精冷笑一声，口念咒语施展魔法。神龟双掌前开吸白珠。白珠慢慢地向神龟移去。蛤蟆精急了，一杖狠狠打了下去，正在运功吸珠的他眼睁睁看着白珠顷刻成了碎末。怪事出现了。小伙子忽然脸色变得越来越难看，成为黑绿色，身体也慢慢地变形，变形。鲤鱼儿哭喊着扑了上去，可已无法阻止变形。最后，他变成了一只小乌龟。她抱住小乌龟就大哭起来。蛤蟆精报复似的哈哈大笑，扬长而去。对蛤蟆精来说，现在只有那个大龟壳有价值了。

"忽然，闪电凌空劈下，雷声卷着乌云，外面一片漆黑，瞬间又是一片惨白。蛤蟆精刚要掀起龟壳，鲤鱼儿怀中的小乌龟突然不见了，而那巨大的龟壳突然自己跳了起来，压住了蛤蟆精。蛤蟆精想逃，可是龟壳越来越大，最后竟然盖住了大湖，成为一座山。这座山，就是神龟山。"

"还有吗？不可能就这么算了吧？"

"当然没有结束！那天夜里，雷雨大作。当鲤鱼儿悲痛欲绝的时候，老爹却拿出了一百两银子，说：傻闺女，咱就要过上好日子了，哭啥？鲤鱼儿一下子愣了，她很快就明白了真相。是爹骗了她，她唯一的亲人骗了她。她忽然就不哭了，眼泪却依旧流着。老爹叹了口气说，孩子啊，你还小啊，你不懂有了钱好办事啊。前天张地主又来说媒了。他家有钱啊，吃穿不愁啊，我就替你答应了。咱也不能掉价不是？这银子主要也是用在你身上的。以后，咱就等着过好日子吧……你还小，不懂，将来你会明白你爹我的苦心。鲤鱼儿一直听着，流着泪，可没有说出一句话。

"这时候，一阵隆隆的雷声滚滚而来，很沉闷，像一个冤魂。鲤鱼儿忽然就吼出来了：你不是我爹！你害的是你的救命恩人！你不是人！喊完就哭着冲进了雨幕。老爹愣了，然后就笑了：傻闺女，不知道好歹，有了钱咱还怕啥……真跟你娘一样的脾气啊！老爹忽然就想起了鲤鱼儿他娘以死相逼的事。老爹一惊，也冲出了屋子，却不见了鲤鱼儿。他赶忙出门，在神龟山上乱喊乱叫，可是根本不知上哪里找去。"

"到底上了哪儿？"杨威问。

"第二天，乡亲们发现湖不见了，却忽然出现了一座山，都觉得很奇怪。当他们走到山里的时候，却发现一个老头正坐在一块巨石前的女尸旁边，傻愣愣地哭。人们发现那是鲤鱼儿她爹时，都问是怎么回事。老爹一边哭一边讲着那悲惨的故事，并说，沟里流的水是他女儿跟女婿的泪……后来乡亲们感慨万千，就在那里修了一座桥，警示后人不要跌进悲惨的泪水中。那座桥叫神龟桥，而山，就叫作神龟山。"

"那老汉呢？"

"他呀，没几天就疯了。还整天哼哼着一首小曲儿呢……"

"什么小曲儿?"

"他整天呆呆地坐在神龟山上,摇头晃脑地唱着:

天上云彩一朵朵

神龟背上山坡坡

没有吃来没有喝

鲤鱼儿背娃看俺啦!

闺女孝顺闺女行

就是闺女不嫌俺穷

没有钱来没有好

娃娃恣得朝俺笑

神龟大来神龟高

有个闺女真是好

真是好来真是好

真是好来真是好……"

(为了记住这首小曲,孟涛波单独拿了个本子,一句一句地写了下来,念了五五二十五遍后才记住了)

肖珂说:"老孟子,你记性真好!"

"嗨!咱是谁呀!就咱这记性……"

"换个花样再吹!老是一个模式,不觉得腻味啊……没了?"

"没了。对了还有。据说每到初三月落的时候,在桥下还能听到他俩说情话呢!"

"这个模仿一点儿创意都没有。就差葡萄架子了……"

杨威突然一下子打断了大家:"神龟桥在哪里?"

孟涛波嘻嘻一笑:"据说早些年时被毁掉了。就在咱学校东南角的水渠那里——现在叫'恋人桥'。不过已经不是原来那座石桥了……"

静默。

"真可怜啊!"范志伟感叹。

"是啊!"肖珂也说。

"不是可怜,"陈星海说,"是可悲!可叹!"

大家纷纷表示赞同。雷岩说:"快睡吧,都一点多了!"

大家瞬间进入了睡眠状态。这时候,杨威忽然坐了起来:"撒泡尿去!"

"我也去!""我也去!""还有我!"雷岩、范志伟、陈星海纷纷起身,一群光屁股浩浩荡荡地走出门口。外面真安静,没有一丝声音,只有偶尔的虫子叫。杨威没走多远,就不走了,"就地解决"。

大家都"嘻嘻"地效仿起来……

14. 肖珂·尊严

　　黑衣人看来绝非等闲之辈，手握宝刀，一仰脖子，哈哈大笑，硕大的脑袋像一个集装箱，两只眼睛像俩小黄豆。

　　"想杀我？哈哈，能和我过三招的人恐怕还没有出生吧！"

　　为了在女侠面前逞英雄，两个小喽啰顿时气炸了毛，舞着木头棒子，"哇哇"叫着就冲了上去。

　　锵，锵，只两声。

　　黑衣人冷笑一声，两个小喽啰慢慢倒了下去，脖子上很快冒出了殷红的鲜血。

　　咕咚！咕咚！

　　黑衣人冷笑一声："哼，自不量力的家伙。"

　　其实，诸位女侠都知道这两个废物的名字：一个叫胡帅，一个叫陈星海。人群里一片骚动，一个个面如土色，瑟瑟发抖，两脚钉地，眼珠子乱转，却不敢动弹。几位绝色女侠更是露出了无助与绝望的神色。

英雄该出场了！

是一位少年。

黑衣人斜眼望去，此人气质非凡，英俊潇洒，虽略显消瘦，却也掩不住盖世英雄之风骨。玉树临风之际，如临敌之谢安，挥手之洪武！这里需要说明一点，此人比朱洪武要帅很多——朱元璋那张画像上的锨头脸，实在是丑得有些莫名其妙。

黑衣人一抱拳："这位大侠，为何不说话？"

少年冷笑一声："因为你不配！"

黑衣人一愣。

少年纹丝未动，继续说道："作为朝廷命官，竟然以如此卑鄙的手段杀死陈总舵主，为江湖所不齿。你不以为耻，反以为荣，而且装腔作势，呆板可笑，说话连词汇语气都不改，竟然有脸面对在座各位。跟你动手，辱没了我！"

黑衣人后背忽然感到一阵冰凉：这难道就是传说中的"夺命书生"？

"请问英雄尊姓大名？"

"肖珂。"

"啊？夺命书生！"

大家已经明显地感觉到，黑衣人已经失去了底气。换句话说，此人已经被肖大侠的威名吓破了胆。

"来吧！"黑衣人僵笑一声，冲了过来。只见肖大侠侧着身，仅用一只胳膊与黑衣人过招，只见刀光剑影，腾挪跌宕，天昏地暗，飞沙走石。片刻过后，只见黑衣人：

腰酸背痛腿抽筋，

眉头紧皱胳膊疼。

呜里哇啦直叫唤，

尊严全无叫人轻。

肖大侠转过身，准备离去。万万没想到的是，黑衣人竟然从背后冲来，刀影闪过，直冲肖大侠后背而去。肖大侠早已感觉到背后的寒光，只轻轻一闪，黑衣人便来了个四仰八叉。

这明显是在惹肖大侠生气。肖大侠本想饶了这厮的，没想到这家伙竟然卑鄙无耻，于是"噼里啪啦"一顿暴打，但见黑衣人：

鼻青脸肿小眼瞎，

浑身散架胃穿孔。

嘴唇抖动称大侠，

瘫作一团喊饶命。

如果你以为黑衣人刚才已经足够卑鄙无耻，那你就彻底错了。正当肖大侠动了恻隐之心，准备饶了那厮的时候，只见黑衣人藏在背后的手一抖，一支毒镖从背后射出，直冲肖大侠面门而来。

肖大侠轻轻一侧身，说时迟，那时快，四道银光闪过，黑衣人"啊"地叫了一声，声音慌乱而短促。肖珂只是冷笑一声。众人看去，黑衣人的眼睛和脖子上出现了四个洞，血正汩汩流出。

这正是江湖传说中的"四星追命镖"。追命镖，铁质，圆形，如小铁饼，虽无剧毒，但镖镖致命。

扑通。

肖大侠拿出酒葫芦，喝了一口，闭上眼睛，回味着美酒的醇香……

"我国是工人阶级领导的以工农联盟为基础的人民民主专政的社会主义国家。我国的基本政治制度是人民代表大会制度。人民是国家的主人……"

"总舵主！"

"什么？总舵主？"

"陈总舵主有遗言，为总舵主报仇者为新总舵主。肖大侠一身正气，武功盖世，今日又为陈总舵主报仇雪恨，实为总舵主的不二人选。请肖大侠不要推辞。"

肖大侠正左右为难之际，各位大侠全都跪下了，齐喊：

"肖总舵主！"

那场面波澜壮阔，惊天地，泣鬼神，在场所有人无不动容。

肖大侠却要拒绝大家的一番好意。此时，侧面忽然出现一白衣女侠，清秀艳丽，绝世无双，正是"绝色女侠"石磊磊。

她深情地望着肖大侠，柔声道："肖大侠何必推辞呢？"眼神里充满了崇拜与乞求。

肖珂略一沉思："既然诸位大侠看得起在下，肖某人……"

"……落霞与孤鹜齐飞，秋水共长天一色。渔舟唱晚，响穷彭蠡之滨；雁阵惊寒，声断衡阳之浦……"

武林大会结束后，石大侠等四大护法留了下来。

"你们也退下吧。"肖总舵主说。

石大侠一抱拳："总舵主，在下还有一事相求。"

"说。"

"在下小女石磊磊，年方二八，痴爱总舵主已久，望总舵主不要推辞。"

"不行！"

"为何？"

"作为总舵主，肩负重任，怎能因一己之私而忘大义！"

"小女已发毒誓，这辈子非肖总舵主不嫁，甚至以死相逼。老夫提出来，实在是无奈之举啊！"

"唉！"肖总舵主一声叹息，"石大侠有所不知，在下已有妻室……"

"谁？可有名号？"

"姓黎名嘉，牟县人士。"

"原来是'风情女侠'！"

"不要紧。小女可以为妾。此为已经光照近三百年的大明王朝，三妻四妾实为人之常情。只要能陪肖大侠，实为我家小女的福气，老夫我也就放心了！"

"这……"

四大护法齐喊："为了千秋大业，请总舵主不要推辞！"

"石小姐她……"

"不用！"石大侠说，"小女的婚事，老夫完全可以做主，请总舵主勿虑。况且，小女只爱你一个。"

"真的吗？"

"句句属实。陈星海，胡帅，鼠辈也。小女貌似过分之举，全是为了引起总舵主注意。"

肖总舵主略一沉思："这……"

四大护法齐喊："千古绝配，总舵主万万不能推辞！"

"已知：平面直角坐标系中，椭圆上一点A（0，2）……"

半夜，肖总舵主回到卧房不久，门被敲响。

咚咚咚。

一开门，是一白衣女侠。此人极美，如朝晖之梨花，清丽，并携一股清香，扑面而来，而且温柔痴情，惹起了肖大侠的无限爱怜，更有邀宠献情之容。肖总舵主吃了一惊。

没错，正是"天下第一美人"石磊磊。

忽然，一道寒光从眼前闪过，肖珂飞速伸出两根手指，夹住了一支暗器，并顺势把石磊磊一把拉了进来。

"好狠毒！此乃黑衣教的独门暗器，剧毒无比。一旦中毒，必死无疑！"

石磊磊吓得目瞪口呆，像一只渴望被呵护的小白兔。

肖大侠说："放心！在这里，你是绝对安全的！"

石小姐一下子冲进了肖珂的怀抱。肖大侠不好意思地推开了她："怎么？肖珂哥，你嫌弃我……"

"没有……"

"还说没有！你好无情好残酷……我恨你！"说着，一扭头，背过身去，要哭的样子，好可怜！

"可我……我正在想……"肖珂走向前去，却不知道该怎么说。

肖珂停住了，因为石磊磊已经转过身，那双泪汪汪的大眼睛正痴痴地望着他。他走近她，一把搂过了她，说："磊儿，我爱你！"

她说："肖珂哥，我也爱你……"

"那你刚才……"

"其实……恨你是假的……"

肖珂一下子抱住了温香软玉的石磊磊，激动得喘不过气来。他们深情相拥……

良久，石磊磊抬起眼睛，深情地望着肖珂，几乎要哭出来的样子：

"肖珂哥，我醉了……"

"什么? 你喝酒了?"

"没有。在你的怀中，我陶醉了；被你保护，我更加沉醉；被你亲吻，我更是醉得忘乎所以。肖珂哥，我永远爱你，我永远是你的人……"

肖珂无言，又一下子紧紧抱住了那个美丽的女人，心中涌起了一股股激动的热浪……

"肖珂! 肖珂! 班主任叫你呢!"同桌李昆仑碰了肖珂一下。

没反应。

看着肖珂激情澎湃紧张兮兮的样子，李昆仑气坏了，在他腿上捏了一把。肖珂动了动，调整一下，换了一个更舒服的姿势。

李昆仑双管齐下，恶狠狠地捣了他一肘子，并同时在他腿上捏了一把。

"哎哟! 疼死了我啦! 干吗呢你……"

这位"大仙"终于有了知觉。

同桌李昆仑用下巴往门口努了努。

"怎么了? 怎么了……"

教室里一片哄笑。

肖珂朝门口望去：班主任正站在教室门口生气地望着自己呢。

同学们都回过头，从书山中伸出了脑袋，不怀好意地哄笑着，其中竟然包括石磊磊。她正笑嘻嘻地望着自己，像在看罐子里的蛐蛐儿胡乱蹦跶。肖珂往前一看，忽然觉得胃里涌起了一阵相当猛烈的羞耻感，脸上顿时热得像个锅炉。

讲台上，肖珂的母亲竟然正在傻愣愣地看着大家，一副着急寻找的样子。

肖珂感到简直丢死人了!

　　母亲仍然是那张黧黑发红的脸，眼皮因长期日晒而红肿，短短的头发乱糟糟的，有几绺还因为出汗而贴在额头上。母亲的汗衫是以前父亲留下的，上面印着"金牌复合肥"，被汗湿透了，脖子下面那块儿已经和皮肤连在了一块。母亲的裤子也是那种最俗气的，白斑斑的汗渍和黄乎乎的泥土痕迹，加上布本身的蓝黄底色，就像在黄泥里揉了一通再晒干后穿上了一般，斑斑驳驳，难看极了。母亲几乎没有腰，就那么直通通地一直下来，一点儿女性美都没有。

　　她的出现，和整个教室里的青春淡雅气氛极不相称。

　　最丢人的还是她的那双鞋。母亲穿的是那种两块八毛钱一双的塑料泡沫拖鞋，蓝色鞋帮，走起路来"呱嗒呱嗒"响，唯恐天下人不知道。更要命的是她的脚都没有洗，露出了沾着泥巴的脚丫子，还呱嗒着炫耀呢。最让他感到心酸的是母亲那副样子，丢了魂似的，一见到肖珂就傻呵呵地笑，径直就走过来了。

　　肖珂纳闷了：难道她就没有看到全班同学都在看着自己吗？

　　"珂儿……""呱嗒呱嗒"的"音乐"一直在伴奏着。那可是在全班同学面前啊，肖珂面无表情，急忙冲了出去：

　　"娘，咱先出去吧！"

　　娘愣了一下，眼睛下面的青筋明显地一抽，忽然就不知所措了，眼睛里顿时空洞洞一片，然后，机械地转过身往外走。在往外走之前，她竟然一咧嘴，冲大家笑了笑。

　　她的表演还没有结束。走了几步后，她一个趔趄，差点儿摔倒，拖鞋被甩到了桌子底下。教室里又是一阵不可避免的哄堂大笑。在范思维的帮助下，她慌忙从桌子底下抓出了拖鞋，胡乱地穿上。

　　那一刻，肖珂觉得母亲简直把他的脸丢尽了。

　　母亲又不好意思地朝大家笑了笑。肖珂很纳闷：难道她就不会别的了吗？就不知道赶紧出去吗？还真有时间和精力！

　　肖珂很无奈地摇了摇头。冷不丁地，他忽然看到一个人没笑，那是范思维。她正冷冷地盯着自己，像欠了她八百块钱似的。事后，范思维的话让肖珂哑口无言："那天你觉得你娘很丢你的人是吗？我一点儿都没有觉得她丢人。但是你确实很丢人！"肖珂当时就愣住了。

但在那个夏天，在那个高二六班的中午，那个青春四溢的日子里，肖珂因为母亲的所作所为而感到无地自容。

其实，当时的人们都不知道，母亲那天的表现是有原因的。在肖珂的家族中，与肖珂感情最深的是爷爷——爷爷是个瘸子，从肖珂一出生就开始照看肖珂。而无论什么时候，肖珂一到家，要做的第一件事就是找到爷爷，瞎侃瞎闹一阵子。也不知道谈些什么，反正一瞎侃起来，又笑又闹的，不知不觉中，半天就过去了。

然而就在那个夏天，肖珂的爷爷去世了。肖珂的母亲想，过两天就要过大周了，如果肖珂回家，肯定会伤心，会很麻烦。而大半个月后，期末考试就要到来了。如果这一次过大周不回家，等下次回家的时候，期末考试就结束了。暑假嘛，爱怎么哭就怎么哭吧，又不影响学习。于是，那天干完活，母亲回到家，没换衣服就直接拿着钱来学校了。到苍梧镇上，她还买了一兜桃子。她的目的只有一个：不让肖珂知道这个噩耗，以免影响期末考试。

那个夏天，肖珂注定是悲伤的。

此时此刻，肖珂仍虎着脸，跟在母亲身后走出了教室，觉得自己的母亲简直丢死人了。

"娘……你怎么来了……"

母亲没有说话，认真地看着肖珂的脸，看了一遍又一遍："娘……给你丢脸了呵呵……"

肖珂偷偷地瞄了一眼，教室窗口仍是一双双关注的眼睛。

"那你还来！"

娘的眼神有些慌乱。

"娘……以后不来了……"

肖珂仍冷着脸。母亲欲言又止。

班主任过来了。肖珂的母亲迎了上去，脸上立刻绽放出了一个惊人的笑容，眼和皱纹如水顺着草叶流下一般，在脸上形成一道道纹路。笑容就像突然从裂缝中溢出来的泉水，突兀而尴尬。

"老师，肖珂最近学习怎么样？"

要是一个男人的话，起码递上一支烟，问问情况，从容淡定中，气氛也就慢慢缓和了。而肖珂的母亲这一问，本来还可以的气氛一下子尴尬起来。班主任背起了手，没有看肖珂的母亲，而是望着操场的方向：

"呃……还行吧！"

"还行？还行是什么意思？是好呢，还是坏呢？"她追问。

班主任已转过身，向办公室方向走了。肖珂的母亲不依不饶，想要问个究竟。肖珂一下子没拉住母亲，母亲却拉住了班主任。

班主任被拉住了，一脸的阴云，回过头，看着肖珂的母亲：

"是好！"

她还是被肖珂拉走了。然而肖珂的母亲显然还有疑惑："好"的话可不应该是这种表情——到底是好是坏呢？

那一刻，肖珂真想一砖头把自己拍成肉泥。

那个夏天，肖珂母子的身影在灼热的阳光中显得特别孤单，像一根细树枝上的两片叶子，在风中飘摇摆动，却迸发出让人难以忘怀的绿色。

在那些日子里，在高二六班同学们的心目中，肖珂是快乐的，可笑的，可怜的。然而，就在当天中午，肖珂用事实证明：大家错了！肖珂并不可怜，也从来不需要可怜！在欢笑的青春绿水中，肖珂投进了一枚踏实而硬朗的石块，并激起一环又一环的涟漪。

肖珂的母亲走后，肖珂成为焦点，加上提着那一大口袋的大桃子，青春火锅又"吱啦"一声，翻出了热辣辣的欢笑声。

午饭后，第一个来拜访的是李昆仑。李昆仑是邻宿舍的，但与肖珂同桌多日，调侃扯淡，无所不为，与肖珂可谓"同流合污，沆瀣一气"（注：杨威评语）。

"肖珂，我来了！"李昆仑进了宿舍就喊。

肖珂笑了："嗯，污水来了。"

"肖珂，我来了啊！"李昆仑重复了一遍。

"我知道。"

李昆仑又重复了一遍：

"肖珂，我来了啊！"

肖珂故意沉着脸："我知道啊！"

"知道还不赶紧把好吃的拿出来！"

"哼！我还没来得及打击报复你呢，上午捣了我一肘子，掐了我大腿两把，现在还疼呢……"

李昆仑急了："苍天有眼哪！要不是我那一把，打你的可就是班主任啊。那厮要是收拾你，一定会在阿姨面前翻旧账的，陈谷子烂芝麻，麻袋片臭皮鞋，他可能全给你翻出来啊！况且李肖两国有着友好交往的优良传统，我都来访问贵国了，还不赶紧奉上大桃一枚，以表达贵国的良好祝愿！"

"那你怎么还拿着棍子？"

"嗨，抬水没放下，不影响我们两国的伟大友谊！"

"切！这显然是大棒政策，我们国家只尊重友好的国家……"

"别废话！我就是来打劫的，嘿，还不识抬举，蹬鼻子上脸了，我看你是欠揍了！"

杨威正啃着桃子，顿时哈哈大笑："肖珂这人有一毛病，看到棍子就有屁股挨打的冲动。李昆仑，你就别让肖珂煎熬着啦！难受着呢！"

雷岩早就笑得脸皱成了一个大核桃。

范志伟刚进来，吃了一惊："哇！我还以为我进贼窝了呢！"

孟涛波亲切地向肖珂提出了建议和意见："肖珂，面对大棒威胁，在武力不占优的情况下，金元政策是最有效的。"

肖珂夸张地大喝一声："说得好！"转身选了一个最小的桃子递给了李昆仑。那个桃子看上去营养不良，大概小时候被虫子欺负过，基本处于"偏瘫"状态。

李昆仑一眼就识破了，一边坏笑，一边用棍子敲了敲床沿。

肖珂嘿嘿一笑，瞄了一眼："好！换一个！"选了那个倒数第二大的。这个基本周正，但是看上去还是有点儿缺钙。

李昆仑吼了一声："滚开！我自己选！"

肖珂赶忙闪到了一边："早说自己挑不就得了，还磨叽这么老半天，不知道我是名人，忙得很呢！哪像你这样的二流子。嗨，实话告诉你，我一会儿还得会见外宾。你们都不知道，没有我，美国都搞不定伊拉克……"

"啊——呕！"范志伟笑喷了。

李昆仑挑了老半天，终于选了个最大的，然后向肖珂招了招手，示意他过来。肖珂一脸的疑惑，一个劲儿地瞅他手里的棍子。

"来，合影留念！"

"什么留念？"

"为两国良好的传统友谊啊！"

"哦，好！"肖珂很配合地站了起来。两位"外交官"笔直地站在那里，走近，握手，面向大家，亲切地微笑，静止（这是在等待拍照的时间——李昆仑注）。

"哎？国家元首怎么还拿着棍子？"雷岩提醒。

"哦！"李昆仑顺手把棍子扔在了墙角，嘴巴却并没有停止解说："……双方就政治、经济、文化、教育等各方面展开了积极有效的磋商。肖总统说：肖李两国的友好传统历史悠久，在新时期，我们一定要抓住机遇，共同奋斗，一起推动两国经济持续向前发展。李总统表示赞同。会后，两国总统亲切握手并合影留念。肖总统向李总统赠送了仙桃一枚。李总统表示感谢，并邀请肖总统择日访问李国……"

李昆仑一板一眼，逗得大家哈哈大笑。然后，他转过身，走向门口，继续解说："当天，李总统乘专机离开了肖国……"

然后就听不见解说了，因为他已经迈着小碎步溜到了另一个宿舍门口。

"哎……李总统，棍子！"

外面幽幽地传来了一句："不要了……我们国家幅员辽阔物产丰富……"

范志伟总结道："哎呀，形式主义害死人，死要面子活受罪啊！"

李昆仑经常搞这样的笑话，大家早就习以为常，全都积极配合，为"国际主义伟大事业"增光添彩。

正当大家余味未尽之际，胡帅跳了进来。

胡帅冲向了一侧的镜子："嗨，还是这个过瘾！我们宿舍的镜子太小啦！"

"胡帅，你干吗拔胡子？用剃须刀啊！"

"切，你懂什么！用剃须刀，越剃长得越快。我就是不想要这胡子，把这几根长的拔掉就行了。"胡帅见是肖珂，显得不屑一顾。

大家不再理他，开始讨论起班主任来了。

杨威说："班主任有什么牛的呀，你说肖珂他娘问几句话，他拽什么呀？直说不就行了？那熊样，我看……"

范志伟不高兴了，大眼珠子一瞪："你让班主任怎么说？你说怎么说？要是雷岩的话，班主任早就唠吧个没完了！肖珂那成绩，你让他怎么说？你说！"

肖珂笑了，自嘲道："雷岩范志伟们在争第一，但本人也在争夺一个更为宏伟的目标，倒数第一！你们谁能争过我？雷岩你行吗？熊包了吧？范志伟你也别呵呵，你也不行！嘿嘿……"

"嗨！"胡帅一边拔胡子一边说话了，"肖珂啊……我不是说你……你呀，高考也就当个分母，降低咱班的升学率……要我看啊，你还不如赶紧回家，让你老爸花钱买上一窝小猪喂着，不出半年，保准你小子发家！上学上个嘛劲啊，又考不上大学……你也别不服，咱学校一个班顶多也就能考上三个五个的本科。你呀，还是该干吗干吗去吧，省得浪费你爸的银子……"

胡帅说着说着，突然就停住了，因为他从镜子里看到了肖珂的如下动作：站起来，窜了过来，抄起棍子，冲过来，脸像一条黑茄子，眼光足以杀死一万只小白鼠。

胡帅慢慢回过头，一个字都说不出来了。

肖珂"啪"的一声，把一边的玻璃杯子打了个粉碎，然后，吼了一声：

"再说一遍！"

胡帅一下子就笑了。他很明白这不是玩笑，生硬地就笑了："嘿嘿，肖珂，咱俩谁跟谁呀，呵呵，我错了，我说错了……"

"我让你再说一遍！"肖珂突然就大吼了一声。

杨威见势不妙，赶了过来，拍了拍肖珂的肩膀："算了吧肖珂。胡帅，你这么说很混蛋知道吗？赶紧滚，拔你的臭胡子去！"

胡帅慢慢从紧张中挣脱了出来："好……我错了肖珂……我收回……先走了……"

胡帅走后，肖珂依然一动没动。

那一天，肖珂的举动让任何一个在场的人都感到吃惊。人们深切地认识到：把肖珂看成一个只会开玩笑只会幻想的人，那真是大错特错了。

肖珂就是肖珂。

然而事实却是：假如当年肖珂养猪了，现在没准儿还真发了；一个个考上大学的人，却在为房贷车贷而愁眉不展。现实就是这么诡异。非常诡异。

那天中午，陈星海没在，但当他回宿舍的时候，却看见肖珂一个人坐在操场边的台阶上，背着身，独自一人，默默流泪。

那天太阳很毒，微风起，大白杨树叶子闪着银光，一直在哗哗作响。

岁月深处，肖珂独自一个人在哭泣。

但只有眼泪，没有哭声。

没有。

15. 杨威·熊猫眼

2009 年 11 月 1 日，北京突然下了一场大雪，无数准备到香山看红叶的人被闪了个措手不及。那场雪很大，很突然，于是，北京在结束了夏季不久，一转身，就闪了一下腰，无奈地接受了这次"生米煮成熟饭"的寒冷之约。

没错，那个冬天，北京很冷，从那场雪开始。

在那些寒冷的日子里，王府井大街依旧一片通明，橘黄色的灯光仍透出些许的金碧辉煌。小吃街旁边那高高的戏台上，身穿盛装的演员仍在"咿咿呀呀"地唱着京剧，而"驴打滚""糖葫芦""撒尿牛丸"等小摊前，男男女女踩着湿淋淋的地面，嚼着小吃，留下平凡而真实的寒冷记忆。

杨威就是在那场大雪后来到了北京。他来北京是为了办一个案子，为公司讨回几千万的欠款。而此刻，他终于闲了下来，空暇中，他想起了当年高二六班的一个同学，如今他正在北京。而这位老同学，名字叫做陈星海。

两个小时后，就在这条大街上，杨威见到了多年未见的陈星海。

是陈星海先说话的。

"胖了。"

"嗯，堕落了！"

"还记得老哥们，记性还行。"

"什么叫还行啊！我早就惦记着了。好不容易来一次北京，可逮着你了！我正在考虑如何宰你一顿呢！"

"好！你这风格一点儿没变呀，哈哈！"

"那是！"

"吃啥？"

"吃快餐吧。我最近喜欢上了麦当劳、肯德基！"

"长点儿出息好吗？"

"也就这样了。"

而事实却是：到最后，还是杨威请的陈星海。

天仍阴沉沉的，时时飘过星星点点的小雪花，湿淋淋的地面映照着灯光，反而让大街显得更加温馨。要不是有雨水，杨威都想坐到那个黑色的人力车夫雕像的黄包车上去。但冷就是冷，脚会毫无保留地把这一信息传递给他。

杨威敏锐地发现了隐藏在二楼的一个小小的麦当劳标志，当场敲定：就这里了。这个标志很不显眼，但令他们吃惊的是，里面却是人满为患。

在一个昏暗的角落里，杨威"吱吱啦啦"地吸着可乐，洋洋得意地对陈星海说：他们正在吃的东西叫"馕"，麦当劳有，肯德基就没有。然后，他们聊到李昆仑升了副科级，雷岩却去山村当了老师，刘树森竟然和秦晓苇结了婚，胡帅为了女人而胡作非为以至于狼狈不堪，而肖珂仍然没有一丝一毫的消息……

随后，在昏暗的灯光下，杨威吸了一口加冰可乐，神秘兮兮地说："星海，昨晚我做了一个很诡异的梦……"

"什么梦？"

"不知道为什么，昨天晚上，我忽然梦到了一个人，站在讲台上对我慷慨陈词，可是我发现，讲台下，只有我一个人……"

"哦……"

"这个人讲得很认真，很激动的样子，说一句还强调一句，还朝我瞪眼，唯恐我没有听懂。这人长得很奇怪，只有一个大脑袋，一双小眼睛，然后，一只眼还带着黑眼圈，像个熊猫眼……"

陈星海吃汉堡包的嘴巴一下子就停住了，一动不动地看着杨威。他知道：班主任的熊猫眼，完全是因为杨威。

杨威也不说话了。两人陷入了一种很奇怪的沉默。

过了好一会儿，杨威忽然抬起头，两只眼睛闪闪发光，盯着陈星海："星海，你说班主任到底长啥样来着？"

这下把陈星海问蒙了。他略一沉思，说："大脑袋，小眼睛，个子不是很高……"

"这些我都记得。其他的呢？什么发型？习惯穿什么颜色的衣服？耳朵鼻子什么样？抽什么牌子的烟……"

陈星海想了一会儿，才说："短头发，黑色，夹着一些白发。习惯穿淡绿色短袖、牛仔裤……"

杨威像突然被抽掉了梯子一样，一脸的惊慌失措，然后，就是不断地摇头："不……没有……我已经完全没有印象了……我只记得一个大脑袋，两只小眼睛，一只眼睛还被打得乌青……别的，我什么也不记得了……什么也不记得了……"杨威拼命地挠着自己的头皮，皱着眉头，可两眼还是一片迷茫。

没错，在高二六班的那些日子里，杨威看班主任最不顺眼，而班主任也一直觉得杨威老在他背后斜着眼睛盯着自己的脊梁骨。然而后来，杨威却改变了态度，虽然表面上还是嘴硬，但大家清楚：后来的日子里，杨威一直在感激班主任。

杨威对班主任态度的改变源于两件事：一，班主任扇了杨威两耳刮子；二，那个中午，班主任的一只眼睛变成了熊猫眼。

杨威挨的那两耳光，完全是一场误会，或者说，班主任制造了一场冤案，让杨威白白挨了那两耳刮子。

杨威一直就瞧不起班主任，"你看他对雷岩、秦晓苇是什么态度？你再看他对肖珂，又是一副什么嘴脸？偏心的人有，但我就没见过像他这样的！哪次查宿舍不是先用手电筒照学习差的？还谈心呢，不就是怕我等差生说话影响他的那些好学生？那次吵架，明明是秦晓苇的错，硬是让范艳红道了歉，这屈打成招的冤案在咱高二六班还真是见怪不怪了！肖珂就更不用说了，还分母呢！就他那升学率重要？把学生当啥了？我真服了这个演讲起来连词汇语气都不改的家伙……"

这一点，连雷岩都在杨威慷慨陈词后沉默了老半天，说："咱班主任是有点儿那个……"

"什么叫有点儿？班主任就是一个典型！"

此事的性质就这么被杨威钉在了十字架上。但十字架上的人竟然没有任何"改邪归正"的迹象，更过分的是，这次干脆直接找到杨威脑壳子上来了。当然，找了也是正常的，因为杨威是惯犯，是每天晚上"卧谈会"的核心成员，而且一定是睡得最晚的那个。他最近老失眠，哪怕有只蟑螂在报纸上翻个跟头，杨威也会听得一清二楚。反正睡不着，干脆，就一块儿"卧谈"吧。每天晚上，杨威都说得最多，笑得最欢，吹得最狠，睡得最晚（雷岩的笑很有爆发力，也很尽兴，但与杨威的边说边笑边表演相比，也只能屈居第二）。

　　但事情就怕有意外。这一天晚上，还真就意外了。事情也确实蹊跷得很，那天，也不知中了哪门子邪，杨威回到宿舍后便一言不发，而且从头到尾，贯穿始终。在"卧谈会"上，杨威耍尽了小花招，雷岩也是百般挑逗，孟涛波甚至拿高一那个漂亮师妹的联系方式来诱惑他——没用。这反倒让其他人笑嘻嘻地问个不停。

　　招惹了半天，仍没有动静。肖珂偷偷地问了一句："杨威，你还活着吗？"

　　肖珂爬上了杨威的床，伸出手，挠了杨威一把，还"嘿嘿"地傻笑了一通。

　　"滚！"

　　杨威的语气告诉大家：今晚，最好不要招惹他。

　　肖珂灰溜溜地撅着屁股，跳进了自己的被窝。

　　"此人已死。鉴定完毕。"

　　大家的欢笑声仍然那么有爆发力。没有了葱花，有油，有姜末蒜丁，照样能把菜炒个不亦乐乎。雷岩当仁不让地向大家讲起了他们初中时的一件荒唐事。两个不懂事的学生早恋，上了生理卫生课，偷偷跑到操场上，相互看对方的玩意儿长啥样，碰巧被班主任撞上了……

　　于是，那天晚上的话题变得暧昧起来，因为伙伴们出人意料的坦诚与爽快，大家显得格外兴奋，笑得格外卖力，动静也格外大。如果谁把这里当成疯人院，肯定会有人相信。

　　很少杀回马枪的班主任就在这个时候出现了。雪亮的手电光告诉大家：东窗事发了。

　　手电首先指向了肖珂，然后开始转移，转向了杨威，停留了老半天。（杨威是上铺，很难看仔细）

　　"吱——呀"，门竟然开了。此时此刻，大家都在暗暗咒骂最后一个出去撒尿的混蛋：怎么就不知道顺手把门闩插上呢？

现在的情况是：班主任一推门，开了。随后，在大家的屏气凝神中，班主任用手电筒热情地"关照"了每一位同学，缓慢而有节奏的脚步声在每一个人的心脏旁边咚咚作响。

脚步声停止了。

"刚才谁说话了？"

安静。

"谁说话了？"

还是安静。

班主任开始点名了："杨威，你说话了吗？"

"没有！"杨威的回答很干脆。

班主任用手电筒照着杨威的脸。

"赵老师，不要影响我休息。"杨威很平静。

班主任"嗤"地吐了一口气："杨威，你出来一下。"

"吱——咣！"班主任出了门。随后杨威的床上也响起了窸窸窣窣的穿衣服的声音。

宿舍门外，班主任点上了香烟，吸了一口，夹在了手指中间。杨威一言不发，眼光投向了旁边黑乎乎的小水沟。

"杨威，我再问一次：你刚才说话了吗？"

"我说过了。没有。"

班主任显然生气了，因为这个屡教不改的家伙已经无数次让雷岩、范志伟白天在课堂上睡觉。

"刚才我都听见了。"班主任冷笑一声。

"我没说。"

"你说了。我都听见了。"

"你放屁！"

"你说什么？"

"我说你放屁。我没说话。"

"你再说一遍!"

"我没说话。"

随后,"啪""啪"的两声非常刺耳,像一块木板拍在了有泥水的地面上,带着响亮的击水声。

"有本事,你再打我一下!"

杨威的语气是在告诉大家:如果他把班主任砸扁了,他可一点儿错误都没有,而他的下一步就是动手。

对峙。

安静的对峙。

班主任转过身,说了声"杨威,你跟我来",就兀自向远处走去。

随后,大家就听到了两串渐行渐远的脚步声。再往后,宿舍里仍是一片紧张的死寂。紧张之后,大家反而松弛了下来,慢慢进入了迷糊状态。过了好一会儿,脚步声又响了起来,越来越近,越来越近。随后是杨威进门,插门,脱鞋,上床,脱衣服,然后,传来的是他往被窝里钻的时候把木板搞得"咚咚"响的声音。

随后,那天晚上的宿舍出奇地安静,没有一个人去问杨威随后到底发生了什么。后来,杨威得意地告诉大家:班主任向他告饶,把父母"面朝黄土背朝天,起早贪黑赚点钱"的词儿背了一遍。

"背得还不错,标点语气都对了,就原谅他了。"

但大家很清楚:杨威是第一个敢向班主任叫板的人,也使班主任不得不开始关注这个学生。而一个月后的那个中午,班主任的英勇行为也彻底改变了他在杨威头脑中的印象。也就是在那天中午,班主任的眼睛变成了熊猫眼。

那天是一个中午,恰逢苍梧镇大集,杨威和陈星海都想吃水果了,于是一合计:买桃子吃去!

中午了,大集快要散了,街上的人显得零零落落,不少人开始收拾摊子，而其他一些人则蹲在旁边闲聊，集市上仍散发着那种闪亮而略带诱惑的气味，几个放学的小学生用贪婪的目光证明了这种气味的存在。水果摊在大集的深处，他们必须先穿过打铁的，卖老鼠药的，卖衣服的，卖布的，卖杂货小吃的，才能到卖菜卖水果的地方。他们在零零落落的人丛中穿行。中途，杨威还停下来买了一块带闹钟的表。

刚到卖菜区域的边缘，杨威就发现了情况，他干咳了几声，小声对陈星海说："旁边那三个贼眉鼠眼的家伙不是什么好东西！"

"啊……哪个？"

"小胡子，还有他身边那俩。"

陈星海扫了一眼，终于认出了他们，但同时也高兴了起来，因为他发现，旁边另外还有一个毛头小伙子相当面熟。

"王有才？"

"什么……"

"王有才！我跟你说过的那个。俺俩小时候可好咧！"

杨威笑了："那个关心你身体健康的小子？"

"别这么说。他人挺好的。"

杨威神秘一笑："那还不赶快去打个招呼！"

陈星海笑嘻嘻地走上前去："王有才，你咋在这里？卖菜啊！"

那个小伙子的两只眼睛显得很精明，但看到陈星海后显然有点儿不好意思了："呵呵，高才生啊！"

"别……"

"嗨……开玩笑。其实我知道你在苍梧上学，那会儿看见有个人像你，怕认错了，都没敢认……"

"认错了怕啥！说不定就是呢！"

"这不也碰上了吗！"

"杨威，看，这就是我跟你说的那个好朋友王有才！"

"嘿嘿，也是高才生。"王有才有点儿不好意思。

"不是……"

"咦？都戴上眼镜了还谦虚！俺就是个菜贩子了，还是你们有前途。陈星海你也好意思说，我学习老垫底你还跟你同学说，不嫌丢人！"

"那……时候，你在我上面，我是倒数第一啊！"陈星海连忙纠正。

"那时候都是你让着俺，俺都知道哈！再说后来你都跑到前头去了！也不找俺耍了哈……"

"不是……"

就在这时候，意外发生了。正是杨威刚才说的那三个人有意无意地靠近了，趁王有才说话的时候，一把就抢过了王有才放在三轮车上的黑皮包，转过身，故作镇定，走了几步后，拔腿就跑。

"哎？我的包呢？"王有才说这话的时候，杨威正在看他俩说笑呢，一回头，发现那个人竟开始疯狂奔跑了。

"嘿，抢咱头上来啦！"杨威"嗖"的一声就冲了出去。

王有才有点儿不知所措，因为他的同伴刚让他打发去买包子了。陈星海毫不犹豫地也冲了出去，眼前一个个身影闪过，闪过。杨威在陈星海颤抖的眼镜里左躲，右闪，渐渐地，身影越来越小。前面那个身影顺着大路往上跑，一边跑还一边往后看。在陈星海前面，杨威后面，还有两个人，一言不发，也在加速跑动。

后来，他们一拐弯，不见了。等陈星海赶过来的时候，杨威正抓着那个黑皮包往外拽，而那个家伙却抱着死死不放。杨威一拳揣在那人的脸上，只听见"哎呦"一声，包就到了杨威的手上。

但随后，杨威就倒在了地上，因为背后那个小胡子上去就是一脚，杨威猝不及防，身子向前冲去，包丢在了一边。但杨威很快就一个侧扑，把包捡起来了，让冲过来的小胡子无功而返。这已经不属于集市的范围，因此周围的人并不多。有几个回家的人停了下来，很好奇地想知道这里到底发生了什么。

"把包给我！别管闲事！"小胡子掏出了刀子。

"你们抢东西还有理了，还多管闲事！"杨威气喘吁吁，干笑着，笑得有点儿单薄，因为小胡子的刀子看上去长长的，冷冷的，还闪闪发光，让他感到后背发凉。

赶过来的陈星海一下子就愣住了。

就在那一刹那，小胡子身边的两个家伙冲上去就打，一个撕扯着杨威的衣服，侧着身子，撅着屁股，挥动拳头，力图击打杨威的脑袋；另一个则使劲儿踹杨威的腿，看上去十分凶狠，仿佛不把杨威打死誓不罢休。杨威还是死死抱住了那个黑包。

陈星海刚要冲上去的时候，忽然听到了一声吼叫：

"住手！杨威，是你吗？"

那两个人一愣，回头一看，原来是一个老师模样的人，长着一个大得出奇的脑袋，正忙着把装西红柿的袋子放下。此时，杨威也猛然发现了班主任。

班主任迈着笨笨的步子就冲了上去，那一步一拐的外八字步看上去根本不像去打架的，但他还是一边走一边喊：

"敢打我的学生……你们这样的小混混我见得多了……"

刚冲了几步，就被什么东西拽住了，班主任很生气，想跟背后这个不懂事的家伙理论一番。刚一回头，就看见一只大拳头冲了过来，还没看清楚是怎么回事，就已经在地上打了个滚。没想到班主任爬起来，前后左右晃了几步，嘴里还是很硬："……我见得多了……还敢打我的学生……"

显然，班主任已经基本丧失了战斗力。

下面，三个想速战速决的人很快找到了同一个目标：杨威。这个时候，奇迹出现了。这奇迹并不是杨威扭转了战局，而是有人一嗓子就解决了战斗。

没错，是历史老师。

别看历史老师平时慢慢悠悠的，一吼起来，可是苍劲有力，掷地有声：

"放开杨威！"

是小胡子先看到的，他显然吃了一惊，嘴里嘟囔着："……又是老崔……"他明白这意味着什么，冲上前去，吼了一声：

"别抢了，走！"

那两个家伙正打得起劲呢，被小胡子踹了两脚，愣了一下，看了看旁边的历史老师，一对眼，明白了，转过身，溜了。

临走前，小胡子还朝历史老师看了一眼，脸色相当难看。

班主任还在左一步右一步地乱晃悠："……人呢？还敢打我的学生！大胆了还……我见多了……"

又过了一会儿，王有才才气喘吁吁地赶来，逮住陈星海就问：

"贼呢？人呢？"

他算是问对人了，因为陈星海一个人看到了整件事情的来龙去脉，但他目光恍惚，手直哆嗦，还是觉得刚才发生的事情有些不真实。

"杨威……杨威拿着呢……班主任……包没丢……贼跑了。"

历史老师从容地走上前去，一下子扶住了摇摇欲坠的班主任。

"……人呢……杨威没事吧……"班主任显然因为那一拳头还在晕头转向。然而，历史老师很快发现了问题：就这一会儿，班主任的眼圈慢慢开始变成酱紫的颜色。

"陈星海、杨威，快送赵老师去卫生所。学校那边就别去了。直接去邮局边上那个。"

"不用……我……没事！杨威……没事吧……"

"赵老师，我没事。"杨威说着把那个皮包塞给了王有才，"快回去吧。"说完，就上前去扶班主任。

王有才没说什么，也跟在后面来到了卫生所。

到了门口，历史老师叫住了杨威："陈星海先扶赵老师进去。杨威过来。"

杨威过来了："谢谢您崔老师，多亏了您……"

"先别废话！拿钱了吗今天？"

"拿了。"

"记住：赵老师是因为你才闹成这样的，这钱得你付。这两百先拿着，不够再说。"

"老师我有……"

"不是给你的。是借你的。到时候你得还我。如果不够了怎么办？让赵老师花钱？"

"嗯，老师，我听您的。"杨威看了历史老师一眼。那一刻，他忽然想起了徐波挨打的那个晚上。不知道为什么，他很确定：那天一定与历史老师有关。也只有历史老师能让徐波全身而退，而历史老师的冷静与锐利也让他感到一股强大的力量，很奇怪的力量，很冷，很男人，很厚实，很仗义。而且，这种力量让他心悦诚服。

那天，确实是杨威付的医药费，尽管班主任一个劲儿地呵斥他。

王有才没说什么，他把陈星海拉到了一边，从黑包里拿出了一把十元纸币："一会儿，给你那同学。"

"不用……"

"又不是给你的！你那同学仗义。再说你那个老师，说白了，还不是为了咱，咱不能欠人家的不是？"

"真不用……"

"别说咧！我要是光着腚走了就没脸见人咧！咱是穷，但咱不能没有志气！人家为了咱，都这样了，咱还有啥说的？我看了，医药费是够了，再剩下点儿和你同学买些好吃的……"

在陈星海还在支支吾吾的时候，王有才已经把钱一塞，左一歪右一歪地走了——他从小就是这个傻乎乎的走路姿势。走的时候，他还没忘了去谢历史老师、赵老师和杨威。

后来有一天，肖珂从外面冲进了宿舍："杨威，杨威，告诉你个好消息，你那两耳刮子没白挨！"

"咋了？"

"班主任被人打了！"

"……"

"都成熊猫眼啦！"

"肖珂你别扯淡了行吗！"

肖珂一下子就愣住了。

但无论怎么样，在班主任的印象中，杨威永远成不了好学生。永远。充其量是一个四肢发达头脑简单的蠢材。好听一点儿，叫弱智。

然而，杨威后来的人生轨迹证明：班主任错了。杨威不是一个蠢材。不是。相反，他是一个不折不扣的天才。没错，杨威是经过复读才考上大学的，而且是地方性大学，还是专科。然而，上了大学后，杨威摇身一变，初恋般迷上了学习。原因并不是他那榆木脑袋突然开窍了，记性好了，而是他迷上了一个个鲜活的案例。那些年，无数攻读法律的学子们呕心沥血，寒窗苦读，奋斗十多年，却仍然无法成为一个"律师"。为什么呢？因为他们无法搞定司法考试，而司法考试却是一个浩大的工程。"要想通过，只有一个办法，死一次，再活过来。"这是一个通过司法考试的法律高才生得出的结论。当然，还有一个前提：半年不食人间烟火。

杨威也报考了。开始准备的时候，已经不到两个月时间了。杨威皱了皱眉头，开始了别具一格的备考：吃得饱，睡得甜，摸着肚皮看点书。考完后一称：胖了十斤。他感到非常满意，外加一点点儿惊喜，比预想的要多五斤。然而，惊喜还在后面呢。成绩下来，杨威摸着肚皮一看，嗯，通过了——当然，也得有那么一点点儿惊喜，分数很高挑，很惹人喜爱！这似乎在说一个女孩。不要着急，杨威的故事还在继续，这次一个活生生的苗条女孩参与进来了。

这个女孩是北京某名牌大学的学生，毕业后来到杨威所在的单位。女孩认为：这明显委屈了她这个名牌大学的学生。至于身边这位吊儿郎当的家伙，鸡头大学毕业，还人模狗样的，竟然不把自己放在眼里——我还瞧不起你呢！

一个月后，女孩陷入了困境，因为她面临的一个案子特别棘手，界定模糊，犯罪意图证据不足——这怎么判？更可恨的是，当事人是一个没有教养的泼妇，当场就破口大骂，一点也不给留面子，更没有问她是哪个大学毕业的。

场面非常难堪。泼妇甚至开始大骂律师事务所无能。

显然：阶级斗争扩大化了。

杨威进来了，是被骂声吸引过来了。只问了三句，杨威就弄清楚了案件。然后，他用下定义的语气对当事人说："您是无罪的。对方有明显的犯罪预备，犯罪事实证据确凿，将会被判三年以上五年以下有期徒刑。您回去吧，案子我来办。明天给您答复。"

那人当场愣了，问了几句"为什么"后，拍着大腿就说："这话我听着就提气。看看，有理有据。好，这下我放心了。这位兄弟辛苦了。"然后转过身，"你这姑娘也得跟这小伙子学学。看看人家，看看你。不是我说你，你这长得也挺好看的，咋就中看不中用呢……"

还是杨威打断了这挺"机关枪"："吴会计在会议室等您。他五分钟后要出去。抓紧时间。要不来不及了。"

这才解了围。

从此，女孩更加不服气了，处处打压杨威，总想比他干得好，干得棒。随后的三年，两人展开了艰苦卓绝的斗争，女孩甚至牺牲掉了同男友的约会时间，认真思考案子的每一个细节，还为此闹了一段时间的神经衰弱。杨威呢，则逍遥自在，还不时奚落一下别人的失眠健忘，并亲切地推荐了几服中药，并对疗效大加赞扬。实际上，这正得益于他在高二六班那段时间对神经衰弱的治疗。

当女孩诘问他的时候，杨威总是一针见血，点破案件的本质，把她一晚上的思考结果轻松推倒，并摆着架子：

"小王同志呀，革命尚未成功，同志仍需努力呀！"

更令人生气的是，法庭的判决总是和杨威的判断吻合，所用词汇常常都是一样的。女孩在战斗的第三年突然改变了战略战术，打了个回马枪。这确实让杨威感到有些措手不及。女孩突然放弃了法律进攻，开始了人身攻击，或者说，是感情攻势。过程不得而知，但结果是肯定的：他们俩结婚了。

每当杨威宣扬自己是"法律天才"时，床边总会传来懒洋洋的吩咐：

"喂，天才，去，把本宫的洗脚水给倒了！"

杨威一声叹息："是，小主！"

那边又说话了："去，再把我的白袜子拿来。哈哈，天才，知道什么叫成就感吗？"

"没办法，媳妇正怀孕养孩子呢。咱没那本事不是？"杨威说这话的时候，有一种幸福感在眼角闪闪发光。

然而，在当年高二六班的青春岁月里，杨威仍然在捶打着自己的大脑袋，骂着自己"笨蛋"，诅咒着可恶的班主任，并顺手把一个纸蛋扔在了肖珂脑袋上。看着一脸无辜的肖珂东张西望，杨威看上去念念有词，严肃认真，一副努力奋斗的样子，实际上，他正暗自窃喜，肚子里早就笑成了一个热闹的"马蜂窝"！

16. 李昆仑·眼镜店前

　　高二六班的每一位同学都不会忘记"李昆仑"这个名字，无论多少年以后，也不管他经历了多少世事沧桑。

　　李昆仑为大家所铭记，不是因为他个子高、学习好（学习成绩仅次于班上的雷岩，属于雷岩外第二集团的重要成员），也不是因为他早早公开了与邻班刘玉洁的"不正常"关系。即使他与黎嘉见面即点燃的火爆争论，也无法保证能给大家留下如此深刻的印象。

　　李昆仑印在同学们的记忆中，完全是因为他那惊世骇俗的嗓门。我们相信，任何对美有着敏锐感受的人，一辈子都会对那次元旦晚会记忆犹新，即使后来见识过无数天籁般的歌声、迷人的旋律，甚至花上千元买一张高级演唱会门票换来的记忆，与李昆仑那一嗓子相比，那只不过是皎洁月光中的小星星，牡丹花旁边的狗尾巴草，甚至参天大树旁边一棵小树苗上一个小鸟窝上的一根小草梗，根本不值得一提。

正是由于他那令人难以忘怀的嗓音，大家就记住了李昆仑，记住了那次元旦晚会，而高二六班的宿舍"卧谈会"也就增加了一箩筐的噱头。每当谁哼了两句，很快旁边就有人提意见了："拽什么呀拽，有本事跟李昆仑比一比！"

哼歌的听了，自惭形秽，诚挚地向同伴道歉："大哥我错了，我需要深刻检讨自己的错误……"

实际上，在那次元旦晚会之前的很长一段时间里，李昆仑便开始开展积极有效的宣传教育工作。

宣传内容：我，李昆仑要唱《霸王别姬》。

教育内容：快选别的吧，《霸王别姬》已经名花有主啦！

那段时间，"屠洪纲""霸王""我——站在"，甚至"嘿——嗬"的伴奏，都成了超级敏感词汇，只要谁一扣动"扳机"，肯定会有两只耳朵一抖，两道不怀好意的目光及时跟过来。如果不出意外的话，一个兴高采烈、活蹦乱跳的李昆仑很快会出现在你的身旁，拍拍你的肩头，送来亲切的问候："喂，哥们儿，在讨论什么呢？"

"哦……没什么……说着玩儿的。"

"不仗义了吧！不就是屠洪刚的《霸王别姬》吗！"

"嗬，李昆仑，你这耳朵真够灵的……"

"切！"李昆仑干笑一声，"元旦晚会上这歌儿早就有人报名了。"

"谁？"

"呃……到时候你就知道啦！好兄弟，快选别的吧。看，《晚秋》《中国人》，这歌词，这旋律，多美！还有，刘德华可是女生们的超级偶像哦！"

"你咋不选《中国人》……"

"嗨，我是个多么慷慨的人你不知道？好兄弟，咱谁跟谁呀，让你了！"

　　如果你不但扣动了"扳机"，还装上了"子弹"，也就是说，你执意要在元旦晚会上与他来一场"同一首歌"，那么，你的悲惨遭遇便会如下：

　　李昆仑在元旦前不会跟你说一句话，但会送给你无数目光，这目光会让你想到如下情景：辛苦劳作的农民，忽然发现水灵灵的青菜叶子上有一条可恶的大青虫在打着饱嗝伸懒腰，砸吧砸吧嘴，准备睡觉呢。而你的角色，就只能是那条大青虫。

　　不捏死你！

　　当然，也有例外。比如，当你在课堂上回答问题，忘记了价值规律的第三条，被老师臭骂了一顿，正无地自容的时候，一个高大的身影会及时出现在你的面前，微笑着，亲切地看着你："嗨，哥们儿，不就是第三条嘛，下次抢点儿时间，把它记住！抢，可是你的优势哦！"

　　假如没有这个意外，也没人跟你正面交锋，但你很快会成为"牛人"。"牛人"的特征是：哥（姐）已经不在江湖，但江湖上到处流传着哥（姐）的传说。你的身边会有无数人有意无意中重复着李昆仑的名言："切！跟我抢，元旦晚会上你会'死'得很难看！"

　　果然，没人想让自己"死"得很难看。原来几个有一点儿非分之想的人，在权衡利弊得失之后，都很理智地选择了放弃。李昆仑感到很满意，并当场高度赞扬了孟涛波改唱《中国人》的勇气与决心。

　　没错，元旦晚会上，只有李昆仑一个人报了《霸王别姬》，而且班上没有一个人不知道节目单上有这个节目。或者说，所有同学都清楚：元旦晚会上，李昆仑会让屠洪刚羞愧万分，从此毅然退出歌坛，而且永不复出。诡异的是，多少年后，在同学们的记忆中，那场晚会确实只上演了一个节目。是的，岁月吞噬了青春释放的所有火花，只剩下李昆仑那次惊艳的演唱。

李昆仑的演唱出现在元旦晚会的后半段，处于"黄金分割点"上，是"压轴"的时间段。（李昆仑：这是我的专属词汇，其他人不得引用）

当时，正值兴味阑珊，同学们纷纷拍打着身上的瓜子皮，观察了一下周围的目光，顺手往口袋里装了一大把瓜子。孟涛波找不到自己的外套，一副焦急的样子。雷岩很舒服地坐在那里嗑瓜子，屁股下是软乎乎的外套。肖珂因为踩了刘树森一脚而暗自得意："总算踩着你了。踩你一脚真不容易！"两人顿时"嘿嘿"地笑了起来。

这时，李昆仑出现了。

当负责报幕的黎嘉报出这一名字时，平地一声雷，世界突然静止了，两秒钟之后，世界又沸腾了，掌声仿佛发誓要把屋顶掀翻。大家全都精神振奋起来。陈星海竟然忘记了自己手里还有一把瓜子，兀自鼓起掌来，瓜子四散飞扬，有几个都蹦在了肖珂的脸上。肖珂也出人意料地毫不在乎，并拼命地拍打着自己已经麻木了的手掌。（事后，肖珂的手疼了三天）

一切都庄严肃穆起来。

李昆仑走上前来，拿起了话筒，"噗噗"地吹了两声。借来的音响"嗡——吱"了一声后，气氛开始慢慢归位了。肤浅的掌声慢慢退去，雄壮的音乐一下子把同学们带进了庄严宏伟的霸王时代。

李昆仑一脸的严肃，冷冷地盯着墙头的东北角，斜望天空的样子。然后，眼光慢慢转动，转动，开始望屋子的东南角。肖珂感到很好奇，也忙望了过去。可除了隐隐约约的几张小小的蜘蛛网外，肖珂啥都没有看到。李昆仑又潇洒地拢了拢头发。这下，全班同学都觉得自己额头上有几根头发挠得额头怪痒痒的。

李昆仑看到了一片脸，白茫茫的，充满期待。

相当地期待。

没错，大家都被这种崇高庄严的音乐感染了，都半张着嘴，汹涌奔腾的旋律已经势不可挡。

李昆仑终于开口了。

李昆仑不开口则已，一开口，肖珂当场就对这个世界彻底绝望了！同学们期待的是手握宝剑、仰望天空、顶天立地、刚劲有力、豪情万丈的"屠洪刚加强版"，可姗姗来迟的却是拖着老牛腔调的吼山人，而且不是手握着猎枪的威武猎人，或者手握砍刀的健壮樵夫，出来的人手握粪铲子，背着粪篓子，认真地搜索着每一坨大粪的讯息。

没错，他摆出了"站似一棵松"的架势，但仅仅是架势而已，丹田之气的缺乏令他无可奈何。他高声猛喊，音量很足。一边的肖珂却在皱着眉头，累得难受——那青松的架势，成为他呆板表情与高嗓门的累赘。

自从站在那里，李昆仑就扎了根，没有动过。李昆仑很庄严，以顽强的毅力，继续唱了下去。前一句和后一句，本来是温婉地滑过，李昆仑一下子就揪到了一起，于是他憋得满脸通红，脖子上青筋条条绽出。就像桌子上本来有一碗白嫩嫩的豆腐，一碗黄澄澄的玉米粥，香喷喷的，让人产生了无尽的想象。此时，庄严的李昆仑出现了，他把豆腐和粥统统倒进了一个大盆，然后开始搅动，搅啊搅啊，停下来，看看：效果还不行。于是又继续工作了。到最后，白嫩嫩的豆腐不见了，香喷喷的玉米粥不见了，盆里只剩下了稀沥沥的、黄不拉叽的混合物，点缀着一缕缕又小又碎的豆腐渣。

这下，严肃的李昆仑脸上终于露出了一丝欣慰的笑容。

李昆仑自己很累，这不要紧，但他却把大家折腾得不轻。如果你认为李昆仑考虑到大家沉重的精神压力，选择放弃，那么你完完全全忽视了他那不屈不挠的毅力与坚定不移的决心。班主任数次想拯救大家的神经系统，试图打断李昆仑，但每次都被李昆仑的粗嗓门淹没，只好无奈地选择了放弃。李昆仑的嗓门奇特吊诡，完全不按照套路出牌，而且没有任何规律可循。猛不丁地就是一嗓子，把大家惊得双眼圆瞪、汗毛倒竖。等大家憋了一口气，准备接受暴风雨的洗礼时，李昆仑却已经轻轻一跳，掠了过去，开始唱下一段了。于是，同学们感到人人自危，唯恐天上突然压下一头硕大的毛驴，压在自己脑壳子上，或者地上突然冒出一张大嘴巴，把自己蘸着酱油当晚餐吃了。

肖珂盯着李昆仑，脑海中的景像突然变得诡异起来。他莫名其妙地看到一只小蛤蟆被两根指头一上一下捏住了，四条腿胡乱地倒腾着，蹬踏着，却找不到着力点，像悬浮在空中，绝望，无助，却又无可奈何。

终于，李昆仑唱完了。

他解脱了。

同学们解脱了。

大家都解脱了。

于是，同学们带着笑容，相互地看了看：还好，都还活着！于是都欣慰地笑了。李昆仑没有笑。显然，他还在那庄严的气氛中不能自拔。令他感到有些遗憾的是，结束时的掌声竟然如此零落——大概是大家被歌声感染了，忘记鼓掌了吧。

出于礼貌，班长胡帅拍了拍李昆仑的肩头："呵呵，不错！"

李昆仑微微一笑："切！咱是谁呀！这算什么！"

于是，胡帅忍着笑走开了。

就这样，李昆仑成为高二六班的经典。

即便如此，肖珂还是很欣赏李昆仑，并不是因为李昆仑是自己的同桌，更不是因为李昆仑学习好，而是因为那一次在眼镜店前，李昆仑的话在以后的日子里一一得到了兑现。

没错，黎嘉后来发生的事情证实了李昆仑的断言。当然，不得不提的是，那一天，无耻的陈星海又一次地讨好了美丽的石磊磊。

那天中午很热，适逢苍梧镇大集，同学们往往借着这个机会下去买个水果零食什么的。这一天，肖珂也要下去。肖珂下去，不是因为要买东西，而是陪陈星海配眼镜。其实他根本不想陪陈星海下去，但是没办法，在与他打闹的时候，一不小心把他的眼镜腿给扯断了。虽然后者暂时用绳子绑了起来，但这毕竟解决不了问题。无奈之下，肖珂只好屈尊一次，和陈星海到修眼镜的小胖子那里去寻求帮助。

这时候，李昆仑知道了此事："正好，我也正想下去买鞋呢。革命嘛，同去！同去！"

刚出校门，他们就远远地看到大路上有两个小点在熠熠生辉。没错，竟然真的是石磊磊与黎嘉。与他们不同的是，她俩已经买了一大兜东西，开始往回走了。

于是，他们在眼镜店前狭路相逢了。

李昆仑很快向黎嘉招了招手："大侄女啊，快过来，叔叔有话对你说。"

"来啦，大侄子！"黎嘉笑哈哈地过来了。

黎嘉一离开，石磊磊就有些孤单了，看到陈星海也在，竟然无缘无故地转过身，看着那面光秃秃的墙，手里的大袋子还一荡一荡的，不时蹭着膝盖，膝盖也一动一动的，不时碰撞着袋子，努着嘴巴，一副若无其事的样子。

肖珂有一种冲动，莫名其妙的冲动，他想走上前去跟她搭讪——但是，已经来不及了。因为陈星海这贱人已经捷足先登了。其实，肖珂心里很清楚：石磊磊真正要等的人是自己——陈星海怎么就这么会占便宜呢？

随后便是肖珂的心痛时间了。

"陈贱人"上去傻傻地问了一句："磊磊……嘿嘿，下去买东西了？"

"没有。"石磊磊回答得很干脆。

"那你拿着这些袋子……"

"知道还问！"

"买什么了？有好吃的吗？"

"馋猫！都累死我了……"

"给我。挺沉的吧？"

"不用。累不死！"

陈星海二话没说，一把就把袋子抓了过去。

"不用……"但东西已经到了陈星海的手中了。

"哎哟，够沉的！我就纳闷了，一个小女孩，买这么多东西，就不怕把自己累散架了？"

"切，管得着吗你——哎呀，你这狗爪子！"

"咋了？"

"刚才你那狗爪子抓破我的手了！"

"是吗？我看看！"陈星海慌忙放下了手里的东西，抓起了她的手。她的手依旧白皙，只不过手指的弯处被勒出了几道红印，"没破啊……"

"哎呀笨猪，手背！"

他显得很笨拙，脸上早已通红，却装出一副故作镇定的样子。

果然，手背上有一条血痕。毫无疑问，是被他的手指甲划破的。

"疼吗？"

"疼。你就不会修修你的狗爪子，指甲都成凶器了。不只说你一次了，你做什么都这么野蛮，跟个原始人似的，不管不顾的……"

"嗯，我错了……"

"还不放手！"石磊磊眼神慌乱，使劲儿地挣脱了他，眼珠子四下打量。

"怎么了？"陈星海回头看时，远远地看到英语老师从远处走过，很匆忙。

石磊磊侧转过身，满脸通红，有点儿不知所措。

英语老师的身影已经消失了。提着袋子的陈星海又木木地凑了过去："还疼吗？"

"废话！抓你一爪子你不疼啊！"石磊磊嘴巴撅得老高。

"我帮你提回去吧。"

"不用。"

"真的。"

"别装了！眼镜都歪了！修你的眼镜去吧。"她忽然来了点儿客观冷静。

"这么沉……"

"我都拎到半路了。"

"……你该早跟我说……"

"去你的吧！恨不得睡觉都在教室睡的人，哪有空陪俺呀……"

这几天时间，虽然没出什么效果，但陈星海确实很拼。

"那……后天周六……课外活动好吧？"

"不用！"

"真的。"

"别耽误学习。"

"磨刀不误砍柴工，我正想放松一下……"

"我说别耽误我学习！"

"啊……"

石磊磊说完，抓过东西，就去追已经上路的黎嘉了。

"哎哟！"陈星海喊了一声。

"怎么了？"

"抓我手了。"

"别装了。我扯的是袋子，压根儿就没碰你的手！"

"太狡猾了！"

"切！"她已经大摇大摆地走了。

而黎嘉却早已走在了她前头，且是一副怒气冲冲的样子。

黎嘉和李昆仑到底吵什么了？

实际上，肖珂虽然开始被陈星海和石磊磊吸引了，但很快，他就转移了注意力，确切地说，是被转移了注意力。很显然，李昆仑这边的火力太猛了，肖珂不得不把注意力无私地转移到这边来——两人就差动手掐架了。

是李昆仑先发现了"猎物"，但"猎物"并没有把自己当作小羊羔，而是自然亲切地迎了上去。然而，"猎物"很快就发现苗头不对，因为李昆仑并没有展开常规攻击，而是虎着脸招呼她过去。

"叫我干吗？想吃好吃的吧？自己选吧。"她仍然兴冲冲的，像个被宠坏了的小女孩。

"没兴趣。你过来。"

"怎么了？有什么事这么见不得人啊？嘿，这大侄子还来劲了哈！"

拉到一边，李昆仑脸上仍然没有任何表情。

"干吗呀？别这么装神弄鬼地犯神经好不好？"

李昆仑看了看远处，然后吐了口气，一字一顿："从今往后，不准你和王老师再有任何交往！"

"你说什么呀！"

"王贵阳不是什么好东西，你必须立马给我刹住！"李昆仑看到英语老师出现，走过，然后匆忙离去后，才继续说了下去，"这家伙已经订婚了，你知道吗？"

"他跟我说过……"

"说过你还犯什么傻？"

"他说他根本不喜欢她，而且跟我说要取消……"

"屁！"李昆仑反应很强烈，"你知道他的未婚妻是谁吗？"

"谁？"

"校长亲侄女。"

"啊？可……这与我有什么关系啊？"

"你傻呀！他就是因为这一点才被安排到咱学校的。"李昆仑恶狠狠地说，"我最近发现这人人品很差，很功利，一副狗腿子嘴脸……"

"你才是狗腿子！"

"别打岔！"李昆仑一把抓住了她，"你马上给我停下。这不是开玩笑。离这家伙远点儿，听到了没有？"

也许是被噎了两句，黎嘉的脸色变得很难看。李昆仑看到她呼哧呼哧喘气的样子，知道她的牛脾气又要发作了。

"我的事，不用你管！"

"小屁孩，别在我面前装！我不了解你吗？是你光屁股的时候我不了解你，还是上育红班的时候我不了解你？这明显是个坑，别犯傻。我是态度不好，但我这不是着急吗……"

"一口脏话！"

"先别跑题。说正事。"

"我有身份证了。"

"你还不满十八周岁，还差三个月呢！老老实实听话……"

"啊——"黎嘉终于憋不住了，转过身，用刺耳的声音喊叫了一声，并捂住耳朵，闭上眼睛，一副爱理不理的样子：

"不用你管！"

李昆仑仍然张牙舞爪。

忽然，黎嘉向前冲去，抓起了自己的袋子，夺路而逃。

"别不当回事！"李昆仑仍然很着急。想了想，觉得自己有点儿过分，喊了一句："改天我给你买可乐！"

黎嘉没回头。

"百事的！"

没回声。

"易拉罐的。贼过瘾的那种！"

"我不稀罕！！"黎嘉的喊声像大山的回声。

李昆仑摇了摇头，一想，还是很着急。

太阳很毒。李昆仑仍掐着腰，看着黎嘉远去的背影，很久都不肯动。

陈星海这"贱人"黏上了石磊磊，而李昆仑似乎对黎嘉有很多话要说。他们都很忙碌。世界上就剩下他肖珂一个闲人。

肖珂忽然感到自己很孤独，很寂寞。他尴尬地抬起头，慢慢地，慢慢地，把目光移向了远处那个小男孩。

这个小屁孩是眼镜店小胖子的儿子，穿着青蓝色小裤衩，深红色小T恤，正兴致勃勃地吹泡泡呢！他手里拿着一个装肥皂水的小瓶子，另一只手拿着一根小木棍，木棍顶端绑着一个小铁圈。蘸一下水，小男孩吸足了气，努起小嘴，用力地朝小铁圈吹。一串大大小小的泡泡，汩汩地画出了一条弧线，在空中拐了个弯后，便开始悠然飘荡。阳光下，泡泡随着阳光不断变幻色彩，轻灵，迷人。

小男孩鼓起了腮帮子，使劲吹，连续吹，一串又一串的泡泡便纷纷扬扬地错综飞舞。他越吹越兴奋，越吹越快，憋得脸蛋通红。于是，空中的泡泡慢慢变成了一层云朵。

小家伙停下来，看着自己的杰作，一脸的兴奋，小肚皮还在微微地一起一伏呢。"爸爸，爸爸，快来看呀！"

眼镜店的小胖子斜了孩子一眼，没说话，继续专心割镜片了。

泡泡一个个破碎了，有的蹭在凹凸不平的地上，不见了踪影；有的是时间长了，撑不住，在空中化为了星星点点的水沫。

小男孩又鼓足了腮帮子，吹了一大口。这一串泡泡中，有一个很大的。小男孩一下子停住了，然后跟在气泡后面，连蹦带跳。忽然，他意识到了什么，很快转过身，朝着小胖子喊：

"爸爸，爸爸，快看啊！好大的泡泡呀！"

小胖子甚至没有回头，只是歪了歪头，瞥了这么一眼。

小男孩冲进了眼镜店，跑到小胖子跟前，抬起头，看着爸爸的脸，说："爸爸，爸爸，咱们一块儿吹泡泡吧！"

小胖子拿起了钳子，"咔吧"一声，掰下了一块多余的镜片。

"爸爸，咱一块儿吹泡泡吧！"

小男孩眼巴巴地看着爸爸的一举一动，眼睛里闪着兴奋的光芒。一块碎玻璃片子蹦了出来，擦着孩子的头皮，掉在了地上。

"出去玩去！"小胖子看了看儿子的头皮，吼了一声。

"爸爸，咱一块儿……"

"出去！"小胖子吼了一声。

小家伙愣了一下，脸上充满了委屈。显然，他被爸爸那发怒的样子吓坏了。他怯生生地看了爸爸两眼，转过身，低着头，咬着嘴唇，几乎要掉眼泪了。

一会儿，小家伙挠了挠头皮，看到了手里的家伙，像重新发现了宝藏一样，很快又进入了状态。

一口气：

"哇……这么多！"

又一口气：

"这一串怎么一样大耶！"

又一口气：

"一个大的！这个好大呀！爸爸，爸爸，看到了吗？这个泡泡好大哟！"

小胖子没说话。

"……爸爸……"

"看到了！"小胖子可能是怕小家伙闯进来。

"真的？"

"嗯！"

小家伙一脸的惊喜，一个蹦跳就转过了身，乐滋滋地欣赏着自己的杰作。大泡泡在空中慢慢平移，升空，然后，"噗"的一声，不见了。

"破了！"

不是小孩，是小胖子说的。说的时候，小胖子盯着孩子，一脸的诡秘，还眨巴了一下眼睛。

小家伙脸上闪着红光：

"哼！我还有！我再吹个比这个还要大的！"

说完，又使劲吹了起来，每吹一次，都要瞪着小眼睛，仔细看有没有大的泡泡……

肖珂津津有味地看着，似乎忘记了李昆仑和陈星海，更忘记了已经走远了的石磊磊和黎嘉。一回头，陈星海正站在身后，也在乐滋滋地看着，一副很痴迷的样子。

"干吗呢你们俩？人家吹个泡泡有啥好看的？你们不是要修眼镜吗？怎么还不进去？"李昆仑有点儿不耐烦。

陈星海边走边回头，饶有兴致地看着。

李昆仑余怒未消，长吐一口气，捡起一块石头扔得老远。远处，一个熟悉的身影正啃着一个杏子，"噌"地跳了起来，躲过了石子。

"我靠，李昆仑，谋杀呀你！"

是"一个好汉"孟涛波。

17. 神龟山上

周六下午课外活动，陈星海慢慢悠悠地走上了操场。其实，陈星海走上操场纯粹是个误会，但看到肖珂正在慷慨陈词，顿时觉得来了兴趣。当然，这也源自于那个误会。

事情本来是这样的。

周六下午最后一节课是数学，自习课。同学们都在做题，教室里异常安静。陈星海的本子前突然蹦出了一个纸蛋蛋，还小小地弹了一下。

用纸蛋打人，这可是肖珂的绝招，向来是弹无虚发，百发百中。这次怎么就失准头了呢？陈星海觉得这太意外了。还有一点稍感意外，那就是当他扭头看的时候，肖珂这家伙正装作奋笔疾书的样子——平时，他应该装作严肃思考的样子才对。

变招了还！陈星海想。他顺便瞥了石磊磊一眼——她正在低头做题呢，一副严肃认真的样子，根本没把自己当盘菜。陈星海知道：石磊磊最讨厌上课时不认真了。

于是，走上操场的那一刻，陈星海径直走向了正在跟雷岩热烈讨论的肖珂。

"肖珂，最近攻击水平有所下降啊！"

"什么……去去去，没看正忙着吗……"

"逃避什么呀！以前你可是百发百中的。"

"什么？"肖珂一头雾水的样子。

"就刚才上自习，你那一下，直接扔我本子上了不是？"

"没有。"

"抵赖是吧？"

"什么……我告诉你陈星海，我肖珂数学一向扯淡，可刚才，你知道吗？我醍醐灌顶茅塞顿开了！"

"什么……"

"不信你问雷岩啊！刚才那个极限问题，我硬是给做出来了。咱班的高才生雷岩都没想到哇！"

"真的吗，雷岩？"

雷岩"切"了一声："肖珂是出门踩到狗屎上——碰狗屎运了！"

"什么话呀！我这是改邪归正，从此走上了富强民主文明的社会主义现代化道路了……"

陈星海笑了："哦……真不是你呀……我说怎么这么没水准呢！"

肖珂很神气："我那么忙，哪顾得上你呀！"

陈星海疑惑了，难道是杨威？还是……忽然，他感到有点儿眩晕，因为他想起了今天是周六，而周六课外活动他似乎承诺什么了。他忽然想起，刚下课的时候，石磊磊一个人默默地走出教室，走向了校门口，冷着脸，故意不看他的样子。当时他还在纳闷：石磊磊最近也太贪玩了，哎呀，该不是跟谁有约会吧……于是，小小地担心了一把。

那个纸蛋？

陈星海慌忙冲回了教室。那个小纸蛋仍静静地待在书和本子中间。他快速地打开，发现了一行隽秀可爱的小字：

校门口见。我先出去，你后出去。

已经过了十多分钟了！陈星海忽然体验到了地震的感觉，发现到处都恍恍惚惚晃晃悠悠的。他一下子冲了出去，临出门，碰在了桌子角上（事后发现生疼无比），桌子"轰隆隆"震动了一番，几本书掉在了地上。

校门口，石磊磊正在可怜巴巴地站在那里张望呢。陈星海故作镇定地向她走去。

她一脸的冷漠："你来干什么？"

"不是说好……"

"这都几点了？"

"我忘了……"

"还说好了，你猪耳朵啊你……虚情假意，原来一切都是假的……"

"不是……是真的。"

"是真的还让我等这么老半天！其实你根本不在乎我……"石磊磊故作生气地望着校门口。

"怎么会不在乎呢？这不急着赶来了吗？因为着急还撞了一下桌子角，现在还疼着呢……"

"活该！"

"啊？这么狠？"

"就是活该！让我等了这么长时间，撞死才好呢！"石磊磊噘着嘴巴说。

学校门里传来了一阵摩托车引擎声，由远及近，然后是开始减速、拐弯的声音。

"不好！可能是班主任。快跑！"陈星海见势不妙，抓住石磊磊的手就跑。他们顺着学校的院墙往上跑，踩着满是黑色小石头的小路，绕过了一个拐角，躲在了一丛灌木后面，探出了脑袋，侦查了一下。

果然是班主任。

赵老师骑着摩托车冲出了校门口，车身倾斜，向右拐了弯，向下面的大路跑去，屁股后面拉了长长的一溜儿灰烟。随着摩托车远去，班主任的身影慢慢降了下去，没了轮胎，没了下半身，没了摩托车，只剩下了脑袋。最后跳了一下，连脑袋都不见了。隆隆的摩托车声音也渐行渐远，最后消失了。

两个人气喘吁吁地看着对方，就像躲过了一场大灾难，然后"扑哧"一声就笑了。

"你还是那么好看。即使喘不过气来的时候也一样。"

"去你的吧，还幸灾乐祸，都什么人哪！"

"没有。"

"你要是早来，还用这么跑吗？"

"你还惦记着呢！嗨，你这心眼儿够小的呀！"

"是你来晚了！"

"哦……好吧。"

"你还说我小心眼儿呢！"

"行……你心眼儿不小。"

"我的手还疼呢！都是你弄的！"

"好，是我弄的。"

"猪蹄子！"

"好，我是猪蹄子，行了吧？"

"不行。"

"那怎么办？"

"你还是狗爪子！"

"怎么又成狗爪子了呢？"

"前天你还抓了我一把！"

"哎哟！"陈星海一惊，"现在还疼吗？不是故意的，真不是故意的。"

"你就是故意的。"

"好，我是故意的。"

"大坏蛋！"

"嗯，我是大坏蛋！"

沉默。

她转过头，故意去看一边的野菜，一副若无其事的样子。陈星海觉得她可真麻烦，而且越来越无理取闹了。不就晚来了一会儿吗？还没完了，一会儿成了猪，一会儿成了狗，一会儿估计就猪狗不如了！

"说吧，怎么才能原谅我呢？"

"我哪知道！"石磊磊翻着眼珠斜望着远方，一副若有所思的样子，天真可爱的样子，洋洋得意的样子，还有点冷冷的样子。陈星海感到石磊磊想事情的样子简直可爱极了。

"嗯……有了！一，不准再碰我的手；二，给我摘四朵不同颜色的花。注意：是不同的颜色，一样的我不要！"

"好！成交！"陈星海长舒一口气。

"还有……带我去神龟桥！"

"好！"

就在那天下午，当时的陈星海觉得她有时候那么讨厌，简直麻烦极了，蛮不讲理，简直什么事情都能找茬儿。可是到了神龟桥，他又发现石磊磊简直可爱得如同一个刚刚摘下来的棉花团，白白的，比刚学会走路的小孩子还要天真。一会儿脱下鞋子，让他提着，然后用光脚丫子去碰水面；一会儿又把采来的几朵花放在鼻子边，嗅个没完，然后光脚踩在沙子上，乐滋滋地蹦来蹦去，还执意要让陈星海脱掉鞋子，试试踩在沙子里的感觉……

最后，他们终于坐在了桥边的沟沿上，远远地，还可以望见遥远的对面，有两座山，一座长，一座短，连起来倒是像一头卧着的老黄牛。

石磊磊仍然在因为一些鸡毛蒜皮的小屁事而乐不可支，眼睛乱动，几绺头发在耳边随风丝丝颤动。陈星海突然有了一股冲动。

那天，她穿着蓝色的校服，脸上没有任何装饰，是那种青春饱满的白皙，耳垂边还有细小的毛毛，匀称的眼睛，浓浓的眉毛，充满了俊美、天真与纯粹。凉风吹过，几丝乱发拂过她的额头，她习惯性地用手一抹，一切便井井有条了。

那天，她那么美。

"磊……"

"嗯？"

"那……那是……什么？"

她回头看了看，然后平静地回过头，想说"没什么呀"，可刚说到了"没"，嘴巴就被封住了。

没错，这就是他们当年尴尬的初吻。

在嘴唇接触的那一瞬间，她拼命挣脱，几次都歪了嘴巴，碰到牙齿了。多年后的陈星海想起这事仍感到好笑，两人当时都拼了命似的。他记得，石磊磊当时慌张极了，眼珠子乱转，一方面是怕被人偷看了，另一方面是一种慌张，是纯粹的恐惧与不知所措。她连抓带挠，把他的眼镜都扯掉了。当时的陈星海也没什么特殊的感觉，只觉得她的嘴唇软软的，出乎意料的软，还有点凉凉的感觉，另外就是她那"呼哧呼哧"的粗喘气了。呼出来的热气喷在脸上，声音那么大。他没有闭上眼睛，于是觉得她的鼻子变得那么大，脑袋几次像拨浪鼓一样晃来晃去，牙齿碰到一起，有点儿疼。但也不知道为什么，他竟然死死搂住了她的腰，感到她浑身竟然都软绵绵的。

可奇怪的是，多少年过去了，陈星海后来经历过很多，但印象最深的竟然就是那次难堪的初吻。没有缠绵，没有痴迷，有一点儿痛，此外便是反抗和尴尬。但是，在高二六班的那些日子里，这却让他无法释怀，甚至还有点儿担心——担心因此影响了石磊磊的学习，甚至她的前途。

后来证明，他的担心是多余的。此后，石磊磊在见到他的时候，还是会低头逃避，但眼神里没有慌乱，依然是一副爱理不理的样子，像什么事都没有发生过。

但在当时，她却像喝了毒药的人在做最后的挣扎：

"让……别人……看见了！"

陈星海没有停下。

石磊磊突然向远处一望，然后显出惊慌的样子：

"赵老师……班主任！"

"什么？"他一下子停住了。

她趁势一下子挣脱了，大声吼叫道：

"陈星海，你太过分啦！"

"……班主任在哪里？"

她没有回答，而是一咧嘴，哭了，而且哭得呜呜的，很伤心，还一抽一抽的。

陈星海呆了，不知所措了："怎么了？别哭了……"

"谁让你亲我了？"

"没人。"

"流氓！"

"好，我是流氓……"

"臭流氓！"

"好……我臭流氓。"

她停了一会儿，又有词儿了：

"一点都不尊重我。就是一个野蛮人！"

"嗯。"

她忽然停了下来："……哎呀，你的狗牙！我的嘴唇让你咬破啦！"

"啊？我看看！"

果然，她的下嘴唇内侧，有一个小红点，红红的，还在慢慢往外渗呢。上嘴唇的破口小一点儿，但也有。

"疼吗？"

"咬破你的你不疼啊！你就一嘴狗牙！"

"怎么成狗牙了？"

"就是狗牙！"

"好……我是狗牙！"

"还不尊重我呢！一点都不知道尊重别人！"

"不就是亲一下嘛！还以为是个惊喜呢，你倒好，像个被抓住翅膀的大蚂蚱一样，就差一脚把我蹬飞了。我的眼镜都被你抓掉了。"

"活该！你都没跟我说一声！一点儿都不知道尊重我。"

沉默。

"向我道歉！"她一脸的不高兴，嘴撅得老高，一副要求补偿的样子。

"对不起。"

"这样不行！"

"那怎样?"

"你必须这样说:陈小人用狗牙咬了石大小姐,请大小姐恕罪!"

"啊?又是狗牙啊!"

"快说!"

"好吧……陈小人用狗牙咬了石大小姐,请石大小姐恕罪!行了吧?"

她还是撅着嘴,一脸的不高兴,而且白了他一眼。

气氛还是有点儿尴尬。

他一下子靠近了石磊磊。

"离我远点!"

他远离一点,然后又靠近了。

"讨厌!坏蛋!"

"嘿嘿!"

他们俩就这么坐着,石磊磊慢慢地就靠在了他身上,然后又顺势亲了起来。这次没有了唐突和慌乱,都很忘情投入,只是亲了一会儿她就说"疼"。事情只好作罢。抬眼看去,神龟山与苍梧镇连在一起,中间就是牟县七中。那里仍然是一片嘈杂,那是一种学校特有的嘈杂声,夹杂着学生们吱吱哇哇的喊叫声、哨子声、突然的笑声、"咚咚"的打球声,掺杂糅合在一块儿,悠悠地传来。那是一种学生时代最熟悉的声音,也是最亲切的声音,但只属于青春的日子。学校的喇叭里传来了《青藏高原》。那是李娜的歌曲,浸润了感情的旋律,高亢而苍凉。

他们坐在那里,认真地听着望着远处。陈星海望着远方,痴痴地,一动也不动,仿佛看到了远处的无限风景。石磊磊还是觉得陈星海不在乎自己,一肚子的委屈,可他竟然无动于衷,仿佛自己不需要关心似的。于是,她撅着嘴,瞥了他一眼。不看则已,在她看到他那张脸的一刹那,她的眼里忽然充满了恐惧,仿佛他在那一刻变成了一条毒蛇似的。

"怎么了？"好一会儿，陈星海才意识到她在看自己。

她没说话，只是看着他的脸。

他继续看着远方，一脸的冷漠，一动不动，很坚毅的样子，仿佛正沉浸在另一个世界里。

他又看了她一眼，发现了她那一脸的恐惧。

"怎么了？我没洗脸吗？"

"不是……"

"那你怎么这么看我？"

"陈星海……"

"怎么了？"

"……有时候……我觉得你好可怕。你现在的样子……好可怕……你的眼神好凶狠！也不知道你在看什么……反正好可怕。"

"是吗？"陈星海愣了一下。

"我也不知道。有时候我觉得你像一本书，里面有很多东西，但你根本不想让我知道。在你朝远处看的时候，我觉得你好可怕……"

陈星海茫然地看着她，像在看着一个陌生人。随后，他顺势搂住了她的肩，仍然没有说什么。她靠在身边，仿佛在发抖："我只要你陪着我，不要离开我，好吗？"

"嗯。"

"怎么是'嗯'，是好还是不好？"

"好！"

她顿时高兴起来了，很快把刚才的感觉抛到了神龟山的乱草窝里："听，《青藏高原》唱到最后了……"

"磊……"

"嗯？"

"当你听到《青藏高原》的时候，你想到了什么？"

"什么？想到了什么？"

"对！"

"嗯……李娜的嗓门可真高。"

"还有吗？"

"还有……就是歌曲挺好听的。"

"没了？"

"没了。"

"知道我想到了什么吗？"

"什么呀？"

"我想到了很多……"

"说啊，卖什么关子呀！"

陈星海顿了顿才说："李娜有着高超的演唱技巧，但在她的歌里，我却丝毫没感觉到这一点。原因很简单，她的技巧，她的嗓音，她的一切，都被她那深厚的感情所主宰。一切的技巧都被融进了感情里，于是我只感受到了她的感情脉搏，她的情感旋律，其他的一切，都统统成了配角。那是生命在歌唱。在歌声中，我看到了许许多多……"

"嗯……我也是这么感觉的……说呀！"

"我看到了静默而庄严的群山，亘古的沉默，辽远的歌声，人们无尽的渴望与期盼，岁月悄无声息流过的足迹，儒生的眼神，苍生的一声叹息，令人无法忘怀的碧蓝的天空……"

石磊磊开始感到很奇怪，陈星海脑子里竟然有这么多稀奇古怪的东西。

"……我看到，失望时，人们看到群山的冷峻和庄严，天空中，苍鹰飞过，扯不住人们对亲人的思念。美丽的晚霞映满天空，满脸皱纹的老人看着远山，一语不发。当你面对一只盛满粮食的碗，看着辽阔的苍天，一种无法释怀的感恩回荡在天地间。历史长河中，没人会注意到小商贩少赚了两毛钱，更没人注意到高高的山上，有人在放声歌唱，而天地，此刻却只是沉默无言。永久的梦幻，忽然变得那么渺小，却又让人怦然心动。当你面对绝望，面对痛苦，一瞬间，一切都变得那么微不足道，因为你是一个生命，大地上冒出了一股生命的感动，这还不够吗？没有奢求，没有所谓的争权夺利，你仅仅在这个世界上种着属于自己的麦田，无人能夺走你的欢乐与喜悦，心酸与宽慰，更无人能体会到，当你面对一座座高山，胸中流过的那股情愫。是谁在思念你，是谁在注视着你，是谁在憎恨着你，是谁在牵挂着你，是谁在星星升起的时候，默默地把你放在月亮的位置，以便随时让你融化在天空的蔚蓝？岁月的味道很浓郁，浓得让你无法释怀，因为有人在呼唤你，大山深处，在一间小屋中，在童年的小油灯前，在纷乱的生活中吹来的那股炽热的风中……"

"星海……"

"……"

"你就是个疯子。不就是简单的一首歌吗？你怎么会想到那么多乱七八糟的东西，有什么用啊！"

"……"

"咱想简单点儿不好吗？听说胡帅家里很有钱，你知道他爸爸是干什么的吗？"

"不知道！"

"哦……别这么看着我！我是说，两个人一直待在一起，一辈子，就挺好的。有钱了好，没钱了也挺好。只要能在一起，想那么多乱七八糟的东西干什么呢……"

陈星海闭上了眼睛，没说什么。石磊磊却紧紧地握住了他的手。

他的手冰凉。

当年的他们只是沉溺于初恋的甜蜜，但石磊磊记得很清楚，当时的陈星海望着远处，是那么痴迷，那么坚决，仿佛这个世界欠他几百万似的。但青春是敏感的，也是善变的。时间溪流中，青春激起了千奇百怪的小浪花，四处飞溅的小水滴，但那仅仅是一瞬间，随后便是灰飞烟灭，因为又一块石头出现在了面前，又一次飞花碎玉般的情感嬗变已经把青春带到了另一个世界。

不知不觉中，又是一段日子。

后来，当石磊磊回忆起当时的一幕幕时才明白，其实，从那一刻起，陈星海的人生道路就已然通向了一个她完全无法理解的方向。

这无法解释。

但这恰恰是吸引石磊磊的地方。

也无法解释。

多少年后，他们谁都没有忘记那个下午，那个有着青春刺痛的下午。随后，他们便往回走了，拉着手，兴味阑珊，各自想了很多。他们依稀记得，回来的时候，都没有多少话，只记得在躲避地上黑色的大小石子，注意泥路上那高低不平坑坑洼洼的地面了。

没多少话。

尽管充满了刺痛，但后来回忆起来，他们却只记着甜蜜的温柔，呢喃的低语，以及当年可笑的唐突反应。没有了刺痛。青春岁月中，那只是一点点儿小点缀，而记忆中只有美好。是的，回不去了。那些日子已经悄然流逝，再也没有了青涩的记忆。

谁也不会知道，那天的整个晚自习，陈星海什么都没有做，只是在废纸上歪歪扭扭地写了一堆的文字，姑且说是诗歌吧。现录如下：

我要远征

哥伦布把名字刻在了美洲
一个朋友对我说
鞋子不会是领子
野蛮人也会装腔作势
结局讥笑穷光蛋
唯有雪花曾悠悠飘落
我疯狂地逃到了孤岛
风很冷　秩序很硬
我迟到了
火车呼啸而去
上帝已经安睡
嫩芽长成了黄叶
我要远征

我没有剑
我从早已沉睡的方格起航
爱人早已逝去
昨天曾经拥有过灿烂的朝阳
牛顿发现了万有引力
地球划分了时区
每一个细胞都在尽情欢唱
我要远征

我一无所有
但我要远征

纵使狼群已恭候多时
彩色已经被苍白代替
萎缩的果实很甜很甜
春天早已被狼狗吞食
只要黄河变不成黄瓜
只要火车唤不醒星星
我不在乎梦如何破碎
不在乎会接受多少唾弃
纵使女神掉落了黄叶
上帝收走了权利
我要远征

我摔掉了绝望的泪水
孩子般奉上火热的心
童话一次次化为灰烬
心爱的风车湮没在滔滔海浪
岩石被撞得粉身碎骨
我要远征

寒风掠过赤裸裸的躯体
我无语而泣
伤痕累累
元谋人在灰烬中舞蹈
爱上了无尽的苍凉和仇视
携带着孤独与孤独
我要远征　墓地
黑夜中海浪冰凉

我不知道敌人在何方

纵然死亡

而天空　远方

渴望撕裂着渴望

哲学已经疯狂

一曲旋律

暮色苍茫

呼啸而过的小村庄

18. 黎嘉·美丽的校园

高二六班的夜空中，黎嘉无疑是一颗伤感的彗星，闪亮，扎眼，令人难忘，却又在那灿烂的一瞬间消失了踪迹。

没错，那年夏天，黎嘉出事了。

出事的具体细节无人知道，而知道的人也不愿意陈述，即使愿意陈述，也只能是在多年以后，等事情的当事人彻底摆脱了干系之后才行。因此，任何猜想也只是一鳞半爪，一鼻一毛，无人能够还原一个真实的现场。剩下的，就只有各种自以为是的猜测。

各种猜想随机流传，像秋天地上的落叶，不经意间，随着气流，成了一堆一坨一团，于是，故事便在风言风语中形成了几个版本，有的说是两人在亲吻时被校长看到了，有的说校长在公共场合看到两人公然拉手，也有人煞有其事地说两个人是在体育老师宿舍里被抓住的……但无论哪个版本，有以下两点是可以确定的：一，两人在一起的时候被抓了;二,校长知道了此事。

事情本来可以就此结束,从而不了了之。但人们忽视了一个事实:青春岁月,理智很容易被抛在了荒郊野外,情感的激流可以把整个人冲得粉碎。而此时的黎嘉正是一个被情丝缠晕了头脑的小女孩。而她随后的作为彻底断送了自己的后路。

是的,黎嘉单枪匹马地去找校长了。这是事实。几位老师在场,证实了这一点。

那是一个中午,太阳光是白的,树荫显得格外黯淡,对比非常明显,仿佛是两个世界,而蝉叫声也让那个夏日的天空充满了回忆。黎嘉就在这时走下一级一级的台阶,绕过了几丛冬青,来到了正对着校门口的校长办公室。

黎嘉憋了一口气,顺便瞥了一眼校门口,恰恰看到历史老师正晃晃悠悠地走出了校门,折过拐角,不见了。她那时真有一股冲动,想冲向前去,向历史老师求助。但她没有。假如她当时确实去了的话,事情也许完全是另外一种样子。但是,她已经发誓不再向任何人展示她的羞耻了。

后来的事实证明:历史老师当时对此事确实一无所知。

黎嘉停留了片刻,看着被阳光照得有些晃眼的地面,就拐进了中间靠右边的那间宽敞的大办公室。她以前从来没来过这里,但门口的牌子告诉她:这儿就是她要来的地方。黎嘉真找对了时间,因为当时体育老师王贵阳正在低头挨训,而训斥者,正是赵校长。另外,还有两个是副校长,据说是多年的副校长了。

"报告!"

全屋的人一下子全"凝固"成了塑像。一对眼后,大家就明白了黎嘉的身份。因为王贵阳的表情与黎嘉的落魄样子相配合,一切都已经表达得非常到位了。

"看……你自己看吧,你说你刚才的承诺还有用吗?"

说完，赵校长就坐在了茶几后面，抽了一支烟，夹在了嘴唇上，很不屑很冷的表情。

很快，王贵阳的火机凑了过去。

校长皱着眉头咂了两口，烟卷一掀一落，着了。烟头一亮，蓝烟就把那张紫青的脸罩住了。

黎嘉在得到允许后进来了，但显然有些犹豫，而屋子里的清凉让她感到了出人意料的舒适。她在吸了一口气后，还是坚定了以前的想法，冲向前去："赵校长，这事跟王老师一点关系都没有，是我……勾引的王老师。"

王老师一下子愣住了，大概是在那一刻被女孩眼中那闪闪发光的东西打动了。当听到自己说出了"勾引"这个词时，黎嘉感到了前所未有的羞耻和委屈，她在那一刻甚至想用自杀的方式挽救事态的严重化，要求只有一个：王老师能够全身而退。

王老师看到黎嘉那楚楚可怜的眼神，不知道怎么想的，竟然说话了：

"不，不是，是我！"

黎嘉急了："你住口！赵校长，是我勾引了王老师。这事与王老师没有关系！"

"不……"王老师的冲动，没人知道是否是真实的。

"都不要说了！"校长的长脸就像一个大大的绿丝瓜。

"真的……"黎嘉嘴巴一咧，哭了，一边抹眼泪还一边说，"是我勾引的王老师……"

校长抬起头，冷冷地看着黎嘉，没有一丝表情。但，没说话。

年轻的黎嘉顿时被震慑住了。

半晌，赵校长才说出了一番让所有人都吃惊的话。当时的情景是这样的：黎嘉说完自己"勾引"王老师之后，还在哭，而且哭得很委屈，没形没状的，这时候，赵校长说话了：

"本来就是！你一个女学生，没羞没臊的，还有脸在这儿哭！牟县七中的人才啊，让我这个当校长的都无地自容！"

说完，便是一片死寂。王贵阳的冲动动作被校长空中静止的手给制止了。气氛也尴尬到了极点。其他两个副校长觉得有些不妥，纷纷帮那个可怜的女孩说话：

"快回去吧，别耽误了下午上课。"

"嗨，这多大点事儿啊！"

"过去了就过去了。以后别胡思乱想了，要把学习放在首位，好好学习，天天向上！"

但当她走到门口的时候还是被叫住了。

是赵校长。

"把你班主任叫过来。"

黎嘉走出校长办公室的那一刻，耳边还在回响着电风扇那嗡嗡转动的声音，而扑面而来的热流和白亮的阳光几乎让她晕了过去。

她心里只有一个念头：不能连累王老师，即使是自己退学。

后来的事实是这样的，那天下午课外活动的时候，班主任就把她叫到了办公室，他们进行了一次长谈。谈话的具体细节不得而知，但结果是肯定的：黎嘉第二天必须离开这里。可令人感到奇怪的是，黎嘉竟然欣然接受了这个决定。她关心的却是另外一件事情：王老师真的不用离开？真的吗？确定吗？真的确定吗？

多少年过后，当高二六班的同学们知道了这件事后，不禁想问：是言情悲喜剧影响了黎嘉？还是黎嘉心甘情愿地导演了自己的悲喜剧？没人能够回答。在后来的日子里，黎嘉有没有后悔，也无人能够考证，但在那个夏天，事情就这么发生了。

晚自习第一节课，照例是数学，教室在"呼啦呼啦"的扇动中慢慢静了下来，或薄或厚的书成为驱赶炎热的法宝，错错落落地扇动着。

太阳还没有落山，但已经失去了白苍苍的热力，开始变得温柔起来，成为深情的橘红色。教室里总是被一种莫名其妙的声音笼罩，似乎是写字的"沙沙"声，又似乎是日光灯"嗞嗞"的响声，抑或，仅仅是同桌在轻轻翻书。但这种悠然的声音，却以安静的名义，在青春的日子里悄然奏响。仿佛是一种令人痴迷的韵律，是一种似有若无的馨香。永远被忽略，却永远不可替代，又莫名其妙地不绝如缕。

是谁轻轻换了个姿势？是谁在与同桌窃窃私语？又是谁听见了自己呼气的声音？把笔碰掉在地上的他，弯腰捡起来并顺便瞟了一眼一直关注的异性，然后收回目光，顺着刚才的线索，继续分析着那两条直线到底是平行还是异面。每个人都在面对着一个单独的世界，也只有通过这个世界，才能走向诱人的未来。于是，整个世界在夏日的清凉中安详地沉思，像一个青春少女，娴静，单纯，没有五彩斑斓与醉生梦死，更没有世事心酸与尔虞我诈。

这里安静，清纯，在那些青春的日子里。

黎嘉就是在这个时候回到了自己的座位上，静静地，没有打扰任何人。同桌秦晓苇觉得仿佛有人过去了，侧眼一看，是同桌，于是小声说："快，黑板上老师布置了两道题。快做吧。下课前交给科代表——嘿嘿，就是我啦！"

一边说一边掏出了两根棒棒糖："快做吧。做完一块儿吃。"

黎嘉笑了，冲着乖巧听话的秦晓苇笑了："嗯，你也快做吧。"

秦晓苇"嗯"了一声，已经在皱着眉头分析下一道小题的条件和思路了。

黎嘉坐在自己的座位前，一脸的茫然。那是属于她一个人的小窝，多少个日子里，她一次又一次地冲进自己的温馨小王国，背诵古诗，解读数学难题，组织历史答案……如今，她还是坐在那里，却一点儿也不想再去做点儿什么了，仿佛她已经做得足够多。现在，此时此刻，她只想坐下来，看看教室，看看自己的课桌，看看窗外的校园，看看自己身边这群傻傻的同学们，看看他们眉头紧皱的样子，或是恨不得用笔戳破纸面、奋笔疾书的可笑侧影……

随后，她不经意地把目光投向了窗外，就在那一刻，她突然发现：傍晚的校园竟然那么美丽，美得让人怦然心动！

她感到很奇怪，因为她以前竟然从来没有发现这一点。

教室外一片宁谧，没有任何嘈杂的声响。对面是高一六班的窗户，偶尔有几个学弟学妹晃动一下，随即沉入思考，这个世界仿佛是一个雕塑的世界，没有喧嚣，没有诱惑，只是那么纯纯地存在着，仿佛已经摆脱了时光的冲击与洗礼，只剩下今天那平静的呼吸，和明天那美好的憧憬。

阳光已经褪去了白天的炽热，变成了温柔的橘红色，柔柔的，厚实，温润，仿佛已经渗透弥漫在了一棵棵静默的合欢树上。一排红瓦红砖砌成的墙，低矮的窗户，洁白的窗帘，鲜明，整齐，都沉醉在了柔柔的余晖中。那太阳的余晖，像极了那温馨暖人的目光，无怨无悔，却把整个校园都染上了一层柔柔的诗意美。

高二六班旁边的石墙原已变得斑斑驳驳，底下的角落里还长出了几片浓浓淡淡的青苔，而此刻，在傍晚那恋人的注视下，变成了夺目的橘黄色，同静默的合欢树一起，一丝不苟地守候着牟县七中的傍晚，期待朦胧月色下的每一丝甜蜜与温柔。那是一种无怨无悔的期待与守候，就像教室前那片碧绿青翠的青草，没人去关注它们——没人注意到夕阳下一棵小草悄悄爬出地面的惊喜，也没人注意到被踩踏后，它们那摆脱重压后的微笑，更没人注意到，当凌厉的秋风吹过，它们不愿离去的痴望的光芒。而当春风吹过，它们摆脱困乏，因重逢而无比欣慰与兴奋的时候，孩子们却从容地踏过草坪，调皮地将垃圾倒在它们的头上。

此时此刻，草坪也被染上了一层金黄，有些晃眼，显得更加整齐厚实，翠色逼人，就如一阵清凉的风，沁人心脾，渗入肺腑的每一个细胞，抓住了每一丝激动的敏锐感觉。

老师从厕所回来，走过安静的合欢树，倒背着手，仰起头，从台阶上一层一层走下。脚步声显得那么空旷悠远，像从时光深处传来，若有若无，却时常回响在青春的日子里。

远处的那间教室，一位老师正在用抑扬顿挫的语调讲着法国大革命的彻底性与带来的弊端；从不远的窗子里，黎嘉看到有一位个子高挑的女老师正在黑板上画着正弦曲线，嘴里喊着"根据正弦定理……"一边说，一边指着，并转过头来看了看同学们。然后，她吹了吹手，拍打了一下衣襟上的粉笔灰，走下了讲台，悠悠然来到了另一个教室，走上了讲台："好了，拿出上午的试卷，讲一下……"

黎嘉看了看西面的天空上，晚霞像极了一片金黄金黄的棉花场，浓浓淡淡，堆在一起，异常鲜艳夺目，却又那么纵深厚实，一堆压着一堆，在暗红的太阳周围，醉了似的，尽情享受着痴爱的温热，慈爱的注视，尽情依偎，一动不动，无声无息，却又享受着每一秒的温柔美妙。

灿烂的晚霞下面，一阵低沉而连续的蝉叫声仍提醒着她：这是一年中最为热烈奔放的时光。蝉叫声是从那一排排高大翠绿的白杨树丛中隐隐约约地传出来的。美丽的晚霞上面，白杨树很知足的样子，用蝉叫的窃窃私语和偶尔摇晃一下的翠绿叶子，把生活的点点滴滴消融在了那一阵阵轻柔的微风中。那片白杨树已经生长多年，树皮白皙，中间夹杂着无数暴起的黑皮，笔直，高大，佑护着一排排红瓦房。没有夸耀，没有浮华，像老人一样，静静地打点着每一缕的凉爽清新，却从来不去争夺灿烂荣耀，只是默然看一眼晚霞，然后，向孩子们投去了热切关怀的目光。晚霞上空，俨然碧蓝的天空，深邃沉静，令人捉摸不透，却又端庄美丽。仿佛蕴含着无限的诱惑，又仿佛冷静残酷，却一直沉默无语，像一种冥冥的力量，又像是深沉的期许，充满悲悯的深情，让渺小的人类在不知不觉中产生无限的敬畏。

碧海青天，一言不发，仍那么冷静，那么深情。

黎嘉贪婪地注视着每一个细节，仿佛要把这一切都装进自己的记忆。而她最想再走一遍的，仍然是那个高高的操场。然而，她看不到，因为比教室高一米半，才是大路，比大路再高一米半，才是操场。

她盯着那一层层的台阶，幻想着再一次伴随着高亢的音乐走上操场，做一遍广播体操，或者再一次为高二六班争取昨日的荣光。

但她只是盯着一层层的台阶而已，因为，明天早上，她就会离开这个校园，离开高二六班。伴随音乐登上操场的台阶，哪怕做一次课间操，都已经是不再能实现的奢望。

第二天早上吃完早饭，她又一次来到教室前，当秦晓苇低着头把盛书的编织袋放在她面前的时候，她又一次望向了那条通往操场的路，很平静。那一刻，她忽然觉得自己的想法是那么幼稚可笑。看了看身边那两个笨重的大袋子，她忽然发现，明天的此刻，也许，她正挽起裤腿，把花生地里的每一棵杂草清除干净。没错，那时，她将成为一名普通的农村妇女——斤斤计较，柴米油盐，水桶腰，肥胖，起早贪黑。她忽然发现自己是那么的孤单无助，她多么希望体育老师王贵阳鬼使神差般出现在她面前，笑吟吟地说：

"黎嘉，你不用退学了——我都处理好了……"

没有出现。没有。

她又一次低下头，抓起来那个沉重的袋子。

这时候，她忽然听到了一阵喊叫声，正从通向操场的那条路上传来。她一下子就回过了头。

不是体育老师，而是从小喜欢拽她耳朵的李昆仑。

李昆仑老远就看见了黎嘉，于是摆脱了一起走路的陈星海和雷岩，兴冲冲地跑了过来，一只手还藏在身后，一边跨着大步子，一边高兴地大喊：

"大侄女！过来，过来，快过来！"

黎嘉的眼睛里立刻闪出了动人的光芒，但很快，那光芒就消失了，恢复了冷静。

"咋了？"

李昆仑冲到了她面前，一脸的诡秘，然后，一转身，变戏法一般，一罐可乐便呈现在了黎嘉面前。

"百事的。易拉罐的。贼过瘾。当叔叔的可是说到做到。怎么样？不含糊吧？"

黎嘉挤出了一个笑容，"嘿嘿"地接了过来：

"谢谢小叔！"

"咦？我没听错吧？这点儿东西就把你收买了，哈哈！"

"嗯。"

李昆仑一下子愣住了，因为他发现了地上的那两个大袋子。

"你要回家？咋不知道跟我说一声呢？咱可以一块儿回去啊。嗨，不够意思了吧！"

"嗯。"

李昆仑又看了一下，仿佛觉得有什么不大对劲，于是敏锐地往教室里瞥了一眼。黎嘉的位子就在窗边，一点儿都不难找。空的。一本书都没有了。看着大家漠然的眼光和秦晓苇低着头的样子，李昆仑暗自骂了一声：

"妈的！就瞒着我一个人是吗？"

黎嘉吸了吸鼻子，很冷静的样子：

"回去吧。早自习快开始了。一会儿班主任又该来查了。回去吧。晓苇送我……"

"你给我闭嘴！"李昆仑像发誓要报仇的剑客。

"回吧……可乐我收了……"

李昆仑反而一缩手，让黎嘉抓了个空。

"你为什么要走？"

黎嘉略一沉思："我爹让我退的。弟弟快上初中了，花销大……"

"你把我当傻子呀！你那小弟弟用得着你管吗？老黎什么想法我不知道啊……还是老称呼，黎叔叔……真乱……你唬我有意思吗？从小到大你什么时候能骗得了我？还反了还！跟我说谎还……说，到底怎么了？"

黎嘉那天竟出奇地冷静，这令在场的每一位同学都感到震惊，她只是笑了笑：

"真没什么……"

"别扯淡！"李昆仑斩钉截铁，"我不信！"

"不信拉倒。"

李昆仑像一位法官在审问嫌疑犯："是不是因为王贵阳这王八蛋？"

"别这么说他……"

"切！"李昆仑"扑哧"一声，很不屑的样子，"你不这么说我还不信，现在我总算信了……"

"跟他没有任何关系。"黎嘉冷冷地说。

李昆仑看了她一眼，狠狠地拍了一下自己的脑袋："你这臭脾气什么时候能改啊！人家把你当肉馅了，你还幻想让人家来帮你，是吗？这事我不问你。"

"秦晓苇，你是黎嘉最好的朋友。我问你，黎嘉退学是不是因为体育老师王贵阳？"

秦晓苇慌乱地看了黎嘉一眼，想征求她的意见。但黎嘉一脸的冷漠。

"嗯。"秦晓苇低下了头。

"是就是是，不是就是不是，'嗯'是什么意思？都什么时候了，还想瞒啊？有没有脑子？"李昆仑朝着秦晓苇大吼大叫起来。

"别朝秦晓苇那样！她是个乖孩子，别以为谁都受得了你！"

李昆仑没有回头："是不是？"

"是……"秦晓苇头更低了。

李昆仑吐了一口气，来到了黎嘉面前："你觉得你很伟大，是吗？你觉得你牺牲了很多，很值得，是吗？人家拿你当玩具呢，拿你当猴耍呢，你怎么就不动动脑子呢……嗨……说这些还有屁用啊……"

沉默。

还是沉默。

有人说话了。是黎嘉。黎嘉说起话来忽然变得语无伦次，像个做错了事的小女孩："其实，从小到大……都是你照顾我，做……做啥事……都为我好……我老惹你生气……其实我知道，按照咱村的辈分，我确实该叫你叔……我知道我很傻，老惹你生气……我每次捅了娄子都是你给我兜着……其实，我该叫你叔……"

"有用吗！现在说这些屁话有用吗？"

李昆仑一下子就打断了黎嘉，然后就转过头，扬起了脖子，鼻子抽了一下。没人知道李昆仑当时是否流泪了，他也不会让人知道。高二六班的人没有谁见过他流泪。刚入学的时候，军训时组织看电影，有个动人的情节让全班人都哭了，事后李昆仑就说他"没哭"。当时坐在旁边的肖珂当场就反驳："啥呀！我都看见你擦眼睛了！"李昆仑"切"了一声说："那是眼睛里进东西了。我怎么会哭呢？我李昆仑怎么会哭呢？绝对不可能！"但肖珂证实：他确实哭了，虽然他死不承认。当然，也只有这一次，没有第二次。肖珂由此下了结论：一个死要面子活受罪的家伙！

李昆仑转过身，抬头看着天，紧紧地攥着拳头，鼻子抽了两下，却没有说出一个字。

黎嘉仍在念叨，像幼儿园低头认错的小屁孩，显得委屈极了："……其实，我不想走……可是，校长都跟我说了……班主任也跟我谈话了……我真的不想走……"

李昆仑忽然就用左手抓了一下自己的头发，喊出了一句让整个班级都侧目的吼声：

"王贵阳，我×××××！"

同时，他把那一罐可乐狠狠地摔在了地上。那地面是红砖铺起来的，易拉罐碰到地面，"嘭"的一声，拉环那里就爆裂开来，随后"嗤"地喷出了黑褐色的可乐，并伴随着细微的泡沫碎裂声。

可乐罐蹦蹦跳跳，但李昆仑看都没有看一眼，径直冲向了过道。谁都知道，高二六班后面，是高三六班，而高三六班后面，就是老师宿舍，从东边数第三个就是体育老师王贵阳的宿舍。李昆仑面无表情，横冲直撞，几个要往教室赶的女生慌忙躲到了一边，并惊奇地看着这头愤怒的怪物。

黎嘉"哇"的一声就哭了出来，头扭向一边，看着旁边的草坪，任眼泪顺着眼角流下来。秦晓苇默默地站在旁边，递着纸巾。

忽然，后面传来了"咣——哗啦啦"的玻璃碎裂声。然后，就是几声"咚咚"的跺门声。

半分钟过后，李昆仑面无表情地回来了，攥着俩拳头，拳头上还滴着殷红的鲜血，后面是一片惊奇的眼光，伴随着窃窃私语。

他来到黎嘉面前：

"走吧。"

"可是……"

"可是什么呀！你还指望他来救你呀！他都请了一个月的假，回家结婚去了。你还在这里做你的春秋大梦呢！走啊！"

"你的手……"

"不用管。皮肉伤。屁事没有！"

"都流血了……"

"你能不能不磨叽呀！"

黎嘉不说话了，低下头，就要提那个盛书的大袋子。

"别自不量力。这个我来拿。"

"你的手……"

"少废话！"说着，李昆仑已经抓起了那个盛书的大袋子，要往外走。秦晓苇刚和黎嘉抬起了那个小一点儿的袋子，班主任的一句话让前者哆嗦了一下：

"秦晓苇，给我回去！"

秦晓苇一愣，把目光递给了黎嘉。

"回去吧，晓苇。快上课了。别耽误了上课。"

"可……"秦晓苇很难为情地看了一眼李昆仑。

李昆仑一脸的不屑。

班主任走近了："秦晓苇，去，把作业抱过来，发下去。"

秦晓苇用怯生生的目光看了一眼李昆仑，又看了一眼班主任：

"我想……"

"拿作业去！"班主任下了最后通牒。

秦晓苇犹豫了一下，低着头走了，走的时候还捂着嘴巴，像是要哭的样子。

班主任转向了李昆仑："李昆仑，你也留下，我有话对你说！"

李昆仑理都没理，一手提起了那个大包："黎嘉，走！"

"可班主任……"

"走啊！"李昆仑吼了一声。

班主任不甘示弱，也喊了一声："李昆仑，你给我停下！"

没人理他。

李昆仑斜着身子，走在前面，提着那个大袋子；黎嘉跟在后面，提着那个小袋子，嘴里还嘟嘟囔囔的：

"你的手……"

两个身影慢慢走下台阶，拐过路口，随后就只能从有洞的矮墙和树木中间看到影影绰绰的移动的身影了。最后，连身影也不见了，窗户上只剩下一片安静的目光。

班主任掐着腰，歪着头，很生气地看着他们的一举一动，然后，走进教室，背起手，开始巡逻。

黎嘉走了，但高二六班还是高二六班，下课后整个教室还会响起椅子拖动地面的轰隆声；纷乱中仍然会有人趴在桌子上流着哈喇子，然后吧唧吧唧嘴巴睡觉；教室外的角落里，杨威、胡帅、雷岩、陈星海、肖珂他们仍然笑得前仰后合，并不时因为同伴的小伎俩而追逐打闹。课堂上，杨威还在敲打着自己的脑袋，肖珂依旧四处张望寻找新的乐子，雷岩、范志伟仍在奋笔疾书，而胡帅不规范的英语发音，仍然能引起师生们轰然的笑声，即使是最没意思的英语老师，仍会咧着嘴巴乐呵呵的……

仿佛，黎嘉已经成为过去。

但课外活动时，学校大喇叭的歌声却再一次提醒大家一个事实：黎嘉存在过，就在这个高二六班。

课外活动一开始，学校大喇叭就会放一些老掉牙的歌曲，还有一些听了半天仍然让人一头雾水的古老歌曲。但有时候，或许是因为一些操作失误，一些比较中听的歌曲也会冷不丁地跳出来，让大家感到冰天雪地里突然跳出了一个戴着花环的红裙少女，正忘情地表演着夏日的诱惑。但诱惑也就那几个，比如《青藏高原》《高山流水》《好日子》《咱当兵的人》。

还有第五个吗？

平时没有。但那个课外活动，红裙少女不仅表演了夏日的诱惑，还表演了昨夜的星辰——大喇叭竟然犯了神经，放了那首《同桌的你》。

即使这样，高二六班的教室里也并没有引起多大的反响。但平静仅仅是在表面上，因为大家都支棱着耳朵，贪婪地吸吮着每一丁点儿的旋律。

秦晓苇正在奋笔疾书，但缥缈的音乐很快让她的书写变得断断续续起来。随后，她停下了笔，竭力地控制着自己，使劲儿地咬着自己的嘴唇。她使劲儿地干咳了两声，并吸了两大口气，并努力让自己笑了出来。笔又一次飞速划动了。歌声的旋律一次次高涨，老狼那抒情的"啦啦"声滑向了深邃的天空。秦晓苇仍在迅速地书写，而且面无表情，仿佛完全没有听到歌声，只是在专注于自己的英语作业。

忽然，意外出现了。秦晓苇的手突然抖起来，很快就把笔扔在了一边，眼泪夺眶而出，兀自"呜呜"地哭了起来。她一把泪一把泪地抹掉，但后面的眼泪很快就跟上了，源源不断的样子。或许是在那一瞬间，秦晓苇意识到了一个事实：她失去了最要好的朋友！

教室里所有人的目光"呼啦啦"地全被吸引了过来。

当然，也有例外。

没错，是李昆仑。

李昆仑都没有回头，只是夸张地把笔扔在了一边，并顺手把作业本合了起来，并"切"了一声："早干吗去了？想赚同情是吗？可以啊，哭声再大点！幼稚可笑！"

教室里一下子就成了一片死寂。怀旧的旋律依旧在萦绕，但忽然变得那么刺耳。

"李昆仑你赶紧走开！"竟然是"灭绝师太"范思维，"秦晓苇哪能和你比？她是个乖孩子，你不知道啊？就你有骨气？显摆什么呀！"

李昆仑"哼"了一声，看都没看她一眼，大摇大摆地出去了："乖孩子？还以为自己未成年呢？我听着都害臊！"

说这话时，他已经走到了门口，随后他一甩胳膊，转身，大步跨上去，上了操场，走了。

秦晓苇仍在哭，一刻没停。范思维过来了，像大姐姐哄小妹妹，轻声地安慰她。随后，她陪着一边走一边抹眼泪的秦晓苇，回宿舍了。

校园里仍在回荡着《同桌的你》，但没人再有心情去听。

而此时此刻，也许有人想再一次回味那一天的旋律，却只能在自己的电脑前孤独地吟唱。

再也没有了当年高二六班的味道。

19. 那年的雪与昨天的雨

那年，已经不是高二六班；那年，已经是高三六班。

虽然是在同一年，但新来的小师弟小师妹用声嘶力竭的军训吼叫声告诉你：你们，就是下一批不得不悄然离开牟县七中的人。而高二六班，那些青春最为飞扬跋扈的日子，已经悄然逝去，没有了彻底放松的快乐，没有了毫无顾忌的半夜长谈。高考，正把渔网一点点收紧，并准备在最后一刻触动机关，把青春抛在记忆的风中。

没错，高三是内敛的，紧张的。没有经历过高三的人生是不完整的——这句话经常被当作酸文假醋来调侃，但在高三的日子里，青春确实正在一步步走向生命的深处，少了很多千奇百怪的想法，更少了许多本来很精彩的生命碎片。虽然将来的大学生活是又一次的青春绽放，但，那是另一种况味，已经不是当年肆意的青春了。

就是在这个时候，那年的雪悄然而至。

牟县七中坐落在神龟山的西侧，没有在山谷底部，充其量是在山腰下半部，处于山谷底部的是苍梧镇。神龟山对面还有几座山，于是，东西两侧的小山把它夹成了狭长的一绺儿，贯穿南北。换句话说，苍梧镇更像一个质朴的老头，趴在两座小山中间，笑嘻嘻地打量着北面的一簇簇小村庄，南边的广阔平原，却毫无怨言地计算着从这里流逝的每一个日子。

千万不要以为这里的"毫无怨言"是在虚假抒情，冬天猛烈的西北风告诉你：冬天的苍梧镇，实际上是一座地狱。西伯利亚寒流从北面来到这里，顺着山谷，长驱直入，冲向南面的平原，顿觉酣畅淋漓，欢快异常。有人酣畅淋漓，往往就有人倒霉透顶。苍梧镇在寒流中缩着身子，眯着双眼，抹去凝结在眼眉上的白霜，开始准备接受暴风雪更猛烈的袭击。

如果说谷底的居民可以侥幸地躲过千军万马的纵横驰骋，那半山腰就无法得知什么叫幸运了。而牟县七中，便是那首当其冲的倒霉蛋。没错，那年的雪是冰冷的，残酷的，甚至不会留下一丝一毫的安谧与宁静。

那是高三六班的第一场雪，突然就来了，而且来得很酷很猛烈。那年的雪，没有六角形的诗意，更没有悠然飘落的从容，那年的雪，实际上只是卷在狂风中的一个个冰粒，透明，硬实，凌厉，横冲直撞，打在脸上，生疼，啪啪有声。牟县七中的每一位同学都熟练掌握了一种走路姿势：像螃蟹一样掩面侧行。许多人多年后仍能轻松对付北方的风雪，这都得益于当年风卷冰粒残酷打击的斗争经验。

平坦的地面上从来不会有雪的痕迹，而背风墙角的白雪粒却直到第二年春天才从容逝去。而且那雪是一堆堆的，并根据风的吹拂而奇形怪状地存在着。

那年的雪，很猛。

陈星海深切感受到了这一点，尽管无所畏惧。而在肖珂的记忆中，这样的日子其实很多。就在那场雪以前，陈星海清楚地知道：胡帅跟石磊磊恋爱了。

陈星海自己也很清楚，石磊磊早晚有一天会离开他，但他没想到会这么快。在进入高三后，陈星海与石磊磊的交往明显少了，淡了，尽管她一次又一次投来了幽怨的目光。陈星海认为，自己的路还很长，而石磊磊永远不可能理解自己，而放弃对双方来说，都是一种解脱。陈星海清醒地告诉自己，生活中的完美太少，更多的是缺憾与选择。石磊磊离开自己仅仅是时间问题，这是一个残酷却必然的缺憾。这种清醒与坚决，恰恰来自高二的磨蚀与抗争。那些欢笑的日子里，不仅有痛楚，更有空虚的迷惘，生存的意义，爱情抑或坚强，无法摆脱的痛苦梦想，更有讥笑背后的守望。高二六班的日子，是纯粹的青春的日子，无法容忍世俗与浮华，琐碎与纷争，也许有孤独，但孤独中，总有一抹越来越厚实的坚定与从容。

陈星海是在那场风雪前的下午发现的。那天下午上课前，胡帅与石磊磊一前一后走进了教室，没有坐在各自座位上，而是一起来到了石磊磊的座位，脸凑在一处，相互看着，呢喃私语了老半天。胡帅仍然是一张殷勤的笑脸，似乎对她的每一个神色都很感兴趣，并笑嘻嘻地摸了石磊磊脸一下。石磊磊一下子打掉了他的手："去，讨厌！"

胡帅总算回到了自己的座位，还笑嘻嘻的，并顺眼瞥了陈星海一眼，却只看到了一脸的冷漠。

陈星海盯着石磊磊看了一会儿。她只是微微侧了一下脸，脸上有些苍白，很冷，然后就抽出语文试卷，等待老迈的钱老师的到来。

陈星海天真地想：这一定是假的，做给自己看的。而昨天的考试，对，这才是他最看重的。

事情又一次超出了他的预料。

课外活动的时候，石磊磊主动来到了胡帅的座位旁，脸对着脸聊了一会儿后，便与胡帅一前一后地走出教室，走向了校门口的方向。出去的时候，胡帅仍兴高采烈，并习惯性地瞥了他一眼，而石磊磊却低着头，仍是一脸的苍白与冰冷。

陈星海的笔停住了，闭上了眼。周围的同学都投来了古怪的目光，同情？可怜？鄙视？陈星海开始奋笔疾书，一丝不苟地做作业了。那是数学老师留下的平面解析几何题，也是陈星海最为头疼的题目。而现在，他却在挠着头皮，一点一点地分析着双曲线与直线的交点，并把数据记在了一边的草稿纸上。虽然思考了半天却毫无结果，他仍坐在那里，认真地分析，很用心地计算，唯恐漏掉一丝一毫的有效信息。陈星海抬起头：我还有自己的路，唯一的路。而明天，我最近努力的成果就要出来了……

第二天，风雪已经降临，在灰暗的夜里"隆隆"地来了。那天早上，陈星海来到了教室，甚至没有看一眼胡帅与石磊磊，径直来到了自己的座位上。一张飘着墨香的成绩单已经摆在了每一位同学的座位上。

陈星海急切地坐下来，满怀忐忑地从前往后寻找自己的名字。这一次，雷岩仍然毫无争议地坐在头把交椅上，第二名不再是秦晓苇，而是范思维，随后李昆仑、范志伟等人各自有了自己相应的位置。最后，他终于找到了自己的名字，在一个角落上。

这仅仅是一次摸底考试，普通的摸底考试，但成绩下来那天的情景，多年后仍历历在目。他忽然觉得眼前的一切恍恍惚惚的，有些跳动，有些晃眼，周围嗡嗡响着，眼前密密麻麻的分数仿佛变成了无数讨厌的苍蝇，围着自己转个不停，远远近近，聚了又散，散了又聚，挥之不去。可恶的孟涛波在后面一惊一乍的，在那一刻显得特别讨厌。怕被人看见，就紧张；越紧张，汗珠就流得越来得快，热腾腾的，让他感到浑身燥热。

他无法相信，更不愿相信——他已经排在二十名开外了。

他甚至注意到，石磊磊排在了他前面。在以前，这是不可想象的。她只是一个需要哄的女孩，根本不可能成为一个坚决的斗士，而如今，这个柔弱的漂亮可爱的女孩，可以一脸冷漠，可以鄙视他了。当然，这已经与他没有任何关系了。教室里的人越来越多，开始嗡嗡地讨论着成绩，大呼小叫地夸同伴成绩那么好，虚情假意地承认自己不如同伴，或者调侃一下同伴的优异，并提示一下，"该请客了"。孟涛波总是在考试后成为主角。因为别人的成绩优异意味着庆祝，意味着美味的东西……

陈星海悄悄溜出了教室，来到了广阔的操场上。操场在学校的最高层，平坦广阔，没有一个人。远处的神龟山上，没有叶子的树黑苍苍的，趴在山上，近处的一棵槐树上还点缀着两个黑点，那是两个乌鸦窝。

风雪从昨天晚上就已经开始了，仍然是那种冰粒，不是斜斜地飘落，而是被狂风卷着，杂乱无章地在空中扭动，狠狠打击着任何障碍物。操场上，白色的冰粒涌动着，随着狂风，像浩浩荡荡的猛浪激流，掠过地面，扭动着朝远处冲去，时而被卷作一团，扬起在空中，随后就被另一阵狂风卷走，冲向了远方。地上有昨天下雨留下的小水洼，此时已经聚集了一层密密麻麻的小冰粒，白白的，透明，已经结成了一片表面粗糙的冰层。

陈星海站在风中，一动不动，任冰粒打在脸上，狂风扭卷着掠过他的脚边。有几次，狂风差点儿把他吹得晃动，而身旁就是一棵法国梧桐。他没有动，也没有去扶，只是冷冷地看着神龟山，看着操场上的风雪肆虐。

那一刻，他感到自己是那么孤独。也是在那一刻，他感到自己是那么冷静，仿佛天地间只剩下了他一个人，一言不发。那天，他只知道自己站在了大地上，寒冷的风雪中，一动都没动。

多年后，他竟然清楚地记得那天的每一个细节。那一天，仿佛是他的重生，又一次的生命起航。但他更清楚，那一天，是他整个高二六班生活的最终归宿。后来的日子里，他时常回忆起那年的风雪，每一次都感觉那么清净，那么悲凉，又是那么一片白茫茫。

他还记得，当他要走下台阶的时候，发现在另一个出口，操场的一个角落，肖珂一个人在发愣。他们之间隔着一排树，如果不动，很难发现对方。陈星海隐隐地看到，肖珂的脸上充满了悲伤。而这种悲伤，只会因为一个人，一个永远活在岁月深处的美丽女孩。

陈星海没有打扰他，因为这已经与他没有任何关系了。肖珂是无辜的，但他永远不会同情肖珂，因为肖珂不需要任何人的同情。不需要。

肖珂在填志愿的那天悄然消失，让当年高二六班的同仁们痛心疾首却无可奈何。毫无疑问，在高二六班的岁月中，肖珂扮演了不可替代的作用，带来了无数的欢乐，却没有带走一片云彩。他的遭遇与猥琐，欢乐与调侃，幻想与讥笑，抑或逃跑时那笨笨的样子，都会让高二六班的记忆充满青春的伤感。

在那年的风雪中，陈星海看着可爱的肖珂，却猛然发现：青春，正在悄然改变着每一个人的命运。而他与肖珂，注定不会走向同一个方向。高二六班的欢笑掩盖了这一切，只留下了那些回不去的青春岁月。

那年的雪已经消失了痕迹，眼前只有冷冷的雨"噼里啪啦"地打在黄色的残叶上，发出沉闷的"啪啪"声。风吹着高大的白杨树，摇摇晃晃，哗哗直响。雨却仍然没有停，夹着雨滴的风时时吹来，溅了陈星海一脸一身。

母亲回来了。

"吱呀呀"的开门关门声是那么亲切，那么温暖贴心。小时候，多少个傍晚，他都这么坐在院子里，痴痴地等着母亲干活归来时那沉闷的开门关门声。如今，还是那么充满着惊喜的声音，很快，母亲那苍老的身影就伴着脚步声，真真切切地出现在了他的面前。仍然是那么一晃一晃，但已经没有了年轻时的矫健。

"进屋吧。当心雨水溅一身。"母亲说。

"有吗？"

"有。按说大夏天的，没有棒槌面，可超市里还真有卖的。这不，你婶子给了我半塑料袋。给钱还不要。"

母亲的唠叨并没有持续下去。陈星海还真想听她继续唠叨下去。没有。母亲只是一边收起伞，一边乐滋滋地捧着那个小塑料袋走进了门。随后，边上那熟悉的锅盆碰撞的声音，走动的声音，舀水的声音……那些熟悉声音，在那一刻，忽然变得不再轻快，载满了温馨的童年，快乐的成长，漂泊的期盼，更有莫名的惆怅。

夜色早已笼罩了整个院子，日光灯斜斜地探出身子，映白了亮闪闪的小水洼。小水洼不时有雨点点破水面，搅和成了一层错落的涟漪，时时因为一阵风吹来，猛地皱成乱麻麻的一片。

陈星海更愿意待在黑暗中，因为在那里，他可以安安静静地再回味一下昨天的归程。

昨天他碰到了一个人，一个他最无法面对的人。虽然是意料之外的邂逅，但事情还是这么唐突地发生了。

没错，他竟然遇到了石磊磊，在十多年后的昨天，一个下雨的日子。

陈星海只是听说石磊磊大学毕业后回到牟县七中教学了。其他的，他一概不知。这么多年来，陈星海四处奔波，追寻着可怜的梦想，却总是在一个个孤独的夜晚想起当年的高中，当年的高二六班，其中当然有青春可爱的石磊磊。但他没有回来找她，因为他没有那个勇气，他无法面对一个完全成熟的石磊磊，纵然心痛，纵然伤感。

或许，他只希望石磊磊存在于记忆中，鲜活地存在于当年高二六班的岁月里，稚嫩，饱满，任性，唐突又可爱。

而昨天，陈星海来到苍梧镇绝对属于一次意外。

本来他想开车回家，无奈哥哥正好要开他的车出去几天。那就坐公共汽车吧。从县城回家，有许多辆汽车，而且多数都不经过苍梧镇。但由于这场大雨，好几趟车都被取消了。幸运的是，陈星海赶上了这趟末班车，而这趟末班车又恰恰经过苍梧镇。就这样，陈星海阴差阳错地来到了苍梧镇。其实来到苍梧镇也没啥，汽车沿着镇中心的大路呼啸而过，也不会发生什么，即使打个照面，这么多年过去了，双方都未必能认出对方。一眨眼工夫，事情就结束了。

然而，汽车抛锚了。

"大家先下去吧，换个轮胎，得用千斤顶。这是最后一趟车，稍微等一会儿就好了。马上就好。现在先下去一下。哎，谁家的孩子，咋睡着了呢？快抱下去……"

乘务员是个干练的胖大婶，大呼小叫，号召大家下车减轻重量。

陈星海一下车就感到一股清新的泥土腥味，很醉人、很亲切的感觉。但随后，他就缩起脖子寻找雨伞了，因为雨还在不大不小地下着。下车的人一边抱怨一边往四处散开、张望，希望能找到一个避雨的地方。

胖大婶继续广播："往西经过一个路口有个菜市场，刚建的，能避雨。别忘了快点儿回来啊，咱一会儿就走。"

果然，在离路口不远的地方，有个并不是很大的蓝色棚子，圆弧顶，门口是白刷刷的用新水泥浇筑的路。随后，大家三三两两地打着伞，或者把包顶在脑袋上，缩着身子，大踏步跑，不时为绕过水洼而画个大弧。

走进菜市场的一刹那，陈星海忽然觉得自己进入了另一个世界。在细微的"啪啪"声掩盖下，充满了生活的节奏与旋律。青的紫的白的菜，绿的果，腥的鱼，红白相间的肉，女人们为今晚的饭桌设计着每一个细节与感受。他们根据市场价格精打细算着，或者一咬牙：

"不过了！买条鲤鱼吃去！"

穿着大水靴的中年妇女，戴着黄色橡胶手套，顺着手指的方向，麻利地一抖竿子，鲤鱼就在网里弯来弯去地挣扎了。中年妇女捏住鲤鱼的脖子，顺手抓来一根铁棍，"啪啪"两声，敲在鲤鱼的后脑勺上，原来活蹦乱跳的鲤鱼就蔫了，不动了。她顺手扯了一只塑料袋，把鱼扔进去，放在电子秤上："二斤六两。剖吗？"

"剖。留下鱼鳔。"

"嗯。"

随后便是摘鳃，割肚皮，掏内脏，扯鱼鳔，塞进肚子，然后在水里撩了几下，洗干净血，又放回了那个黑色塑料袋。

陈星海在菜市场里漫无目的地走着。他很喜欢这种地方，还有小巷子，因为那里有数不尽的最真实的生命存在方式，自由，为着生活的点点滴滴而喜怒哀乐，没有一丝一毫的浮华与掩饰。

他甚至想去牟县七中看看，但考虑到时间的紧迫性，还是释然放弃了。他仿佛在害怕着什么，回避着什么。他有时也扫一眼，毫无依据地期盼着什么，随意搜索一下，然后就开始笑自己的婆婆妈妈不切实际。由于没有坐的地方，他只能四处乱逛。菜市场并不大，他很快就转了一个圈子，回到了最开始的那个入口。

看了一会儿，仿佛一切变得琐碎而杂乱，观察也开始失去了新鲜感，一切变得无趣起来。

一阵简单而响亮的砍价声钻进了陈星海的耳朵。凭声音，他很快得出了判断：这是一位青年女性，尤其简短的砍价声，属于年轻人的风格。然而，她们仿佛为西红柿涨了两毛钱而纠缠在了一起。最后成交时，为了四毛钱而你来我往了老半天。这似乎又不是青年人的风格。

"昨天才八毛，今天怎么就成了一块？这涨得也太离谱了。三斤四两，就三块钱了。"

"别。小本生意。俺得赔钱！"

"赔什么呀，不就是少赚点儿吗？"

"三块，真赔……"

"三块就三块了。八毛的话才两块七，这都多赚三毛了。"

"到地头上收就贵啊……这样吧，你给三块二，咱也不争了，行吗？"

"差那两毛钱？三块就三块了。给钱。"

"真——赔本儿啊！"

"嗨！你们还能赔本？三块就三块了。天天都来买你的，明天再多给你点儿。都是老朋友就别争了，不就四毛钱吗？"

"我……说不过你……你是老师，词儿多。下次可别这样了啊！"

"行行行！多买点儿就补回来了。"

听到这声音，陈星海忽然就觉得浑身发热，仿佛有种东西在心底猝然相逢，而讨价还价的琐碎又让他断然否定了这种想法。他顺便往那边看了一眼。

果然有点儿像石磊磊，更确切地说，是石磊磊的妈妈，哦不，应该更年轻，是其他亲戚吧。于是，他暗自庆幸了一番：反正又不是她本人，根本不可能认识自己！

女人后面还跟着一个小男孩，半低着头，手指抠着自己的衣角，嘴巴撅着，慢慢地跟在她身后，并不时地用余光偷看一下她。女人不耐烦了：

"叫你别跟着，叫你别跟着，非得要跟着出来！也甭拉脸子！今天已经吃了两根冰棍了，还想吃，再吃又要肚子疼了……不怕打针了？"

"前天也吃了三根……也没打针……"

女人都没理他的茬："别出去啊！到外面又要淋湿了！"然后就被前面新鲜的茄子吸引了。

"这茄子多少钱一斤？人呢？这茄子怎么卖的？"一边的大妈正跟卖馒头的聊得火热，看到这边有人问价，一边小跑，一边喊着：

"来啦，来啦！"

然而，女人却呆住了，因为她看到了眼前那个男人。

"陈星海……"

这下陈星海一下子愣住了，半天也没反应过来。这哪里是她的亲戚啊，分明就是石磊磊本人，只是时间磨蚀掉了她的饱满和青春，却让她变得精明干练，充满了柴米油盐的气息。不过，知识分子的干净利索还是将她和旁边的大婶大妈迥然区别开来。

"哎……石磊磊？"

"哎呀！真是你呀！都多少年没见了。听说你在北京，都成大作家了？"

"没有。就混口饭吧……"

"别谦虚了！你那个写咱班的小说，俺都看了！把俺写得那么好，那么漂亮。其实，我哪里有那么好看呀！不过俺班上好多学生都喜欢你的书呢！前两天我还在课堂上没收了两本。还有个学生问我你现在在哪里呢……"

陈星海笑了，有一丝得意与欣慰，更有一种莫名的伤感。

"妈……就一根……好吗？"小男孩仍在央求。

"呀，差点儿忘了……来，叫叔叔……"

小男孩扫了他一眼，马上言归正传："妈……就给我买吧……就一根！"

"怎么一天到晚就知道吃雪糕？上星期吃得拉肚子差点儿虚脱……就知道吃！"

"就一根……"

"去去去！过来……叫陈叔叔！"

"那……你给我买一根，我就叫……"孩子眼光中闪动着一丝狡黠的微笑。

"都是孩子他爸给惯的！只知道顺着他，都惯成什么样了！还会跟我讲条件了……"

陈星海忽然感到自己好多余。

娘俩讲了半天价，孩子终于叫了一声"陈叔叔好"，然后就接过钱，一蹦三跳地跑了。

"慢点！又要甩一身泥！"

她回过了头："这孩子，都惯得不像样儿了！"

"挺好的。呵呵。"陈星海尴尬地笑了。

"还好？淘气着呢！你是不知道哇，家里那墙本来刷了漆，白白亮亮干干净净的多好，一会儿工夫，他就用蜡笔搞得花花绿绿、乌七八糟……"

陈星海嗫嚅了半天，也没说出什么词儿来。

石磊磊终于回过头来了，因为孩子已经在菜市场头上的老太婆那里选了一只黑色的巧克力雪糕，歪着脑袋啃了起来。

"就知道吃，玩，正事不干一点儿……"

陈星海终于插上了话："孩子嘛……这样挺好，日子多踏实啊！"

她忽然就愣了，然后就笑了，有一丝得意与幸福在眉头活灵活现，并缓缓扩散："你呢？嫂子哪里的？"

"还没结婚呢……"

"哦……家里人不急？"

"急也没用，呵呵。"

"哦……也是。"

"挺羡慕你们的，稳定，踏实，一天一天过得有滋有味……"

"什么呀，一眼望到头！每天除了上课就是上课，累死累活的还赚不了几个钱。有时候真想出去走走，可到头来，总是放弃……一辈子，就这样了……"

陈星海没有说话，并不是无话可说，而是一时间，数不尽的漂泊记忆涌上了心头。他在外面漂，于是想回家，想找一个归宿；而有归宿的人，却在望眼欲穿地看着外面的世界。揣着自己的愿望，留恋着什么，追求着什么，守望着什么，忍受着什么，走着走着，就把日子写进了这个深情又绝情的世界。当年的青春与梦想，岁月的冲刷，生活的压迫，使她慢慢褪掉了美丽的痕迹，露出了冰冷冷的现实，残酷而有质感。

石磊磊仍在喋喋不休地叙说着一个与陈星海毫无关系的世界，点点滴滴，很有兴致的样子，很陶醉的样子。当年的青春生活，她仿佛没有经历过，而她眼前的这个人似乎没有唤起她的任何回忆。

"妈妈，回家吧！锅子都糊啦！"孩子吃完雪糕，忽然喊了起来。

"呃……都忘了！出来的时候还把绿豆给炖上了，准备回家炒菜，正好吃饭……"

陈星海严肃地说："快回去吧。别糊了锅子。"

"哦……那我先回去了……孩子他爸什么都不管，就知道睡大觉。你是不知道哇……嗨，都讨厌死人了！"

陈星海又把耳朵摆在了那里。

她终于转过身，推着车子往前走了，走的时候还呵斥了一下小男孩，因为小家伙一不小心碰在了西红柿摊子上，把几个西红柿碰掉在了地上。随后是训斥，立起自行车，捡起来，道歉，拉着孩子走。

可走了几步，她突然停住了，回过头，远远地望着陈星海，仿佛有什么话想要说。陈星海看到她的眼里忽然出现了一种亮闪闪的东西，很纯，很清澈，很动人。

只是痴痴地望着。

两人就这么站着，忽然就没话了。

忽然间，石磊磊的脸上绽放出了一个甜甜的笑容，很饱满，很阳光，很职业："有空来玩哈！"

"好！"陈星海也挥了挥手，"一定！"

"再见！来，宝贝，跟叔叔说再见！"

"叔叔再见！"

陈星海也笑着说："小朋友，再见！"

他们像邻居邂逅时的搭讪，仿佛第二天还要见面似的。陈星海挥别了"邻居"，却忽然发现自己丢失了什么东西，而且永远地丢了，只留下了一腔的伤感。苍梧镇，仍然下着冷冷的雨，浑浊的水顺着地面散散地漫流着。一只被淋湿了的黄毛狗快速地迈动着步子，沿着路边奔跑。菜市场，依然充满了菜腥味。苍梧镇的人们依旧忙碌，忙碌着他们的日子。

汽车还是修好了。上满了人后，就颠颠簸簸地驶出了苍梧镇。雨仍在下，冷冷的，没有停下来的迹象。

昨天的雨，真冷。

20. 肖珂前传·猥琐的人

肖珂一直是班主任的心腹大患。显而易见，这个可恶的家伙必然会在竞争激烈的高考中严重影响升学率，进而使自己的奖金大幅度缩水。或者说，在班主任的眼里，肖珂就是一条可恨的"臭咸鱼"，不但没用，还赖在那里，带坏了其他的同学。

肖珂确实是一条"臭咸鱼"。但肖珂一直是"臭咸鱼"吗？

不是。相反，在刚入学那会儿，肖珂是当时班主任的绝对"宠儿"。

是的，是"宠儿"。

不管你信不信，但这是事实。肖珂的中考成绩全班最高，离重点高中的分数线只差一分。面对来送孩子的肖珂母亲，班主任刘老师一声叹息：

"只差一分。这孩子，可惜啦！"

肖珂的母亲紧紧地握住了班主任的手。刘老师语重心长地说："不过，金子到哪里都会发光的。交给我们，您就放心吧！"

秦晓苇的爸爸对身边那个恨不得满身都长满皱纹的黑男人说："嗯，是不一样！人家的孩子看着就精神。"

黑皱纹男人说："咱要是也有这样的孩子就好了！"

两个男人打量着肖珂，直到肖珂缩着小屁股渐渐远去，仍恋恋不舍，一副痴情的样子。

教室前，肖珂咧开嘴"嘿嘿"一笑，家长们说："原来好学生笑起来是这个样子的。"

肖珂一把抓过母亲手里的大包："我来吧。"

家长们说："看，好学生就是觉悟高！"

肖珂见到范思维的爸爸："叔叔好！"

家长们说："真是个讲文明懂礼貌的好孩子！"

站在一边的范思维再也憋不住了："肖珂，叫大爷！我爸比你爸大！"一副没好气的样子。

肖珂与范思维原来是一个班的，彼此之间最清楚了。范思维中考时想多了，紧张了，压力大了，发挥得不好；而肖珂则属于那种没心没肺不抱希望的那种，吃得饱睡得香运气又贼好，于是，一下子就中了个大奖！

家长们齐刷刷地向范思维投来了敌视的目光。范思维的爸爸很生气："你这是怎么跟人说话呢？"

范思维没理他："'豆腐干'，快，叫大爷！"

"这孩子，怎么还给人起外号呢？"

"又不是我起的。这是初中时我们班长给起的。你看他脸盘、长相、身子骨，哪里不像豆腐干？豆腐干还能吃，肖珂，这是抬举你了……"

"你给我住口！"范爸爸就差挥巴掌了。

"哼！"范思维一脸的不屑。

肖珂有点儿不知所措，脸上仍保持着恬不知耻的微笑。周围的家长们议论纷纷，用不同的方式表达了对肖珂的同情和对范思维的厌恶。

"这孩子……这么大了怎么还小心眼呢！"

"这素质，怎么考进牟县七中的……"

"看到了吗？人家都没理她。什么叫好学生？什么叫素质？嗨，一目了然！"

"嗯，这孩子从小就有宽广的胸怀，将来定能成大事！"

站在一边的班主任刘老师很严肃地拿出了小本子，认真地记了下来。这个范思维，可得注意点儿，千万不要让这一粒"老鼠屎"坏了一锅汤，尤其不能让优秀学生肖珂受到一点儿的伤害。刘老师在范思维的名字后面画了一个大大的黑圈。

实际上，肖珂当时最想做的事情就是破口大骂，但当时脑瓜子里确实是没词儿，同时，他深知"灭绝师太"发飙时的猛烈火力，为了不让自己被呛个半死，他只好采取了有效的自我防卫。

还好，他"活"下来了。

开学后不久，仿佛是一夜之间，班上每一位同学都知道了一件事——范思维有一个外号：灭绝师太。这一切，当然要归功于肖珂同学的无私奉献与不懈努力。每当范思维投来不怀好意的目光时，肖珂总是装作一脸无辜的样子，其实，他心里早就狂笑不止，成了一锅桂圆莲子八宝粥！

甭管怎么说，肖珂是班上的头号人物。

军训时，班主任把他任命为班长。

上课时，老师喜欢笑吟吟地提问肖珂。

课间时，总有几位女生投来崇拜的目光。

肖珂总是一副玩世不恭的样子，照样张着大嘴巴笑，疯跑疯玩，而且总是一脸的好奇与惊喜，给大家带来了无限的欢乐。大家想：平时这么能玩，考试还能考好，肖珂可真不简单。

第一次摸底考试，大家惊奇地发现：第一名竟然不是肖珂！

班主任看着成绩单，感到了深深的自责，在面壁思过一小时后，他把肖珂叫到办公室，进行了一次长达两小时的秘密会谈。班主任指出："你一定要相信自己。肖珂，你永远记住：你是班上资质最好的学生！一次考得不理想不要紧，只要你鼓足勇气，坚定信心，狠抓实干，努力拼搏，高考一定会向你露出'最甜美的笑容'（注：引号内为班主任原话，而且重复多次）！"

肖珂严肃地看着班主任的破搪瓷缸子，认真地点了点头。

最后，班主任亲切而又充满自信地拍了拍肖珂的肩头："有什么需要的尽管说，不要不好意思。谁让我是你班主任呢！"

肖珂注意到班主任脖子后面有只黑苍蝇，却不好意思告诉他，于是一点头：

"好的。"

班主任把肖珂送到办公室门口，深情地凝望了许久。

期中考试，肖珂的成绩不进反退，已经进入了倒数前十名的"光辉行列"。而第一名，是一个叫雷岩的小个子。而第二名，正是那个被画上黑圈的学生：范思维。

班主任又把肖珂叫到了办公室，给他重温头悬梁锥刺股凿壁偷光囊萤映雪的故事，并告诉肖珂："你，就是我们班的孙敬苏秦匡衡车胤。你一定要努力，一定要克服困难，力争上游，用自己的汗水证明自己是最棒的！"

肖珂严肃地点了点头："老师，我会的。"

另外，这一次，肖珂有了新的斩获：上次看到的班主任脖子后的那只"苍蝇"根本不是苍蝇，那只是长在脖子上的一颗痣。

"我还在纳闷儿呢，苍蝇又不是没脑子，怎么会待在上面一下午都不飞呢！"肖珂对同学们如是说。

本次谈话历时一个半小时。

期末考试结束了，肖珂的成绩仍稳居前十名——当然，还是倒着数。这一次，班主任没有找他谈话。另外，肖珂还知道了另外一件事：雷岩被请进了办公室，与班主任进行了一次长达两个小时的秘密会谈。

从此以后，肖珂摇身一变，由"宠儿"变成了"弃儿"，"皇太子"一下子被打入了"冷宫"。班主任对他的态度也来了个"警世钟""猛回头"，从一个极端走向了另一个极端：由倍加呵护变成了极度厌恶。

然而，肖珂还是肖珂，仍是笑眯眯的，开着有趣的玩笑，让大家欢笑不止。大家这才发现，与肖珂一起的日子，真的很好，很快乐，很单纯，很有趣，而多年后回忆起来又那么伤感。没有谁知道他为什么没有参加最后的高考志愿填写，然而事实就是这个样子。没有解释，也不需要解释。

在高二六班，肖珂在属于自己的轨道上一路欢笑一路歌，把那些青春的日子装点得灿烂夺目。而实际上，当年高二六班的同学们却在心底里暗暗鄙视着肖珂——一种属于青春的毫无依据的偏见。遗憾的是，偏见就这么一直存在着。

或者说，在大家的心目中，肖珂是一个猥琐的人。刚开始的时候，肖珂的猥琐一枝独秀，毫无争议地占领着大家的欢乐思维，一直到高二六班最后那些日子，事情才慢慢起了变化——肖珂不再是唯一猥琐的人。

也就是说，肖珂有了个伴儿。

谁？

陈星海。

其实陈星海被归为猥琐的人，也与肖珂有关，只是又牵连上了另外一个人：眼镜店的小胖子。事情很简单：眼镜店的小胖子出了车祸，死了。

说来事情发生得也很突然，突然得大家都有点儿无法接受。那天，眼镜店的小胖子去邻村的堂弟家喝喜酒了。喝喜酒是好事，但直到晚上却仍不见人回来。小胖子的媳妇以为丈夫又去找小舅子玩了，因为这俩哥们从小喜欢一块抓鱼摸虾喝小酒，无恶不作。面对姐姐的质问，弟弟否定了这种可能性：姐，俺俩都半月没瞎聊了，你找到他赶紧让他来找我哈，我刚搞了条大鲤鱼，还活着呢，油黑金黄的……小胖子的媳妇挂断电话后感到了一丝不安，赶忙给堂弟打电话。堂弟的说话背景一片嘈杂，但他还是陈述了事实：早走了！喝完喜酒就骑着摩托车走了。天已经黑了，但小胖子媳妇管不了那么多了，她骑上自行车就上了苍梧镇的那条大路，全然不顾一辆辆轰隆隆的大货车呼啸而过。

来到堂弟家，还是没有发现人影。

两头都没人，人却不见了。就这么一段路，还见鬼了不成？

确实见鬼了。

是第二天发现的。那天晚上路上太黑，小胖子媳妇确实没发现什么，但第二天天亮的时候，她又一次骑着自行车走上了那条车流轰鸣的大路。她首先发现的是一堆骨肉。昨晚她还以为是谁太缺德，往路上搬来了一个大土坷垃呢！她有一种不祥的预感，暗暗乞求这不是她丈夫。然而，沟里摩托车的车牌号清晰地告诉她：这正是最残酷的事实。

丈夫已经被轧成了一堆，并被来往的汽车轮胎带得到处都是。她疯狂地拦住一辆辆大货车，要他们赔她的丈夫。这当然无济于事。纵穿苍梧镇的大道上，每天有无数的巨兽一样的大货车隆隆而过，根本无法确定谁是真凶。

她号啕大哭，但事情就这么发生了。

听到这件事后，全宿舍的人都惊奇地瞪大了眼睛，而作为讲述者的胡帅也被拽着问来问去，几乎成了玩偶。不过，他自始至终保持着助人为乐的友好态度，一一解答，并添油加醋，让事情变得更加有趣了。

"小胖子的媳妇叫了救护车，并向医生哭：'他是我丈夫。我就这一个丈夫。你们一定要救活他呀！'嗨，哪个女人不都一个丈夫？一个茶碗俩茶壶怎么能行？再说了，脑袋都找不到了，还救个啥啊！"

这话引起了大家的一阵哄笑。

范志伟若有所思地说："哎呀，以后眼镜坏了可怎么办呀！"

刘树森说："可不是嘛！这镇上就这一家眼镜店，到镇医院可就没谱了。听说配一副眼镜上百块呢！原来小胖子这里四十就解决问题了。"

孟涛波笑嘻嘻地说："小胖子死得不是时候啊！放了暑假死也成啊！"

在一边的肖珂一直不说话，现在终于发言了："你们这些人真无耻，就算着自己的小九九，小胖子人都死了，你们都戴着人家配的眼镜，都没有表现出一点儿的尊重！"

要是换一个人，大家也许会有不同的反应态度，但那天面对的是肖珂，而且肖珂那张惯于嬉笑的脸忽然变得严肃，反而让大家觉得更可笑了，更何况带头的人是胡帅——任何一丝由头，都很快会被用作攻击肖珂获取快乐的筹码。而这一次，筹码是小胖子的老婆。

"那你不无耻，你尊重小胖子，你在考虑什么呢？"

肖珂都懒得看他们，很生气地说："你说，小胖子家以后怎么办？顶梁柱没了。还有个孩子呢！你们怎么就不会设身处地地为别人想想呢？就知道取笑人家。人家都死了啊……"

"嗯！"胡帅轻声打断了肖珂，"小胖子的媳妇确实长得还凑合。

虽然有个孩子，但总不能嫌弃人家呀……"

"什么叫凑合？是相当凑合！"孟涛波接过话头，"人脾气也好。小胖子干活，他媳妇都不说话，不声不响地就把东西收拾得利利索索的……"

胡帅马上抢回了话头："好媳妇！肖珂这眼光确实毒！看不出啊，平时不显山不露水的，原来一直都惦记着呢……"

面对满宿舍的调侃笑声，肖珂罕见地怒了，大吼一声：

"滚！都一群什么人哪！"

这时候，大家才感觉有点儿过分了，于是觉得有些无趣，渐渐停止了调侃，只言片语地劝说肖珂不要太认真。

就在这个时候，另一个"猥琐的人"出现了。陈星海效率极高，一句话就为自己赢得了这个头衔。

当时胡帅已经离去，正坐在床沿上挠头的陈星海大概了解了一下事情的来龙去脉，若有所思地冒出了一句莫名其妙的话：

"……小胖子死了，以后谁陪他儿子吹泡泡呀……"

先是肖珂一愣，吃惊地看了这家伙一眼。

随后，孟涛波像突然发现自己家墙上挂着已失传多年的武林秘籍一样大喊："天哪！原本我以为肖珂最猥琐，没想到啊没想到，我太高估自己的判断了。说吧，陈星海，你是啥时候想取而代之的？"

也许是因为与肖珂有关，或者是因为与小胖子的媳妇有关，但更多的是因为石磊磊的存在，大家顿时来了兴趣，开始调侃了起来。这还不够。要命的是，陈星海并无心多想，却忽然发现无数矛头指向了自己，顿时有些不知所措，憋得满脸通红，无力抵挡这万箭穿心的攻击。

是范志伟首先发现了问题："哇！陈星海脸都红了啊！可不是我主动这么想的啊……"

孟涛波说："陈星海，其实我也没这么想，可你别心虚啊！生活要学会掩饰对不对？其实大家都没这么想，可你这样的表现，谁也没法不想啊！”

雷岩一直在添油加醋，此刻更是一语定乾坤："真没想到啊，咱宿舍竟然有两个猥琐的人！"

陈星海生气了："你们才猥琐呢！"说完甩手就走出了宿舍。

背后还幽幽地传来了几句：

"其实小胖子媳妇不错的。我支持你！"

"陈星海，你小子野心真大，要一手抓俩啊！"

"可怜了我们的班花呀……"

"别跑啊，跑得了和尚跑不了庙的！"

然而，不管怎么说，事情就这么定了。而实际上，这段时间，陈星海根本无暇想这么多，因为，他都快疯了！原因当然不是小胖子——浓雾已经散去，高山却在遥远的高原，而刚刚启程的他，却已经遍体鳞伤，焦头烂额了。

他原以为，找到了真正清醒的自己，学习就会像绷紧了弦的弓箭一样强力反弹。但事实不是这样的。弯弓没有反弹。相反，弯弓本身却因为长时间的闲置而腐朽，几乎要断掉了——而他，却指望着用这张弓来打猎存活。这仍不是最要命的。最要命的是，神志清醒后，出现了一种让人难以忍受的痛楚。这种痛楚无法言说，就像体内毒素发作，脑袋振振欲裂，体内胀热酸痛。面对，就只能消化掉。然而这种痛苦又是那么源源不断，而且是毫无希望可言的。他能做的，只能是一次又一次吞下这种痛苦。有时候，他真担心自己吞下太多的痛苦，会崩溃掉。

他险些崩溃，还是没有崩溃，但做出了许多怪事。

不喜欢篮球的他经常出现在篮球场上；该睡觉的时候他却在挥汗如雨；本来不好笑的事情，会引来他疯狂的滑稽表演，并伴随着歇斯底里的欢笑；一个小笑话也能让他面部肌肉发疼；班上出风头甚至出丑的表演机会，他从来不放过；更多时候，他像极了一个可笑的小丑……

高二那年夏天，对陈星海来说，是一个疯狂的夏天。

然而，一个神秘的中午过后，陈星海的表现却慢慢恢复了正常。那天中午，两个"猥琐的人"碰到了一起，进行了一次别人永远不会知道的谈话。

就在那个午休时间，陈星海摇着自己几乎要炸裂的脑袋，来到了热烘烘的操场上。操场的边上有一绺儿法国梧桐，陈星海选了一棵影子大的，在热烘烘的空气中力图让自己感觉舒服一点儿。

肖珂就是在这时候出现的，仍是那么笑嘻嘻的，并顺便在旁边坐了下来。

"真凉快！你小子真会找地方。在干吗呢？在算计神龟山上的蚂蚱吗？别想了，现在是夏天，蚂蚱还没长个儿呢！等秋天了再想你的油炸大蚂蚱吧！"

陈星海看了他一眼，赔着笑了一下。

肖珂故意观察了他一下："嗯，笑了。但笑得太假。嘻嘻，知道我为什么来找你吗？"

"为什么？"

"因为我怕你自杀。"

"唉……还不至于……"

"快了。你最近就像个疯子。"

陈星海开始讨厌肖珂了。他最不喜欢那种自以为是的帮助了。

见陈星海没说话，肖珂像在自言自语："你太认真了！生活多好玩儿啊，干吗那么累呢！说我猥琐是吗？说吧，可我每天还是很快乐，没人能让我难受！"

陈星海漠然地看了肖珂一眼："你真乐观。"

后来大学的某一天，陈星海翻开了鲁迅的《野草》，他没有看到期望中的感动抑或生动传神，有的仅仅是一种刻骨的疼痛。那一刻，他恍然回到了当年那濒临崩溃的高二六班时光。看书的时候，他已经坚定得如一块钢板了，但在当年，在那个炎热的中午，他正在吞下每一丝痛苦。此时此刻，一个自以为是的叫做肖珂的家伙，却在无情地戳弄自己的痛处。"当我沉默着的时候，我感到充实：我将开口，同时感到空虚。"当陈星海读到这句话时，面无表情，但他却在那一刹那永远地记住了这句话。而那天中午，面对肖珂，他一点儿都不想开口，因为他怕空虚再一次吞噬他。但后来，他还是开口了。

在这件事上。第一次，也是最后一次——唯一的一次。

"肖珂，我想杀人！"

"什么？"肖珂的反应很滑稽，"第一个目标是谁？只要不是我，我可以给你买把刀子。菜刀行不？名牌，王麻子的！"

"我说真的。"

"是啊。我也说真的。"

陈星海讨厌肖珂这种玩世不恭的滑稽，忽然就不说话了。过了半天，还是说了："……肖珂，你很快乐。你快走吧，我讨厌你。"

"什么！你说你要杀人，还让我走开。你这不是成心折磨我吗？我敢走吗？我都命悬一线了！"

陈星海笑了："开玩笑的。我只是说这种感受。太痛苦了。我真担心自己会崩溃掉。我不会杀人。我宁可杀掉我自己，或者断掉自己的手指头。但我不会杀人……"

"陈星海，你真会装！"

"……"陈星海不愿做任何解释。

"何必呢？生活这么好玩，这么有趣，干吗要去想那些难受的事情呢？你就是一个傻蛋！"

陈星海感到了一丝艰难的欣慰："我不想逃避。无论发生什么，无论多么残酷，我都会面对。你不懂……"

"我不懂？"

"嗯。"

"别装！"

"没有……"

肖珂忽然变得激动了起来。肖珂很少那么激动。那天，不知道为什么，肖珂一下子就吼出了那么多的话："陈星海，你看到的我很快乐是吗？看我整天傻呵呵的是吗？我恬不知耻是吗？看我被批评就像中了彩票似的是吗？我每天都是别人的笑料对不对？我很滑稽是不是？……呃……陈星海，你觉得那是真的吗？你真的以为我智商那么低吗？你还真以为我愿意犯贱是吗？我靠，陈星海……我可从来没对任何人说过……我看得出来，你难受，可我帮不了你。正像你帮不了我。生活就是这样！玩笑归玩笑……可你和杨威从来没有瞧不起我。我也知道……你刚才说我不懂，你会面对，可我呢？我面对个什么呀！陈星海，我就搞不明白，两点咋就成一个椭圆了呢？这些我一辈子搞不明白。我一个倒数前十名的人，我面对个屁呀！但我能干什么？我娘还以为我能考上大学呢！我小弟小妹还以为我当哥哥的很伟大呢！我能做什么？我能做什么呀！啊？你告诉我！"

喘了口气，肖珂一字一顿地说："陈星海，我告诉你，我很快乐！谁也别想阻止我快乐！"

在那一刻，陈星海突然发现：他太小看肖珂了。

肖珂在激动了一阵后，慢慢就恢复了平静，然后看着远处的神龟山，一言不发。过了好一会儿，肖珂才说："刚才我说的是疯话。不要对别人说。"

陈星海一愣，然后笑了，问：

"你说什么了？你什么也没说呀！"

肖珂回头看了陈星海一眼，恢复了一脸的惊喜与好玩："陈星海，我很欣赏你！你也什么都没说。我靠，今天中午，咱俩憋了一中午，原来一句话也没说啊，哈哈哈哈！"

两个人都笑了，笑得很开心。

但随后，两人都恢复了平静。老半天，肖珂才说："你知道我为什么来找你吗？"

"嗯？"

"我不会跟人说这些。以前不会。以后也不会。但我只会对你说。"

"咋？"

肖珂停顿了一下："那天，小胖子死的那天，你说的那句话，让我感到很触动。"

陈星海差点儿就忘了当时说什么了，因为他根本无暇细想别的。愣了一下后，他还是想起来了，但也不用说了，因为肖珂已经在重复那句话了："……以后……谁陪他儿子吹泡泡呀……哼，咱宿舍人那天的表现，让我很失望……"

肖珂总结似地说："……爱谁谁吧。至少我们替别人着想过……咱们都得走下去啊……我先回去了，我还要睡会儿觉，下午好继续我的快乐，哈哈，你就独自享受你那伟大的痛苦吧，哈哈！"

"嗯。我没事。你也没说啥。"

肖珂也嘿嘿地笑了，恢复了以前的恬不知耻："你说咱俩憋了一上午，一句话都没说，该多难受呀！"

"谁说不是呢！说实话，我开始同情咱们俩了，哈哈！"

肖珂笑着，端着自己的小屁股，慢慢走了，顺着那一溜儿的树荫。

在后来的日子里，肖珂确实还是那么快乐。一直很快乐。但陈星海知道，他永远不会像肖珂那样。永远不会。

陈星海记得很清楚：那天中午，肖珂穿的是一件淡黄色的 T 恤，上面写着五个红色大字："金牌复合肥"。

21. 雨季的记忆

有句俗得掉毛的话说：十六岁是花季，十七岁是雨季。这到底是什么意思，估计没哪个二愣子皱着眉头发誓要用二次函数算出个子丑寅卯来。

但反过来，即使是个二愣子也明白：这确实是个很美的年龄。再反过来，即使不是个二愣子，你也未必真正懂得：这个美得让人怦然心动的季节，总会留下数不尽的欢乐与遗憾，希望和幻想，嫉妒与竞争，怄气和掐架，疼痛或是伤心，暗恋或者追求——其实，都很美，纵然充满伤感。还有一点，那就是：这些日子，逝去了就是逝去了，没有重复。没有，永远没有。

高二六班也有雨季，这不是在酸兮兮地抒情，而是因为，那时确实是下雨了，而且三天两头地下雨，冷不丁就来个黑云压城城欲摧，从来不提前送个鸡毛信什么的。

也好，凉快。

高二六班的雨季来了，那些日子琐碎而杂乱，但相信多少年后，绝大多数同学一定还会记得两种情境：热辣辣的日子和阴沉沉的天空。雨季的旋律就在这二重奏中让后来的他们沉浸其中，欲罢不能。

每当雨过天晴，很快就跟上一个热辣辣的日子。

牟县七中处于山脚与山腰中间，暴雨过后，雨水纵横，顺坡而下，把山坡冲得光秃秃的。天一晴，地面上白亮亮的，隐约还盖着一搓搓细沙子，反射着细微的光，几乎让人睁不开眼。那个角落本来啥都没有，几天不见，不知怎的，竟长起了一蓬蓬的青草，翠绿翠绿的，而且长势凶猛，呈泉水喷射状。中间那蓬特别长，甚至有些突兀，但青草就是这么长的，很不讲理的样子，很像暴发户的样子。没人去注意它们，它们只是在雨季里伸展开了自己，很绿，很盛，很暴力。

此时的树叶都是新的，鲜亮的绿色，在微风中摇曳晃动，哗哗作响，伴随着连成一片的蝉叫声，尽情地享受着雨季。

此时，蝉也不失时机地开始了热辣辣的演奏。吟唱一会儿，撒一泡尿，边飞边画着拐来拐去的弧线，转进了另一棵树的绿荫中。

"我靠！竟敢在本大爷头顶上撒尿！瞎了你的狗眼了……"

这个被撒了一脑袋尿的倒霉蛋名叫孟涛波，江湖人称"一个好汉"。

"一个好汉"这个绰号可绝对不是浪得虚名，可谓货真价实，而且字字落到实处。

这还要从苍梧镇的大集开始说起。

夏天来了，水果纷纷上市，绿莹莹，红彤彤，逗得肖珂直流哈喇子。但是，他还是下不了决心，因为这桃子虽然好吃，但个儿太大。其实个儿大点也没啥，一次多吃几口呗，也过瘾。但他还是不放心。肖珂翘起了脑袋，像只长颈鹿，在确认集市到校门口的路上确实没有异常迹象后，一丝笑容爬上了面庞——兵贵神速！他下了下狠心，买了四个巨大的桃子。看着称斤两的老头颤巍巍地提起了棕黑色的长秤杆，肖珂仍然紧张得很。他还是不放心，又侦查了一遍周围的环境。

经验告诉他：没有到嘴里的肉，那根本不算肉，即使是自己花的钱。

肖珂意识到：需要抓紧时间了，路途凶险，越早越安全。杨威被他催得很不耐烦："急什么呀！晚点儿回去会死啊！"

"不是……"

杨威一愣，懂了，哈哈大笑起来："不用担心，没人向你喊'一个'了！这家伙今天中午估计出不来了！"

"咋?"

"班主任找他呢，也不知道啥事。"

"真的?"

"真的。"

"你确定?"

"确定。"

"真的确定吗?"

"这么烦呢你！骗你干吗啊！"

"嗨，这下我就放心了。我就怕他那诡异的声音。"

"一个，就一个！哈哈……"杨威学着孟涛波的表情，笑嘻嘻地说。

肖珂长舒一口气，顿时松弛了下来，仿佛一下子把肩头上的珠穆朗玛峰卸了下来。一会儿，他竟然哼起了小调：

"人人那个都说哎——沂蒙山好——"

杨威抹了一把汗："呀，都哼起小调来了呀！"

"这叫人逢喜事精神爽……"

"喜事？什么喜事？哪有喜事？"

肖珂神秘兮兮地说："没被打劫，就是天大的喜事！"

杨威朝着远处望了一眼，笑声戛然而止，干咳一声，说："哎呀，情报失误。看来你是在劫难逃啊！"

"咋了？"肖珂那优美的《沂蒙山小调》一下子就没了尾巴。

杨威向前努了努嘴巴，双手一摊："行踪不定，防不胜防啊！"

肖珂一拍自己的脑瓜子："哎——呀！"

正说话间，一张熟悉的脸就笑盈盈地飘到了眼前。肖珂见势不妙，马上停了下来，瞪着小眼睛，愣了一会儿。忽然，他掉转了方向，兜了一个大圈子，缩着屁股就跑了起来。

肖珂的仓皇逃跑让杨威哈哈大笑："加油啊肖珂！桃子要紧！一块多钱一个哪！"

显然，孟涛波拥有丰富的作战经验，早就大喝一声，像印第安人发现了野牛群那样欢叫着，兴冲冲地冲向了不打自招的猎物。杨威在一边呐喊，助威，一脸的兴奋，还出谋划策呢："肖珂，往草窠子里跑！往草窠子里跑！哈哈！"

结果可想而知。

肖珂在绕了一个大圈子后被孟涛波成功活捉。虽然胳膊被孟涛波抓住，肖珂仍斜着眼睛，用另一只胳膊把桃子藏在了身后。

孟涛波腆着脸皮，笑嘻嘻地重复着那句经典：

"嘿嘿，一个！就一个！"

"不！"肖珂心痛极了。

"真噶古（吝啬的意思）！不就是一个桃子吗！"

"桃子和桃子一样吗？"

侧眼一看，孟涛波脸上的表情让人想起了葛朗台见到金子时那亮闪闪的眼睛。

"肖珂，你太仗义了！"

"我都后悔死了！"

"不要后悔！今天你给我一个，过两天我给你买俩。"

"俩啥？俩枣吗？"

"桃！"

"像枣一样的桃？"

"哎呀肖珂，你咋就不相信我呢？我孟涛波一向仗义，你是知道的。这样，过两天我请你吃西瓜，行吧！"

"啥时候？"肖珂不依不饶。

"不信我是吧？"

"当然不信！下辈子吗？"

"什么话！快拿来吧你！反正今天你也跑不了了！"

肖珂的脸拉得像根大黄瓜，咬着牙，看着孟涛波抓过袋子，扒拉着，分析鉴别了老半天，选了一个最大的。

"别忘了请我吃西瓜！"

"忘不了……哎？杨威，你买啥了？"

杨威把袋子一张："一个好汉，自己看！"

"不够意思了吧！上集也不知道买点吃的。看人家肖珂多大度，多阔气！"

肖珂没说话，脸拉得老长，像个大茄子。

孟涛波对水果，或者对买水果的人，有着天才般的嗅觉——所有大集时出去买水果的同学无一幸免，都被这"绿林好汉"一一截获。而且，老孟子从不放过任何一个熟人，这里面自然包括班里的每一个女生。

时间一长，在经历过某些场合后，大家都很理智地选择了多买两个，算是过路费，交皇粮。猫捉老鼠的游戏并不好玩，并不是说自己就是那只倒霉的大耗子，而是说，这只猫的行踪太诡异，无论你在时间线上如何折腾，这个不要脸的死玩意儿总能在最恰当的时刻出现，在你的心头小小地挠一把，让你产生一种微妙的情愫：一点儿心疼，一点儿讨厌，一点儿防不胜防，一点儿哭笑不得，一点儿可爱淘气，一点恬不知耻，还有一点，那就是人生如梦的在劫难逃。

偏偏有人不信这个邪！

谁？

范思维。

范思维的时间观念贼棒，能够精确到小数点后两位。为了避开这个讨厌的"大猴子"，她连午饭都没吃，拉着范艳红，直奔大集，买好甜瓜后，马上往回赶，不耽误一分钟的时间。谅你再快，你还能把一分钟掰成三百六十秒？

果然，一路平安，而且直到校门口。

进了校门，一看，无人，范思维心中窃喜：大功即将告成，好汉不过如此！

刚走几步，忽然身后像见了鬼一般出现了一个腆着脸皮的家伙，嘴里念叨着那句箴言：

"嘿嘿，一个！就一个！"

范思维怎么也没搞清楚：这家伙到底是从哪里冒出来的呢？

甭管怎么样，孟涛波成了"一个好汉"。李昆仑同学对此有一个相当权威的解释。

"一个"，源于他的口头禅，"嘿嘿，一个！就一个！"

而"好汉"则内涵丰富。李昆仑同学是这样解释的："当我听到'嘿嘿，一个！就一个'的时候，我完全没有听到可怜兮兮的哀求声，我分明看到有人站在路边，手里拿着两块板砖，大喝一声：'呔！此山是我开，此树是我栽，要想从此过，留下买路财！敢说半个不字，哼，管杀不管埋！'"

"这不打劫的吗？"雷岩哈哈大笑。

"多难听哪！是好汉！梁山好汉的好汉！还有，他区别于其他的好汉，是'一个好汉'！"

孟涛波的江湖名号由此确定。那些日子里，"一个好汉"让人们渐渐适应了他的角色。听到蝉叫声，拎着水果走在返回学校的路上，"一个好汉"一定会在那里准时恭候。不要抱有任何幻想，因为他的发挥是如此稳定而高效，以至于又一次秦晓苇回到宿舍后担心地问大家：

"孟涛波怎么了？病了吗？"

"咋了？"

"今天赶集回来咋没碰上他呢？"

后来一打听，才知道他请假回家办身份证去了。秦晓苇听后，一脸的茫然，仿佛丢了什么东西似的。

吃水不忘挖井人。当孟涛波"一个"了之后，总会对别人的水果大加赞赏一番，并配上"砸吧砸吧"的声音和满嘴的哈喇子。

"喂，中午范思维那甜瓜真好吃！个儿大！香喷喷，甜丝丝，脆生生的。吃起来特别过瘾，怎么形容呢……哦，是夏天的味道，甘如醴酪！"孟涛波见范思维在教室，不失时机地对她的贡献大加赞扬一番，并因自己灵活运用了刚学过的新词汇而沾沾自喜了一番。

范思维正在画平面直角坐标系，寻找着双曲线与直线的交点，没理他。

"真的！范思维的甜瓜是我最近吃得最过瘾的一次……"

范思维忽然抬起了大脑袋："孟涛波，你那张老脸皮还真厚！你那臭鞋帮子嘴，烂山药蛋子到你嘴里都是琼浆玉液！你整个人就剩下一嘴巴子了，还在这里胡说八道，真是厚颜无耻到家了！你还真不嫌丢人……"

孟涛波一愣，想：哦，是范思维啊！又一琢磨：对呀，刚才咋就没想到呢？自己刚才招惹的竟然是江湖上无人不知无人不晓的

"灭绝师太"范思维啊！于是，孟涛波马上改变了战略战术，并对周围环境做了迅速有效的侦查。他惊奇地发现：后门居然开着！也就是说，范思维竟然给他留下了一条活路！于是，正当范思维那一串串恶毒的词语汩汩而出，如一支支利箭射向身后的时候，只听见"救命哇"一声——孟涛波不见了。

范思维正在兴头上呢，说着说着，就愣住了：除了轰然的笑声和隐隐传来的蝉叫声外，她身后那个家伙已经不见了踪影。

多年后，每当想起孟涛波那狼狈的"救命哇"时，范思维内心总会涌起一股怪怪的情愫。在十七岁的那个夏天，在一个个晴朗的日子里，再也没人站在路边，腆着脸皮，笑嘻嘻地说"嘿嘿，一个，就一个"了，纵然面前是一大兜又大又香甜的甜瓜。因为，"一个好汉"还在那雨季的路上，在那些热辣辣的青春飞扬的日子里。

那年的雨季，"一个好汉"让高二六班的每位同学永远地记住了那个夏天：炎热，白晃晃的阳光，弥漫着青草的香味，耳边响着热辣辣的蝉叫声，一个男孩，在路上等你，一脸的恬不知耻，一脸的坏笑。

雨季就是雨季，老是晴天还怎么叫雨季？

中午的时候，男生宿舍前还是一片撅着屁股甩着毛巾稀里哗啦擦洗上半身的壮观景象，午睡后，睡眼惺忪中，天空已经是灰乎乎的一片。到了教室，机械地坐在了位子上，肖珂也没怎么在意，于是抬起头，继续听英语老师讲试卷。

这时候，暴风雨来了。

暴风雨来之前，先介绍一下英语老师。

英语老师，姓李，课堂上自我娱乐能力特别强，常常"嘿嘿"笑两声，让同学们感到莫名其妙、一头雾水；遗憾的是，他很少给大家带来轻松和愉悦，整个课堂"狭窄而漫长"。

李老师的长相极有特色，"狭窄而漫长"。他的眼睛小小的，短短的，像两个小刀片在脸上轻轻地划了两个小口儿，要不是一副大眼镜架在上面，俩小眼睛基本可以忽略不计。脸形更有特点，从小眼睛往下，道路狭窄而漫长，长脸，长鼻子，到了下巴，突然就发生了变化，仿佛怕鼻子一不小心掉到地上没东西接着，下巴突然像抽屉一样伸了出来，形成了嘴巴。假如再加上个山羊胡子，就活脱脱一弯月牙儿。

李老师的课堂，跟他的脸形一样，也是"狭窄而漫长"的——像在喃喃自语，又像在感悟人生，永远那么波澜不惊，永远那么面无表情，永远像牵着牛鼻子慢吞吞地往前走。偶尔自己干咳一声，让走神的同学饱受惊吓：怎么了？发生什么事情了？

英语老师讲到单项选择题的时候，肖珂还没有从睡眠状态中摆脱出来，只觉得天空阴沉沉的，像极了这沉闷的课堂。肖珂揉了揉脸皮，清醒了一点，一抬头：李老师已经讲到完形填空了。

肖珂的完形填空不好，于是翻箱倒柜，寻找这节课要讲的英语试卷。一番折腾过后，他灵感突现，渐渐锁定了目标，把那张该死的英语试卷摆在了桌子上。

这时候，英语老师忽然提高了音量："下面，我们来看一下阅读理解！"

肖珂这才发现，这竟然是他上课以来听到的第一句完整的话。他刚要看看第一篇是什么内容，令人恼火的事情又出现了，李老师嘿嘿笑着说：

"来，我们来看一下第二篇。"

在那一刻，肖珂感觉到自己在梯子上又一次踩空，伸出有力的手却什么都没有抓到。

肖珂的思维忽然就停住了，因为就在那一刻，天空中的一声炸雷尖锐而脆响，像一根钢针一冲而下，头顶瞬间就感到了一阵冰凉麻酥的感觉。随后，隆隆的雷声才慢慢从头顶一点点儿移开，慢慢远去，越来越粗，越来越弱，越拉越长，像狐狸的长尾巴。

肖珂一哆嗦，把吃惊的眼光抛向了窗外。就在那一瞬间，狂风夹着雨点子劈头盖脸地缠住了肖珂，并把几张试卷抛向了同桌李昆仑那张无辜而认真的脸。

在窗子关上的那一瞬间，窗户玻璃上马上就被砸上了几个小饼子，嘭嘭有声，水沫四溅。紧接着，小饼子连成一片，形成水蚯蚓，弯弯曲曲地流下来了。肖珂缩在那里，看着外面黯淡的天空，黑沉沉的，把大地都憋成了深棕色的一片。就在那几秒钟里，地面上飞起了千千万万的水沫子，白地面瞬间变黑，然后就成为白亮亮的一片了。路边的合欢树倏然就变瘦了，皮包骨头了，然后被抓着往后一拽，整棵树仿佛就被狂风掀翻了。没有掀翻，因为枝叶又顽强地弹回来了一些。绿草地只有在闪电劈开天空时才会露出无助的身影。整个校园里狂风肆虐，挟裹着疯狂的雨点，把外面搅成灰蒙蒙的一片混沌，连对面的教室都看不清楚了。

那一刻，肖珂缩在自己的位子上，觉得待在教室的港湾里自己好幸福。再一次抬头看的时候，肖珂发现李老师已经站在窗边，凝视着窗外，一言不发。

显然，试卷已经讲完了。

肖珂想：夏天的暴风雨就是这样，来得快，去得也快。他就搞不明白：李老师为什么就不知道来点儿暴风雨呢？然而，这一次，肖珂又失算了。这次的暴风雨并没有像往常那样来得快走得疾，而是在一个迅猛的开端后，变了阵势，竟然像极了李老师的课堂：狭窄而漫长。

本以为第一节课下了雨就结束了，没想到英语老师走的时候外面仍然是一片黑暗，而历史老师和政治老师同样没有把这雨带走。晚自习的时候，班主任穿着雨靴打着绿色的雨伞，带来了严肃的气氛和凉凉的雨意，并在关门的时候把"哗哗"的雨声挡在了门外。直到下了晚自习，外面的尖叫声和教室里呼朋引伴回宿舍的招呼声让肖珂明白：这场该死的雨一定与英语老师的脸有某种神秘的联系！

肖珂必须明白的一个事实是，自己没带雨伞。母亲来的时候没有带伞来，而下午的时候，他又把买伞这事忘了（快到教室的时候是想起来了，但想到一把雨伞价格不菲，就放弃了）。

看到雷岩慢慢悠悠地拿着雨伞走到了门口，肖珂在他打开雨伞的那一刹那一下子钻了进去：

"走，咱俩一块儿走！"

雷岩一愣："你吓死我了！"

肖珂是个细高个，而雷岩却很矮，两个人一起走，雷岩总是吃亏的那一个。肖珂拿着伞，就太高了，雷岩的脸上身上总有冷雨袭来；伞放低，肖珂就趴在他身上，虽说他是瘦子不重，但骨头硌得他难受。于是，雷岩自己拿着伞，并把伞举得不高不低，既能避免雨滴的侵袭，又能时刻警告肖珂，让他别趴在自己身上。这样，难受的就是肖珂了——半矮着身子，没有第二支撑点，显得相当别扭。

即使这样，肖珂仍然欢乐地乱咋呼，还说笑话给雷岩听，一惊一咋的，相当兴奋。雷岩只是"嘻嘻"笑着，盼望着快点儿到宿舍。

"等一下！"肖珂又咋呼了。

"又怎么了？"雷岩觉得这家伙麻烦极了。

"看！"

"看什么？"

"往左边看。"

"怎么了？"

肖珂一矮身子就发现了问题："班主任的宿舍啊！"

"灯没亮？"

"对呀！这是个什么概念？"肖珂眨了眨眼睛。

"不会回家了吧？"

"嘿！"肖珂显得很神气，"据我的可靠经验，平时这个时间，班主任都已经到了宿舍，今天没到，必有蹊跷。"

"行啊你！"

"切！"肖珂缩了缩脖子，"快走，我们要把这个好消息告诉兄弟们！"

不仅如此，此时的肖珂已经在暗地里给班主任下定义了：赵德昌同志是一个风雨无阻的勇士，一个恪尽职守的高尚的人，一个对家庭极端负责的好男人、好丈夫，更是一个生活极有规律的革命意志坚定的好老师！他一定会健康长寿的。面对暴雨，他没有退缩，像英勇的海燕，乘风破浪，披荆斩棘，表现出了大无畏的革命英雄气概！

肖珂越想越敬佩亲爱的班主任，连半个身子露在外面都没有注意到。

男生宿舍窗口仍是一片黯淡昏黄，灯光斜斜地射出来，映在前面的路上。那是红砖铺成的小路，并不平坦，时而有几个大水洼，雨丝跌入水洼，形成一层又一层涟漪，涟漪环环扩大，相互交汇，形成了细碎的纹路。很快，新的涟漪又出现了，循环往复。总有几个二愣子只顾说话没看路而不小心踏进了小水洼，引起了一声自认倒霉的暗骂。有个男生没打伞，缩着脑袋跑到前面的小沟边，掏出家伙就往沟里撒尿，并不时侧身观察，以防被老师逮到。然而，这一切都不能平复肖珂那激动的心情。

后来的事实证明：那个雨季的夜晚，印象竟然那么生动而深刻，以至于让他们多年后都难以忘怀。肖珂那天晚上的话令每个人都大吃一惊，而雷岩的表现更是令大家刮目相看。而后面有关那个冲突的记忆，则更多地在陈星海的脑海中出现。

昏暗的灯光是在大家的欢呼声中熄灭的。

这时候，孟涛波不知道从哪里搞到了一支蜡烛，点上，咳嗽了一声："嗯，美好的烛光之夜现在开始！"

宿舍一下子温馨了起来，孟涛波继续发言："下面，我们开始分瓜子。"

"哇，'一个好汉'，你真是个善解人意的大好人哪！"事情显然超出了刘树森同学的想象。

范志伟则保持了一贯的风格，出口就呛人："'一个好汉'在什么情况下也忘不了吃！"

"好汉"马上反问了："范大炮同学，你的意思是你不想吃吗？"

"嘿嘿，"范志伟笑得很别扭，"废话，当然想吃。快拿来，别啰唆！"

"来——啦！"那张笑嘻嘻的脸在烛光映照下很快来到了范志伟的面前，"请伸出你的手。"

范志伟刚伸出手，"好汉"却飘然而去，把手中的瓜子递给了旁边的刘树森。

"玩我呢！"

"少安毋躁，来——啦！"烛光又走向了雷岩。在雷岩伸出手的那一刻，孟涛波又兜了一个圈子，递给了旁边的范志伟。范志伟毫不客气地接过来，马上就"咔嚓咔嚓"地开始了嗑瓜子。

"一个好汉"举着蜡烛，游来飘去，辗转了几个来回，每次都做点儿文章，要么闪对方一个大灯泡，要么装腔作势地责备一下对方，或者朝对方瞪眼：

"说！孟涛波是个大好人！"

"孟涛波是个大好人。"

"怎么有气无力的？不想吃啊！"

"孟涛波是个大好人！孟涛波是个大好人！"

"嗯，好，我爱听！多给你点！"

　　大家都翘着脑袋，眼光随着那飘忽不定的烛光来回游移，不时为他的滑稽而哈哈大笑。

　　"肖珂，还想要吗？"分完后，孟涛波已经跳上床了，忽然又坐起身来问。

　　肖珂一边嗑一边说："来者不拒。"

　　孟涛波嘻嘻一笑，冲下床，又给了肖珂一大把。肖珂二话没说，"咔嚓咔嚓"就是一阵狂嗑："好好好！自己也留点儿。孟涛波是个大好人！"

　　没想到过了一会儿后，"好汉"幽幽地问了肖珂一句："好人就不用请你吃西瓜了吧⋯⋯"

　　肖珂一愣，马上就陷入了平静，然后大喝一声："休想要赖！我那大桃子是白吃的吗？"

　　孟涛波嘻嘻地笑了："今晚就是请你吃西瓜的钱⋯⋯"

　　"我靠，你送了一晚上人情，凭什么花请我吃西瓜的钱？不行！谁让你不早说呢，绝对不行！"

　　"这个嘛，得看看大家的意见⋯⋯"

　　满屋子里又是一阵轰然笑声，吃着瓜子，纷纷声援孟涛波。

　　"不行啊，绝对不行！"肖珂毛了。

　　孟涛波只是在嘿嘿笑。

　　肖珂生气了，着急了，下床了，穿拖鞋了，过来了，就要动手了⋯⋯

　　"请！我还请⋯⋯我跟你开玩笑呢，嘿嘿⋯⋯"

　　本来想肖珂会停手不打了，没想到肖珂大喝一声，以更加猛烈的毫无章法的王八拳让孟涛波连声告饶。打完了，拍了拍身上的尘土，抚了抚额前的头发，一斜一歪地走了两步，像个流氓打手：

　　"哼，注意了，我刚才揍的可是'一个好汉'！"

　　笑声瞬间席卷了整个宿舍，孟涛波的夸张呻吟声成了最好的陪衬。

"嘘!"雷岩示意安静,因为邻班的老师来查宿舍了。整个屋子里瞬间就没有了说话声,只剩下了"嗑哩喀喳"的嗑瓜子的声音,像进了藏有大量耗子的仓库。安全警报很快解除后,屋子里还是没有声音。

如果大家继续不说话,沉默下去,然后慢慢迎来睡意,随后各自进入梦乡,那天晚上就这么过去了。

但是,没有。

"班主任回家了"这一信息,就是窝在每位同学内心深处的一团小小的惊喜,说不定什么时候就"噼里啪啦"爆出一串蓝色的火花,让那个晚上始终处于一种五彩斑斓的状态,而且一直斑斓了大半夜———一辈子都无法忘怀的大半夜。

也忘了是谁的一串憋不住的笑声,点燃了导火索,于是,舞台便赤裸裸地展现在了大家的面前。也不知怎的,就谈到了那些敏感的话题,谈到了黎嘉,谈到了石磊磊,甚至谈到了高一的班花,并因为那个高一班花的发型问题展开了热烈的讨论。孟涛波认定她扎马尾的时候最漂亮,而刘树森则不以为然,认定老孟子肯定没有见到她长发垂肩的飘逸。雷岩则说人家什么发型关你们屁事,净瞎操心!然后大家就转向了下面的话题:她到底有没有男朋友?她喜欢什么类型的男生?大家以此为出发点,展开了论述,并以石磊磊喜欢陈星海为证据,得出了新的结论:高一班花喜欢的真的不一定是最帅的男生,因此大家都还有机会,惹得陈星海一阵笑骂……

肖珂在大家的热烈讨论中突然"切"了一声,但很快被淹没了。

半天之后,争论暂时告一段落,孟涛波忽然想起了什么:"肖珂,你刚才'切'什么呀?大家都畅所欲言,你也别当瘪茄子呀……"

"你们呀,都不知道真相……净瞎猜……"

而随后肖珂的一番话就足以让大家记住了那个晚上,甚至记了整整一辈子。听到肖珂不屑一顾的语气，大家都感到有点儿好奇，但仿佛在沉默中组织语言，或者是不屑于大家的争论，肖珂一直不说话。于是大家一直在等待。

终于，孟涛波憋不住了："肖珂，别卖关子啊！怎么了，你有了新的证据吗？还是她给你写情书了？"

肖珂很自信很认真地说："不是我说，你们都不知道，我早就看出来了，其实石磊磊喜欢的人是我。只是碍于陈星海的面子，她不好意思跟我说罢了……"

"什么……"

"切！你们肯定不懂。石磊磊喜欢的是我。那天她跟我借橡皮，其实借橡皮只是个借口，其实她喜欢上我了。我只是不说而已……"

大家一下子全愣了。

"你是怎么知道的……"看来肖珂的话完全超出了孟涛波的预期。

"我早就看出来了！"肖珂说，"她看我的眼神就不一样。她是真的喜欢上我了……"

随后，无论作为朋友，还是含有敌意，大家都众口一词地打击肖珂，说他幻想得过分了。

但是，一切都是无效的。

这下，肖珂令宿舍里的每一个人都惊诧不已，原来他的真实想法是这样的。你可以说他是一朵奇葩，也可以说他很自恋，但事实摆在面前，大家却无话可说了。在班上，在同学们中间，肖珂一直很喜欢开玩笑，是一个活泼开朗的好同学。与他在一起的日子，大家笑得很开心，仿佛有数不尽的乐子释放。或者说，肖珂是大家的笑料，青春中，最让人快乐的笑料。最后，也是在这种欢笑中，肖珂却突然不见了踪影，让最后的欢乐变得伤感而无助。

直到今天，都没人知道肖珂的音讯，即使杨威顺便去了一趟他的老家。他的爷爷奶奶已经去世了，母亲改嫁了，说他带着弟弟妹妹打工去了。当时的杨威也是一脸的茫然。也许有一天，肖珂会变戏法似的出现在大家面前，笑吟吟的，或许是一个大老板，或者是一个含辛茹苦的父亲——这些都不重要，重要的是，他承载着太多的青春记忆。换句话说，大家期盼的是肖珂本人的归来，必须是肖珂本人。不是其他人。不是。

但那天晚上，无论大家怎么劝说，肖珂都很坚定。

他坚信：石磊磊一直在暗地里喜欢他，

其实陈星海不愿当面揭穿，因为石磊磊曾经问了他一句："肖珂是不是有毛病，怎么神经兮兮的？"

但事实就是这个样子。

最后，肖珂的自我表白结束，结论是：不但石磊磊暗地里喜欢他，高一那个班花也喜欢他，只是他不理她们。将来有一天，肖珂功成名就了，就会选择一个当妻子的。换句话说，事业有了，就什么都有了，书中自有黄金屋，书中自有颜如玉。

有时候，岁月最是让人纠结和惆怅，命运更是变幻莫测，让人难以捉摸。许多有着这种念头的同学们怀着良好的愿望，强压着自己的私心杂念，努力学习顽强拼搏，坚信现在的隐忍都是为了将来的辉煌。等到自己功成名就了，蓦然回首，心爱的情人正在灯火阑珊处等候。后来，很多拥有这种思想的人发现，现实太残酷。个人奋斗顶不住拼爹，努力奋斗之后或许根本就没有机会。梦想和现实之间有一座青藏高原，能爬过去的寥寥无几。于是，他们放弃了梦想和奋斗，沉迷于游戏和无所事事、抱怨和风言风语，在愤懑的岁月中蹉跎，在有限的青春挥霍里不能自拔。

那年雨季的记忆很美丽，很鲜活，也很忧伤。然而，那仅仅属于雨季，属于高二六班的雨季。

22. 那些年，那个梦

那天晚上的故事还远远没有结束。

是雷岩的一句话引起了话头，而随后的讨论、争论甚至吵架，对未来产生的影响都是他们所未曾想到的。那次吵架，无异于展示自己的底牌，而底牌的价值也最终决定了各人未来的方向和路程。那天晚上的主角是雷岩，当然，还有两个小配角，那就是肖珂和陈星海。

至少在当时同学们的心目中，这两个家伙只能当个配角。而雷岩，这个学习上的佼佼者，无疑会给他们留下更深刻的印象。

起头的仍然是雷岩。

"同学们，这一学期都快结束了，高中过去三分之二了，我们今晚不管时间了，谈谈我们的理想吧。高三可就忙了，没有机会这么谈了。"

"好！"说话的竟然是陈星海。

"有什么好谈的？先考上个本科再说！咱学校文科班，一年才考上五六个本科，咱俩文科班，一个班平均也就两三个，谈什么理想？先把高考搞定再说吧！""范大炮"名不虚传，出口呛人，不时爆出石破天惊的言论，现在突然就来了个慷慨陈词。

刘树森很快接上了话头："理想有什么用啊？能吃还是能喝啊？找个老婆，生个孩子，一辈子安安稳稳多好啊！"

孟涛波笑了："看看你们，一个个谈理想谈抱负，还真跟是什么人物似的。有吃的有喝的就行啦！俺村有个孩子，跟着老爷子贩猪，照样发了！别整那么多没用的，还理想呢？有啥都不如有个好爸爸……"

肖珂终于说话了，是打断孟涛波说的："我建议你们啊，先把麦子割下来，打出来，晒干，装到仓库里，有吃的，别饿着，再考虑别的吧。当然，别忘了把棒槌（玉米）种上，要不冬天连粥都喝不上！"

在大家的哄笑声里，雷岩早就乐坏了：

"喂，肖珂，能说人话不？"

肖珂先是"嘻嘻"了一会儿，然后就慢慢说话了："俺现在的最大愿望啊，就是种上点儿黄瓜，不要个儿多大，只要嫩生生的就行。就种在家门口，不为卖，就为自己吃。想吃就吃，愿意吃几根就吃几根。只要最嫩的，头上还顶着黄花的。刺儿太密的不要，那些腰太细的没内容，也不要，只要肚儿大一点的，绿莹莹的——也不能太长，太长就老了，硬了，不脆了……"

这下显然惹恼了范大炮，于是很快引来了反击："肖珂你住口吧！你毛病真多，吃根黄瓜还那么多讲究？我看你那一排不规则的牙是欠敲了！"

"不是……"

"什么不是啊！我原以为嘴馋的是咱们的'一个好汉'，看来我是低估你了……"

"我……我不喜欢吃黄瓜！"肖珂争辩道。

"什么？调戏我们是吗？"

"没有。"

"那你种上那么多黄瓜干吗？还不卖。腌黄瓜咸菜吗？"

"不是……"

"还不吃黄瓜？谁信呀！"

"我就是不喜欢吃黄瓜！"肖珂加重了语气，一口咬定。

"那你种着玩儿吗？没这么玩儿的吧！"

肖珂终于生气了："我就是不喜欢吃黄瓜。是我爷爷喜欢吃！"

直到后来，大家才知道了肖珂与他爷爷从小的那种默契关系，但同时也知道了那年夏天他爷爷去世的消息。换句话说，当肖珂在重申为他爷爷种黄瓜的理想时，他的爷爷已经离开了人世。而那个夜晚，肖珂仍在认真地细细地规划着他的蓝图。乐乐，那条陪伴他长大的狗，也在那个夏天因误吃了农药，死去了。

无论怎么说，在高二六班的那个夏天，肖珂注定是悲伤的。

随后，雷岩就当场断言，给肖珂的理想定了性："肖珂你赶紧回家种黄瓜去！你这理想没有任何意义，一点儿技术含量都没有！"

范志伟很快出来完成了呛人的使命："肖珂就是有远大理想，有用吗？就他那学习成绩，能干个啥啊！"

肖珂"切"了一声。

"范大炮"以迅雷不及掩耳之势进行了回击："肖珂你也别不服气，咱们班能考上五个本科就不错了，怎么也轮不到你！这是高考，不是中考，没有那么多偶然性……"

"范大炮，你不啰唆能死啊！"杨威终于憋不住了。

"你说不是啊……考上本科，什么都好；考不上，再奋斗一年。

起点高，什么都有。什么理想不理想的，全是扯淡！"

范志伟后来用实际行动证明了这一点。经过两次复读，他成功地考上了一所国内名牌大学。再后来，不得而知，据说当了公务员。

然而，那天晚上，雷岩用一句话就让整晚的谈论成为他的独角戏。这句话是在大家群龙无首叽叽喳喳乱喊的时候提出来的。雷岩选择了一个相对安静的时机，字字饱满地说出了那句震撼人心的话：

"没有理想，这个人只不过是繁衍同类的材料，和一头猪没有什么差别！"

雷岩的学习成绩决定了这句话势必会引起大家的关注。

"那……你的理想是什么？"

雷岩是在冷笑之后才说话的：

"在这个社会，没有政治什么都做不成。要做，就做有权势的人！"

这话让大家猛然醒悟：雷岩学习成绩的稳居第一是有深层次依据的。没错，雷岩平时喜欢嬉笑，喜欢戏弄人，喜欢在安静的自习课上搞怪，但是在课堂上，雷岩常常是精力最集中的那个人。他绝对不是最勤奋的学生，也不是最刻苦的学生，但他始终是第一名。这是事实。而且生活中的事实往往是这样的。换句话说，笨鸟可以先飞，但也就是先飞而已，如果是真笨，早晚会被其他的鸟追赶过去。人是需要天赋的。只不过，每个人的天赋需要用适当的方式激发出来。"刻苦"是必须的，但不能一味"刻苦"，正确的学习方式才是激发潜能的"金钥匙"。

雷岩显然找到了自己得心应手的方式，于是在那些青春的日子里，他是佼佼者，是翘楚。然而，他的稳居第一绝对不仅仅是天赋，直到那天晚上，大家才明白：一切都是有原因的，明确的终极目标让他永远不会迷失方向。

命运最让人纠结。后来的雷岩并没有考上他梦寐以求的中国人民大学，尽管他的分数很高。最终，他被一所地方性师范类院校收留，毕业后，他和大学里认识的女友一起去了一个小山沟，在那里当了一名普通的人民教师。谁也不知道他为什么做出这样的选择。或许，他有自己的苦衷。但事实就是如此。多少年来，每当回忆起雷岩，大家的心里都充满了莫名的惆怅。也许是因为，在高二六班，乃至整个高中，雷岩一直是他们命运的坐标，而坐标的悄然退场使每个人的生命充满了茫然，更拥有了一种孤独远行的苍凉。

但那天晚上，雷岩还是那个雷岩，他的话让陈星海激动不已，并一直影响着他后来的人生轨迹。原因并不是雷岩鼓励了他。相反，那天，雷岩狠狠打击了这个自以为是的家伙。

在雷岩宣扬自己的政治人生时，陈星海及时出现了，他打断了雷岩的华丽演说："等等……有权势就能为所欲为吗？有权势就一定对吗？"

面对这个自以为是的家伙，雷岩感到了被小丑侵犯的愤怒，因为他从来就没有瞧得起过陈星海："没权势，你对的也是错的。有权势，你错的也是对的。靠边吧你，一个理想主义者！"

"不对！那唯物主义可不是这么说的。照你这么说，那主观还决定客观了呢！"

"猪脑子！这是国情，这是政治，你懂吗？有权，做出来，这就是事实，你说的话就不管用了，懂吗？"

"那别人的感受就不用管了吗？你是在牺牲别人的利益来满足你自己的私欲……"

"你管那么多干什么？关你屁事？"

"和我没关系。但为所欲为肯定会损害别人……"

"损害你了吗？"

"没有。世界上很多事情需要我们去做，而且是可以帮助别人的事。在我们高谈阔论的时候，非洲贫民窟里的难民正在为下一顿饭费尽心思。而在阿根廷，说不定有人正在寒风中瑟瑟发抖。这些难道你都不关心吗？"

"哇，你关心的东西真多啊！"

正当陈星海在为自己的发言有点儿小得意的时候，雷岩又冷笑了一声："陈星海，看到有打扫厕所的，你是不是也有干活的想法？看到猪在拉屎，是不是也有一种强烈的冲动呢……"

杨威插了一句："哎？陈星海，你想得确实够花哨的啊！"

陈星海却来劲儿了："人不能光为自己吧，你得考虑事实，也得考虑别人！"

雷岩很快就堵上来了："你考虑别人，谁考虑你呀？人就是自私的。人不为己，天诛地灭。别胡扯别的。没用。"

"那你活着有什么意义？"

"嘀，你还真什么都信啊！"

"当然了，你为世界做了什么，自己当然会感到高兴。"

雷岩又下结论了："真是个愚蠢的家伙！"

"你才愚蠢呢！"

"你就是一头蠢驴！"

"你才是蠢驴……"陈星海一下子坐了起来。

雷岩说："哟嘀，还是一头叫驴！"

陈星海吼了一声："你敢再叫我一声'驴'！"

"嘿嘿，这可是你自己叫的！"雷岩相当得意。

僵了。

大家都出来劝了。

无论怎么说，雷岩的观点得到了绝大多数人的赞同，而雷岩也为自己的胜利而洋洋得意了一番。

陈星海感到了一种前所未有的孤独。那天晚上的争论丝毫没有影响他同雷岩后来的交往，但却对他的未来产生了深远的影响。

就在那天晚上，陈星海久久不能平静，当他慢慢进入睡眠状态后，他浸入了一个诡异的梦境。

　　那些年，青春年少，每个人心底都有一种莫名其妙的偏见，对自己的盲目自信和对同伴的傲慢、蔑视，尽管这种偏见毫无依据，甚至是自以为是。多少年后回过头来，发现那个梦里面竟充满了幼稚的情感，更充满了偏执与可笑。那个梦的一些细节在后来的日子里多次在脑海中浮现，每次都让他感到一种莫名的孤独。

　　在那个怪诞的梦中，他稀里糊涂地感觉到自己正在茫茫的田野中无助地走动，很失落，像一片干树叶子挂在树枝上支支独立，丝丝有声。

　　他眼前茫茫然，走在原野上，仿佛失去了双脚，只是在轻雾中游荡。然而他总觉得有什么很不对劲。侧身一看，他猛然发现自己的双手已经没有了手指，胳膊上已经长满了绒毛，边缘处还冒出了一排整齐的"竹笋头"。脚也不见了。随后的一阵风就让他晃悠了好一阵子才站稳。

　　对，那不是脚，是爪子！

　　我到底是谁？我怎么了？他一摸嘴巴的时候更是惊得浑身冒汗，嘴唇不见了，眼前却怪怪地生长出长长的像玉米一样的嘴巴！他惊奇地看了看自己：长长的脖子，浑身的绒毛盖不住长满小细疙瘩的皮肤，爪子可以攥成一团，总有摇胳膊的冲动……

　　他忽然意识到：他已经变成了一只鸟，雏鸟，虽然个子不小，但那确实是一只刚能摇摇摆摆地走动的小鸟。弯弯的嘴巴让他明白，他不是一般的小鸟，他是一只鹰，一只可以自由自在地在空中飞翔的老鹰！但是他没有坚硬的羽毛，更没有可以飞翔的翅膀，浑身无力，没有傲视天下的本领，甚至连走路都摇摇摆摆不平稳，而嘴里发出的尖细的"吱吱"声，更是在向世界炫耀自己的柔弱。他知道有一天，他会傲视大地的，但他不知道那是哪一天。凭直觉，他知道那会是在很久很久以后。

他徘徊在苍茫的旷野，惘然，无助。雾气在天际萦绕，一切都是茫茫然的空虚，寒冷而孤独。他已经找不到回家的路，更不知道下一刻该干什么。他无精打采地在荒凉的原野上走动，像一个迷路的孩子，伤心地哭泣，浑身困乏，失望而无助。他渴望做点儿什么，渴望健康愉快的正常人的生活：阳光下，山崖边，广阔的天空中，他会用不屈的努力证明自己是最好的……然而，他在空旷无边的原野中不知所措。

空虚，无法承受的空虚。

走了几步，他渐渐感觉到浑身乏力。随性躺在地上，睡不着，有些头晕目眩。坐起来，看着周围，仍是一片昏暗的沉寂，偶尔有只怪鸟在发神经，怪叫一声，并古里古怪地哈哈笑着。熟悉的灰色，沉闷的灰色，无聊的灰色，枯燥的灰色。做点儿什么？不知道该做什么。做什么有意义吗？随便喝了点儿水，没有一点儿滋味，像寒风中的一块枯木，更像一滴水消失在沙漠里，无色无味无声无趣。

我是谁？我是来干什么的？

没有人能回答。只有空虚。

淡淡的雾绕着，白惨惨的，不远不近，让他看不到远处，又让他捉摸不透。他想哭，但同时又觉得哭也是苍白的，毫无意义。这种空虚迅速在体内膨胀蔓延，肆意流淌，而自己却仍然无动于衷。一切都是机械的，无趣的，毫无意义的。

他忽然笑了，因为考虑生活是否有意义本身就是毫无意义的。一丝苦笑淡然而又乏味，时时在脑际浮动，像一串串惨白色的水泡。没有欢乐，没有悲哀，没有悲观壮阔与轰轰烈烈，只有毫无意义的无所事事。有时甚至觉得自己都是多余的，或者说，世界好可笑，记忆中的忙忙碌碌、急急匆匆变得可笑极了。笑完后，发现了冰冷空虚的自己，像吃掉了一块肥皂后飘在失重的太空中，奋力抓、蹬，却找不到把手，找不到立足点，筋疲力尽而又无可奈何。而世界依旧是世界，天空依旧是天空。一丝落寞随着苍白慢慢飘来，罩住，无法挣脱，无法丢掉。什么都抓不住，什么都摸不着，迷惘无时不在，无处不在。

空虚，无处不在的空虚。

忽然，一种猛禽的基因让他想有所行动地跃跃欲试，莫名的混沌却让他仅存的力量无处发泄……

忽然，他发现前面有一个巨大的粪球，还在微微动弹。两个身量甚微的屎壳郎再也无力操纵这个巨大的"杰作"。尽管一个探着身子往前拽，另一个撅着屁股往后推，十多条细长的腿乱纷纷地划来划去，身子左扭右扭，忙忙活活比画了半天，大粪球在微微动了两下后，就稳稳地蹲在那里，一动不动了。

他，一只老鹰，不顾一切地跑了过来，一句话都没说，用头顶，用身子扛，用爪子推。慢慢地，粪球开始滚动了！

他刚开始了竭力地顶扛，两只屎壳郎冲了上来，拖住了他的爪子，嘴里嘟囔着："脑子有病啊……不是往这边走，是那边……"

他一下子脸红了，狼狈地掉过屁股站在了大粪球的另一边。

新的顶扛开始了，巨大的粪球朝着两只屎壳郎走过的方向滚去。两只屎壳郎在前面带路，指挥，大吼大叫。他在后面大汗淋漓，奋力顶扛。他暗暗下了决心：一定要完成这个顶粪球的艰巨任务！

这样，他，一只雄鹰，在滚粪球中找到了无穷的乐趣。他时而猛地扛一下子，随着庞然大物的缓慢滚动，他兴奋地向前走几步，并一下子顶住了有"不良企图"的大粪球。强烈的粪臭味熏得他难受，但此刻，他基因里超强的忍耐力发挥作用了。他满头大汗，身上沾满了植食动物排出的粪便，却浑然不知，脸上绽放出了一丝笑容，欣慰的笑容。这时候，他只有一个坚定的目标：赶着粪球往前走。而且，这种活动似乎很有趣。他用爪子一推，然后，用脑袋一顶，粪球就前进了，呵呵，听话，好玩，有趣。再来一次。仍然是那么有意思！粪便粘在坚硬的嘴巴上了？他顾不上这些小事……

两只屎壳郎，一只悠闲地在前面爬行，另一只在一边大喊大叫，训导后面这个没脑子的大傻瓜。

远处，阳光渐渐驱散了灰蒙蒙的雾，世界终于开始露出一丝的生机与活力。一只健壮的老鹰在天空中巡视，发现了一只急速奔跑的兔子，于是在冷静中锁定了目标，黑油油的翅膀拍打出凶猛与恐怖。山羊在悠闲地吃着嫩草，甩甩尾巴，拉出散乱的粪便。各种树木和绿草在安静中执着地生长着……

他在兴奋地滚着粪球，浑身臭烘烘的，满头大汗，在屎壳郎的带领下滚粪球……

在两只屎壳郎的呵斥声中，他停住了脚步。抬起头，他发现自己完成了两只屎壳郎两天才能完成的工作。他笑了，同时累坏了，搓着两条胳膊上的臭粪，等待着两只屎壳郎的盛情感谢。然而，两位"大仙"早就因为今天捡了一个大便宜，撅起屁股开始新的工作了！

咱俩今天功劳可真大！能埋一个大粪球了，不但咱自己够吃了，估计明年的小宝宝也有吃的了——那个大傻瓜可真好使，真听话，下次可得再用——它们再一次抬起眼睛去找那个大傻瓜，却发现那个傻子竟然不见了踪影，真是个不识抬举的家伙……

他又一次行走在苍茫的旷野中，失望、无奈占据了他的胸腔。他浑身冰凉，脑子里一片苍白。微风吹来，他打了一个寒战，缩紧了身子。世界变得明亮清晰起来，而他却满是沮丧。

抬头的一刹那，他被眼前的一幕惊呆了。一只雄鹰突然像一发炮弹一样直直地砸向了地面。一声尖厉的叫声之后，目光里只剩下了雄鹰抓着野兔起飞的背影。他都没有来得及看清楚整个过程。但他看到了那个傲然盘旋的身影，和压倒一切的极具穿透力的号叫。不知不觉中，他笑了，笑得很舒心，很振奋。嘴巴上粘着大粪，身上脸上糊着灰黑污垢的他笑了……

沾满粪便的两只翅膀在不知不觉中上下活动起来，扇送着腐臭的气息。那翅膀只是没有硬实羽毛的骨肉架，在扇动过程中，大粪的碎屑纷纷扬扬，四散落地，有个小粪粒掉进了他的眼睛里，生疼。事实是，他并没有飞起来，站在原地，没有前进一步。他忽然就从幻想中清醒过来，一股臭味冲进了他的鼻腔，他差点儿晕过去……他着急地眺望着，发狠地在一边的地面上拍打着没有羽毛的翅膀，鲜血已经渐渐沾满了他长满绒毛的翅膀。雄鹰在壮观的夕阳中飞向了远方，留下了一个苍凉的身影和山宇间回荡的叫声。他蹦跳，欢呼，叫喊，着急，一股热泪从眼中奔涌而出……

他呆立在了原野中，因为他感到了寒冷的现实。

恍惚中，他突然又发现自己沉睡在了一种莫名其妙的危险中，似乎是煤气中毒，又好像是冥冥中被杀害的阴谋。总而言之，他必须起来。但是，他感到了自己浑身的骨头已经全部酥软，根本无力动弹。如果他不再反抗，他会舒舒服服，很幸福。纵然死亡，他也会在不知不觉中离开这个世界的。

可他不甘心。

他拼命地动弹，不让大脑麻痹睡去，纵然浑身无力，无法支持自己起来……

朦朦胧胧中，他拼命活动，不住叫喊，不让自己睡去……

"……怎么了……你和石磊磊怎么了？亲了？还是……说呀……乱动弹个毛呀……"

他猛地醒来，仔细一看，孟涛波的脸上仍然是那好奇而殷勤的笑脸。

同伴们都在忙着穿衣服。

该起床了。

"哈哈，我说'一个好汉'，"杨威在一边笑得可欢了，"说你套不出来吧，人家又不是烂鞋帮子嘴……"

一个枕头飞来后，又是一阵猛烈的进攻与防守。

外面，雨已经停了。

23. 光阴的旋律

　　暑假又一次猝然出现在了他们面前，充满了鲜活与惊喜。仿佛是在考完试的一刹那，他们拥有了世界上所有的兴奋与喜悦。

　　杨威邀请陈星海到他家玩。

　　陈星海答应了。

　　杨威搭的是顺风车，李昆仑的顺风车。李昆仑的家更远，途中经过杨威家村口，而李昆仑的叔叔又要开车来接他。杨威的顺风车就是这么顺理成章。

　　这次，陈星海也跟着顺理成章了。

　　考完试后的宿舍依旧是那般杂乱和随意，仿佛跟以前并没有什么差别。但世界仍进行着，没有重复。陈星海感到了一股莫名的伤感，但一种冷静让他时时感到生活凉凉的底色。那是一种沉淀，一种理性。这种沉淀和理性，在他未来的日子里，一次又一次起到了决定性的作用。

只是瞎侃了一会儿，往外一看：李昆仑叔叔的那辆四轮车就已经停在了窗外。那是一辆白色的四轮车，玻璃不是好玻璃，透过玻璃看上去，里面的人都有些变形，像哈哈镜，但哈哈镜里的人熄了火后还是钻了出来：

"东西多吗？装吧！"

那无疑就是李昆仑的叔叔，一脸的黑红色，鼻梁有点儿高，隐约可以看出点儿李昆仑的影子，只是没有那么夸张，多了一种带有泥土气息的沉稳和踏实。他穿着干净的衬衫，却踩着拖鞋，从从容容地点上了一支烟———一愣，火机还在手里———顺手丢进口袋里，嘴巴已经在吞云吐雾地招呼了：

"垫子放底下，盆子、暖壶这些小家伙什放后面。车兜子里我都用笤帚扫了，上面还铺了一层长虫皮袋子，干净，放上就是。"

阳光仍然很刺眼，蝉叫声仍持续不断，热辣辣地叫着———猛一抬头，忽然又想起：面前竟然又是一个自由自在得几乎让人发疯的诱人暑假。而且，今天还不算，因为假期是从明天开始算起的。以前没怎么注意到的蝉叫声，此时变得热辣而绵长，裹挟着诱人的假期，不时让年轻人的心底再一次呈现出疯狂般欢乐的翠绿底色。

终于收拾完了。

李昆仑的叔叔把绳子系在车兜旁边的横杠上，又使劲儿地拽了拽，看了看眼前这几个拿着书包的眼镜片子，说："里面坐不开。得有一个坐在后兜里。"

陈星海自告奋勇。

李叔叔嘱咐了几句很实用的话："拽住绳子，坐垫子上。顶多颠几下，死活别松手。外面有凉风，还凉快哩！"

四轮车发动后，一窜，终于开始缓缓移动了。坐在车子上的陈星海远远地看到肖珂正兴冲冲地从水塔那边冲了过来，连蹦带跳，仿佛有什么喜讯要宣布似的。宿舍里又要笑成一团了，但至少这次，那种只属于青春的欢乐已经与他无关了。后面的雷岩和范志伟仍在谈论着什么，仿佛又是一道历史选择题，范志伟仍然是一副慷慨激昂的样子……四轮车一抖，陈星海猛地抓住了那根绳子，倒在了软绵绵的垫子上。当他再一次抬起头来的时候，四轮车已经拐了弯，肖珂范志伟雷岩已经不见了，另一排宿舍前，一群陌生的师弟正在疯狂地向这个世界叫嚣。

那一刻他明白，真到要离开校园的时候了。

随后，四轮车就驶上了教室旁边的大路，"轰隆隆"地吼叫着。那排红瓦红砖绿窗白帘的教室早就空无一人，偶尔一两个学生穿过教室间的小路，背着包，踏上了回家的路。那白窗帘仍那么洁白，但已经没人认真地把它拢起来，挂在旁边的钉子上了。

那一刻，陈星海猛然发现：属于他的高二六班生活，竟然就这么结束了！

陈星海仰身躺在了厚厚的垫子上，纯粹的绵软感觉让他在那一刻彻底放松了，紧接着，一种伤感顿时弥漫了上来。紧靠着教室的那条大路是用六边形的石砖铺成的，石砖底下，是凹凸不平的山疙瘩，石碴子，因此六边砖总是不平整，这儿凸出一个角，那里翘着半块砖，不远处还有几块砖少了一个角。于是，乍一看，路面很平，实际上，走起路来需要踮脚转弯的。车走在上面，少不了颠颠簸簸，晃晃悠悠，同时还会发出一长串的隆隆巨响。即使这样，此刻的陈星海却发现：此刻的世界，真是静极了，死寂死寂的，仿佛凝固了一般。

路边的合欢树已经长满了叶子，翠绿翠绿的，构成了层层叠叠的阴凉。由于昨天刚下了雨，树荫下显得特别清新。车在大路上行驶，灿烂的阳光透过绿色的枝叶，闪闪烁烁，错落闪现，光与影不断变幻，跳跃，续而不断，慢慢拉成了一条令人迷醉的旋律。

阳光刺眼，但被树叶粉碎之后，却变得那么迷人，仿佛一下子与过去的时光尽情拥抱在了一起。那一刻，有数不尽的欢乐笑声与辛酸往事一股脑儿涌上心头，然后慢慢消散在了光影的错落变幻中。其中有各种情景，有往事，仿佛还有未来，翠绿鲜活的未来。未来充满了希望，也注定会有无数的悲剧。那闪烁的阳光里有无数的面孔，欢笑与哭泣，熟悉的，不熟悉的，都一闪而过，都那么让人沉醉。那里面有属于青春的欢乐与歌声，更有属于青春的眼泪与疼痛。

他醒来了，但一切都迟了。现实就是那么冷冰冰地摆在他面前。他感到自己有好多的东西丢在了校园里。他找到了回家的钥匙，却迷失在了翠绿的岁月中，不甘心却无法自拔。

那些青春的日子，很美好，很生动，宛如一片清凉的绿荫，安静而新鲜：树叶翠绿，随微风摇曳，充满鸟儿呢喃，回响着光阴的旋律。但日子就这么过去了，真的过去了，很残酷，都来不及回味，就倏然而逝。多少年后，隔着岁月看过去才发现，那些日子其实很美，很美，即使充满悔恨和遗憾，疼痛与伤感，放弃了无数美丽的如果。但青春就这么匆匆定型了。

——那就这样吧，要不，还怎么叫青春呢？

陈星海的青春，拥有更多的是残酷。或者说，生活没有给他丝毫的反击机会，纵然反抗从来没有停止过，而且是百折不挠。

即使残酷，也是美的。很美。

那一天，陈星海耳边一直萦绕着那曲伤感的旋律。当四轮车穿过苍梧镇大街，他看到"全驴店"门口那头忧伤的驴子的时候，他听到了那旋律；当路边卖西瓜的老头脸上的笑容慢慢凝固，渐渐远去的时候，他还是甩不掉那旋律；甚至他们在郁郁葱葱的小佛山脚下下车，踏着被雨水冲刷刷白苍苍的大路，走过一个个废弃的大棚时，他的脑海里仍无法摆脱那忧伤的旋律。

直到到了杨威的家，静谧的小村子才洗刷掉一切，把他们带到了另一个世界。杨威家的房子是新盖的，宽敞明亮，还有个后院。家里很安静，可以清晰地感觉到脚踩在地面上的"嗤啦"声，偶尔传来一两声鸡鸣，悠闲，清新。

那是最真实的生活。

杨威的妹妹还小，因为一点儿小事和哥哥怄气，一脸的不高兴。杨威的爸爸很干练很精神，去过学校，所以陈星海认识。中午炒了几个菜，有尖椒炒肉，都是新鲜的菜，好吃的肉——是让陈星海回忆了多年的味道。而如今，当年怄气的小姑娘已经结婚生子，当年那个干练的父亲已经苍老了。去年杨威忙活了一阵子，因为他母亲大病了一场，多亏救治及时才转危为安。可不知道为什么，陈星海搜尽记忆，也没有想起杨威妈妈长什么样子。一点儿印象也没有了。为此，陈星海内心充满了歉意。

吃完饭后，他们睡了一觉。只是躺在炕上，很安静，仿佛只是一闭眼，一睁眼，就已经下午四点了。没有梦，没有中断，没有任何繁复的东西。很简单，很纯，很安静。

外面，又是阴沉沉的一片了。陈星海看了看表，着急要走，要不就赶不上公共汽车了。

杨威转身捏了捏自行车的前后轮胎："还行，不用打气。"出门时，杨威抓过陈星海的书包，面无表情地往里塞了两个大甜瓜。推辞没有起作用。

自行车在湿洼的大路上蜿蜒前行。因为是雨季，大路上泥泞不堪，而一条窄窄的小路却弯弯曲曲地绕过小水洼和软泥，伸向了远处的柏油大道。路上没有一句话，只有轮胎粘着地面的细微响声。陈星海有些着急，因为他不是很确定最后一班公共汽车是几点。

陈星海从车子上跳下来不久，一辆肮脏的白色公共汽车就从远处的柏油路上摇摇晃晃地开过来了。走近，停稳，门"吱啦"一声开了，陈星海跳了进去。想起了回家后的安静与舒适，家人的关切与温情，陈星海的心情顿时变得快乐而舒畅。

　　一会儿过后，陈星海忽然想起来，他上车后并没有向杨威告别。他慌忙顺着后窗望去，遥远的路口，杨威仍站在那里，一动不动。陈星海原以为自己已经摆脱掉了那忧伤的旋律。然而在那一刻，那旋律油然升起，占据了他的全部。记忆中，杨威仍站在青春的路口；天空中，仍然是那伤感的旋律。杨威的身影越来越小，越来越远；而旋律却越来越强烈，越来越绵长。

　　杨威站在那里，一动不动，在青春的路口。

24. 偶遇

一个阴雨连绵的日子，神龟山下，一个青年男人顺着大路从下往上慢慢走来，最后停在了曾经的牟县七中门口。大路上一片宁谧，路边已经长起了一蓬蓬的青草，依然是那么翠绿鲜亮，依然那么很暴力、很不讲理、很像暴发户的样子，但是，明显萧疏了许多。

这时候，一位头发花白的老人也从下面走来了。他绕过水流和水洼，慢慢走向了大门口旁边的小门口——那是原牟县七中老师的住宅区。

那一刻，青年男人突然变得很激动：

"崔老师！"

老人回过了头，脸上没有丝毫的惊喜，有的只是冷漠和条条苍老的皱纹。

"崔老师，真是您啊？"

一种很肤浅很客套的笑容浮上了老人的面庞：

"你是……"

"我是陈星海啊！老师您不记得了？"

老人仍面无表情，漠然地看了他一眼，像对自己说话：

"没有印象了……学生太多了……"

"我们班上还有杨威、雷岩、徐波、肖珂、秦晓苇、黎嘉、范思维……"

老人认真地听着，听完后，仍然异常平静，就像一位手上沾满泥巴的泥水匠在听孩子讲述美国南北战争的导火索、经过、转折点及其重大的历史意义。

"……崔老师，您一个也不记得了吗？"

崔老师看着有些激动的陈星海，一丝歉意爬上了面庞，但他还是抬起了眼睛，望向了远处。远处的神龟山上，仍然是一片湿雾朦胧，淡淡的，连着灰蒙蒙的天空，笼罩着暗绿色的小山。

"有的名字有点儿印象……但是……多年了都……忘啦！"

历史老师说完，就自顾自地转过了身，注意着脚底下的水洼，走了。他拐进了教师住宅区的小门，慢慢走远，晃晃悠悠地转了个身，拐弯，随后就不见了身影。这依然很像当年那个"神仙"，但已不再是当年的那个"神仙"。

原来的教师住宅区和办公室之间，不知道什么时候筑起了一道墙。这已经是两个截然不同的世界。

大门口，"牟县七中"几个大字已经不见了，一块长长的木板挂在了一边的墙壁上，上面写着：

"苍梧酱菜厂"。

天仍然阴沉沉的，曾经喧嚣的校园一片宁静。一阵"隆隆"的汽车马达声越来越近，随着一声响亮的鸣笛，曾经的图书实验楼旁边冲出了一辆小卡车。显然，小卡车上装满的是成箱的咸菜。汽车里的小伙子把一张纸条递给门口的老大爷，铁栅门"吱啦啦"就开了。小伙子又跳上了汽车，"嗤啦——吱"的一声，调整了一下方向后，就加大油门，"轰隆隆"地冲向了纵穿苍梧镇的大街。从陈星海旁边冲过的时候，水溅了起来，差点洒一身。

门口的老大爷没有让陈星海进门。老大爷狐疑地看了他一眼，就继续听收音机了。或许他认定陈星海来这里是不怀好意的：

"你应该找一个至少听起来靠谱的理由！"

陈星海从门口遥遥地望了一下曾经熟悉的教室，看了一眼通往神龟山的小路——曾经，他和石磊磊拉着手，从那里冲向了神龟山。他多么希望孟涛波神出鬼没地冲出来，笑嘻嘻地喊一句"嘿嘿，一个，就一个！"或者是肖珂那笨笨的滑稽的奔跑，范思维那犀利的讽刺，黎嘉那健美的步伐，或者，是石磊磊生气时噘起的小嘴……

雨又开始下了，淅淅沥沥的，落到脸上、后背上，凉凉的，可陈星海一点儿都不想走。一点都不想。那一刻，他真想大哭一场，却没有流下一滴眼泪。

他只是呆呆地站在雨中，一个字都说不出来。

说说《高二六班外传》(代跋)

文／高君渡

春孝是我的挚友。

长篇小说《高二六班外传》几经修改，终于定稿，邀我写跋，我如芒在背，惴惴不安。学生时代，喜欢涂抹文字，内省的灵魂总能在笔端流淌成潺潺的溪流。如今仿佛已没那个心境，现世安稳，棱角磨平，人生不再是过山车式的"传奇"，内心对外界的感知也不再那么敏锐，游荡的灵魂一下子降落地面，在这个物质的大地上生了根。

但我还是想说一说春孝，用我缺少灵气的笔为他作一个粗略的素描。春孝，中等身材，古灵精怪，酷爱足球，喜欢远游，而这些，仿佛都是皮毛，说不到他的心坎上，他肯定会板起面孔，来一句：

"去，别跟我玩虚的！"我想说的是，春孝的宿命是写作，假如说写作是一种宗教，那么春孝就是一个狂热的信徒。

上大学的时候，春孝就有创作长篇小说的想法，为此他从早到晚泡在图书馆，沉潜下来构思动笔，那种专注，那种神往，真有点儿像《棋王》里的王一生，我走过去拍他几下，他的目光仍像钉子一样钉在空旷的远方。晚上回到宿舍，熄了灯，他打开手电筒，趴在被窝里，继续笔耕不辍。

一个学期下来，他真把一摞厚厚的稿子搬给我，幽幽地说："哥们，给把把关！"看到第一页的题目《神龟山的传说》，我不禁惊呼："这家伙要写神魔小说吗？"谁知看进去才晓得，他写的是校园小说。我问他为什么起这个书名，他神秘地说："先声夺人！"深入地看下去，里面的很多情节着实精彩，对场景的把握，对心理的刻画，对人物的梳理，对人性的展露，都有一种成熟小说的风范。

这就是这部《高二六班外传》的雏形。

如今，十年过去了，春孝依然在写作的道路上独行，那前行的脚步坚定而有诗意。那部底稿，他早已打在电脑上，并作了颠覆性的修改。大到篇章的架构，小到细枝末节，都呈现出让人惊奇的异样。在谋篇布局上，小说沿用的是"史记笔法"，几乎每一个章节都是既独立又互现的小传，如此以人物为中心来架构全书，不至于给人纷繁错杂之感。小说的场景也有所拓宽，虽是校园小说，却有意使用他者的视角：回忆的视角和社会的视角。回忆让小说有了时间的跨度和岁月的落差，人物仿佛在纵深起伏的浪涛中漂流，并划出一道让人唏嘘的命运轨迹。陈星海和初恋石磊磊若干年后的邂逅，陈星海和杨威在北京的偶然相逢，陈星海和业已苍老的历史老师恍若隔世的对话，都平添了一种生命的沉重，仿佛让人聆听到岁月金属般的回声。小说给人印象最深的是历史老师，他神秘、侠义，总会在千钧一发的时刻及时出现，徐波和杨威身处险境，都是历史老师解的围，这几处之所以吸引人，就是因为小说掺入了社会视角，于是让平静的校园在社会的大河中掀起层层波澜。

这些精彩，我觉得应该归功于春孝几年的"北漂"生活，当漂泊和流浪成为生存的背景，生命的体验就会多一些境遇性的东西，它会跳出现实的樊篱，让记忆随心所欲地穿行，并和现实长久地碰撞，来源于灵魂深处的疼痛和焦灼会不时在笔端出没，弥漫成惊心动魄的人性的风景。

春孝的短篇小说《北漂寓言》已在《山东文学》发表，这是一个极好的开局，他那扎了根的写作生活开出了绚烂的小花。相信在不久的将来，他那"自己的园地"一定会花团锦簇，香飘四海！

春孝曾经说，他想写一部惊世骇俗的作品。那么就让我们驻足在这留香的岁月中，微笑着期待吧！

是为跋。

2015 年初冬于觅渡斋

高君渡，80 后，文学硕士，诗人，做过出版社编辑，现为高中教师，出版过诗集、童话集，发表过诗歌、评论和散文多篇。诗歌《幸福》被选入《新文学大集系·诗歌卷》。